SANDRA BROWN
Zum Glück verführt

Buch

Die Fernsehreporterin Andrea Malone hat vor allem eins im Sinn: ihre Karriere. Wenn sie es schafft, Michael Ratliff vor die Kamera zu locken, dann wäre sie eine gemachte Frau in ihrem Sender. Denn Ratliff ist der letzte lebende Fünf-Sterne-General des Zweiten Weltkriegs und hat mit Sicherheit viele spannende Geschichten zu erzählen. Doch vor allem ein Geheimnis interessiert Andrea brennend: Warum hat sich dieser hoch angesehene Mann völlig aus der Öffentlichkeit zurückgezogen? Mit jeder Interviewanfrage beißt Andrea auf Granit, denn Ratliffs Sohn Lyon schirmt seinen Vater völlig ab.
Lyon Ratliffe ist ziemlich verärgert. Diese kleine Fernsehreporterin lässt seinen Vater einfach nicht in Ruhe. Völlig erbost ist er jedoch, als sich Andrea mit List und Charme Zutritt zur Ratliff-Farm verschafft und der General sich tatsächlich bereit erklärt, ihr aus seinem Leben zu erzählen.
Bei jedem Zusammentreffen der beiden Hitzköpfe sprühen die Funken, doch schnell wird aus Ärger privates Interesse – und vielleicht sogar mehr ...

Autorin

Sandra Brown arbeitete als Schauspielerin und TV-Journalistin, bevor sie mit ihrem Roman *Trügerischer Spiegel* auf Anhieb einen großen Erfolg landete. Inzwischen ist sie eine der erfolgreichsten internationalen Autorinnen, die mit jedem ihrer Bücher weltweit Spitzenplätze der Bestsellerlisten erreicht. Sandra Brown lebt mit ihrer Familie abwechselnd in Texas und South Carolina.

Von Sandra Brown bei Blanvalet erschienen (Auswahl):

Schöne Lügen · Ein Hauch von Skandal · Sündige Seide · Verliebt in einen Fremden · Ein Kuss für die Ewigkeit · Zum Glück verführt · Wie ein Ruf in der Stille · Ein skandalöses Angebot · Heißer als Feuer · Lockruf des Glücks · Eine sündige Nacht · Eine unmoralische Affäre · Verruchte Begierde · Gefährliche Sünden · Zur Sünde verführt · Unschuldiges Begehren · In einer heißen Sommernacht · Wie ein reißender Strom · Tanz im Feuer · Feuer in Eden · Glut unter der Haut · Schwelende Feuer · Jenseits der Vernunft

Sandra Brown
Zum Glück verführt

Roman

Aus dem Amerikanischen
von Beate Darius

blanvalet

Die Originalausgabe erschien 1983 unter dem Titel
»Prime Time« bei Warner Books Inc.,
a Time Warner Company, New York.

Sollte diese Publikation Links auf Webseiten Dritter enthalten,
so übernehmen wir für deren Inhalte keine Haftung,
da wir uns diese nicht zu eigen machen, sondern lediglich auf
deren Stand zum Zeitpunkt der Erstveröffentlichung verweisen.

Verlagsgruppe Random House FSC® N001967

1. Auflage
Copyright der Originalausgabe © 1983
by Sandra Brown Management Ltd.
Copyright der deutschen Ausgabe © 2007
by Blanvalet Verlag in der Verlagsgruppe Random House GmbH,
Neumarkterstr. 28, 81673 München
Umschlaggestaltung: © Johannes Wiebel | punchdesign,
unter Verwendung von Motiven von Shutterstock.com
(© Dmitry Arhar; © Aliftin)
LH · Herstellung: wag
Druck und Einband: GGP Media GmbH, Pößneck
Printed in Germany
ISBN: 978-3-7341-0535-7

www.blanvalet.de

Liebe Leserinnen und Leser,

bevor ich mich der allgemeinen Unterhaltungsliteratur zuwandte, habe ich Liebesromane geschrieben. »Zum Glück verführt« erschien ursprünglich vor vielen Jahren.

Die Handlung reflektiert Trends und Lebensart, wie sie seinerzeit aktuell waren – doch bleibt das Thema immer populär und allgemein gültig. Wie in jedem Liebesroman stehen die unglücklich Liebenden im Mittelpunkt. Wir erleben Augenblicke der Leidenschaft und Zärtlichkeit, zwischenmenschliche Spannungen – kurzum: sämtliche Facetten der Liebe.

Es macht mir riesigen Spaß, romantische Liebesgeschichten zu schreiben. Sie bestechen durch ihre optimistische Grundhaltung und den unvergleichlichen Charme, der ihnen innewohnt. Probieren Sie es einfach aus. Ich wünsche Ihnen jedenfalls viel Vergnügen bei der Lektüre.

Ihre Sandra Brown

1. Kapitel

»Und Sie sind sich sicher, dass er heute herkommen wird?«, erkundigte sich Andy Malone. Aus ihrer Stimme klang leise Skepsis, während sie unbehaglich auf dem hohen Hocker vor dem Bartresen herumrutschte. Das Sitzpolster mit dem zerschlissenen roten Kunstlederüberzug hatte bestimmt schon bessere Tage erlebt.

»Nee, also sicher bin ich mir da nicht.« Gabe Sanders, Inhaber und Chefkoch von Gabe's Chili Parlor, wischte mit einem nicht mehr ganz frischen Trockentuch über den angeschlagenen Rand eines gespülten Kaffeebechers. »Ich hab bloß gesagt, dass er *eventuell* heute hier ist. Das ist ein himmelweiter Unterschied, verstehen Sie? Der macht nämlich nur, wozu er gerade Lust hat.« Der weißhaarige alte Mann wieherte los, als hätte er soeben einen Superwitz gerissen.

Scheiß auf den harten, durchgesessenen Barstuhl, wies sie sich mental selbst zurecht. Ihr untrüglicher Berufsinstinkt signalisierte ihr, dass sie es auf gar keinen Fall zu weit treiben durfte mit ihrem Interesse an dem großen Unbekannten. Außerdem war sie auf dem besten Wege, die anderen Mittagsgäste auf sich aufmerksam zu machen. Und wenn Gabe Sanders schnallte, worauf sie es abgesehen hatte, würde er womöglich komplett auf stur schalten.

»Ach ja?« Sie hob den roten Plastikbecher an die Lippen und nippte vorsichtig an dem Eistee, den sie sich bestellt hatte. »Halten Sie Mr. Ratliff denn für einen impulsiven Menschen?«

Schöner Mist, ihre Frage hatte den Besitzer des Schnellimbiss hellhörig gemacht. Das Trockentuch hielt inne bei dem aussichtslosen Versuch, den fleckigen Keramikbecher blank zu polieren. Gabes buschige Brauen zogen sich argwöhnisch über den eben noch freundlich blinzelnden Augen zusammen. »Warum interessieren Sie sich eigentlich so für Lyon Ratliff, häh?«

Andy sann fieberhaft auf eine halbwegs glaubwürdige Ausrede. Schließlich beugte sie sich vertraulich über den Tresen zu ihm hinüber und raunte ihm verschwörerisch zu: »Auf dem College hatte ich eine Kommilitonin, die hier aus der Gegend kommt. Sie erzählte mir von ihm und dass er auf einer riesigen Ranch lebt und einen silbernen Eldorado fährt. Na, und da dachte ich, so was gibt es nur im Film.«

Gabe musterte sie skeptisch. Ihr Selbstbewusstsein sank gegen null, zumal sein Blick keinen Zweifel daran ließ, dass er ihr die Geschichte nicht wirklich abnahm. Für eine Studentin war sie nämlich entschieden zu alt. »Wie hieß sie?«

Seine Frage brachte sie völlig aus dem Konzept. »Wie hieß ... wer?«, stammelte sie.

»Na, diese Kommilitonin von Ihnen. Gut möglich, dass ich sie kenne. Ich führ den Laden hier seit 1947. Und kenn die meisten Familien in Kerrville.«

»Oh ... na ja, aber meine Studienkollegin sicher nicht ... öhm ... Carla. Eigentlich stammt sie aus San Antonio und war wohl nur im Sommer hier, um ihre Verwandten zu besuchen oder so.« Andy angelte nach ihrem Glas und nahm einen tiefen Schluck, als hätte der widerlich süße Eistee erhellende Wirkung.

Sie war vor ein paar Tagen in diesem abgelegenen texanischen Nest angekommen, wo Fuchs und Hase sich gute Nacht sagten. Seither recherchierte sie mächtig im Trüben. Normalerweise stellte sie es nämlich so geschickt an, dass sich ihr mit bewusst harmlos eingestreuten Fragen Türen öffneten, die anderen verschlossen blieben. Aber hier war sie keinen Schritt weitergekommen. Als ob die Bewohner von Kerrville Lyon Ratliff bewusst vor der Öffentlichkeit abschirmten und damit schließlich auch Andys auserkorenen Interviewpartner, seinen Vater Michael.

Michael Ratliff war der letzte überlebende Fünfsternegeneral des Zweiten Weltkriegs. Andy hatte sich fest vorgenommen, ihn für ihre Fernsehsendung zu gewinnen. Und wenn es stimmte, dass es mit seiner Gesundheit nicht zum Besten stand, dann wurde es höchste Zeit für sie. Bislang hatte sie allerdings wenig Grund zur Hoffnung. Zumal Gabe Sanders sich mit einem Mal genauso zugeknöpft gab wie alle anderen, denen sie bereits vergeblich auf den Zahn gefühlt hatte.

Entschlossen schob sie ihr hübsches, kleines Kinn vor, dabei lächelte sie gewinnend. Die goldenen Pünktchen in ihrer braunen Iris schimmerten verführerisch. »Mr. Sanders, hätten Sie vielleicht eine Scheibe Limone für meinen Tee?« Ihr Selbstvertrauen kehrte schlagartig wieder zurück, als sie merkte, dass ihr strahlendes Lächeln bei Gabe Wunder wirkte.

»Geht auch Zitrone?«

»Aber sicher. Gern.«

Lasziv schob sie sich eine zimtfarbene Haarsträhne aus der Schläfe. Obwohl sie es verabscheute, die weiblichen Waffen einzusetzen, nur um jemandem brauchbare Informationen zu entlocken. Viel lieber verfolgte sie eine Story mit demselben routinierten Schwung wie ihre männlichen Journalistenkollegen. Aber wo nötig, brachte sie ihr apartes Äußeres mit einer geballten Ladung temperamentvollem Charme zum Einsatz. Ihr Vater hatte sie in einer seiner schwärmerischen Anwandlungen einmal mit einem zart schmelzenden Parfait aus Vanilleeis, Amaretto und Karamellsauce verglichen.

»Danke«, hauchte sie, als Gabe ihr einen Unterteller mit zwei Zitronenspalten hinschob. Sie drückte den Saft in das widerwärtig süße Getränk, zumal sie sonst selten Zucker verwendete.

»Sie sind nicht von hier, nicht?«

Eine weitere Lüge lag ihr auf der Zunge, aber sie überlegte es sich kurzerhand anders. »Stimmt. Ich stamme aus Indiana, lebe aber jetzt in Nashville.«

»Soso, Nashville? Arbeiten wohl bei der Grand Ole Opry?«

Lachend schüttelte sie den Kopf. »Nein, ich bin bei einem unabhängigen Kabelsender beschäftigt.«

»Kabel?« Gabes ausdrucksvolle Brauen schossen fragend in die Höhe. »So was wie Kabelfernsehen?«

»Exakt.«

»Treten Sie denn im Fernsehen auf?«

»Hin und wieder. Ich habe eine Interviewshow, die landesweit ausgestrahlt wird.«

»Interviews?« Sein Blick schweifte über ihre Schulter hinweg zu den anderen Gästen im Raum, als hielte er für sie nach einem potenziellen Gesprächspartner Ausschau. Unvermittelt ging ihm ein Licht auf. Seine Augen schossen zu ihr zurück. »Sie wollen doch wohl nicht Lyon um ein Interview mit seinem Daddy bitten, was?«

»Doch, genau das habe ich vor.«

Er musterte sie mit schiefgelegtem Kopf. »Und diese Studienkollegin, die Sie da eben erwähnten, die ist bestimmt erfunden, nicht?«

Gefasst erwiderte sie seinen Blick. »Ja.«

»So was hab ich mir schon gedacht«, meinte er gleichmütig.

»Meinen Sie, Mr. Ratliff würde mir ein Interview mit seinem Vater abschlagen?«

»Darauf möchte ich wetten. Aber fragen Sie ihn doch selbst. Da kommt er nämlich gerade.«

Andys Blick senkte sich auf den Wasserkranz, den ihr Glas auf den Bartresen malte, derweil ihr der Magen in die Kniekehlen rutschte. Währenddessen schepperte die Kuhglocke, die an einer Metallkette über der Tür hing, und Ratliff schob sich ins Innere.

»He, Lyon«, begrüßte ihn jemand von einem der Ecktische aus.

»Lyon«, rief ein weiterer Gast.

»Jim, Pete.« Seine kehlig raue Stimme klang zu ihr herüber, ließ ihr einen prickelnden Schauer über den Rücken laufen.

Sie hatte gehofft, dass er sich neben sie an den Tresen setzte. Dann wären sie bestimmt locker ins Gespräch gekommen. Fehlanzeige. Angestrengt lauschte sie auf seine Schritte. Dummerweise steuerte er ans Ende der Theke. Aus dem Augenwinkel herausnahm sie ein jeansblaues Hemd wahr. Geschäftig lief Gabe zu ihm.

»Hi, Lyon. Was darf ich dir bringen? Ein Chili?«

»Nee danke. Viel zu heiß heute. Außerdem hat Gracie gestern Abend Chili gemacht, und nachher hatte ich einen total verkorksten Magen.«

»Lag das nicht eher an den Margaritas, mit denen du das Zeug runtergespült hast?«

Ein dunkles Lachen schüttelte seinen trainierten Brustkorb. »Was du nicht sagst.« Diese Stimme. Was für ein Typ war das wohl, der über eine solche Wahnsinnsstimme verfügte? Andy, die ihre Neugier schließlich nicht mehr bezähmen konnte, riskierte einen verstohlenen Blick. In dem Moment meinte er zu Gabe: »Mach mir einen doppelten Cheeseburger.«

»Kommt sofort.«

Aber das bekam die Journalistin schon nicht mehr mit, zu sehr war sie auf Lyon Ratliff fokussiert, den sie sich ganz anders vorgestellt hatte. Auf jeden Fall älter, vermutlich weil General Ratliff schon weit in den Achtzigern war. Offensichtlich war sein Sohn jedoch erst nach dem Krieg geboren, denn sie schätzte ihn auf etwa fünfunddreißig.

Er hatte dichte, schwarze, gewellte Haare, die an den Schläfen silbrig schimmerten. Dunkle, markant geschwungene Brauen. Welche Augenfarbe mochte er wohl haben? Das konnte sie auf die Entfernung beim besten Willen nicht erkennen. Seine schmale, römisch anmutende Nase hätte zu einem Schauspieler gepasst, der in den Verfilmungen biblischer Szenen mitwirkte, der sinnlich volle Mund dagegen zu einem völlig anderen Genre.

»Ist das da auf dem Grill Fleisch von der Ratliff-Ranch?«, erkundigte er sich bei Gabe.

Erneut lauschte Andy hingerissen. Seine Stimme klang wie eine Offenbarung, dynamisch und voller Nachdruck, dass man gar nicht weghören konnte. Sein heiser-rauchiges Timbre war pure Erotik. Und passte definitiv besser zu der zweiten Darsteller-Kategorie.

»Aber sicher«, erwiderte Gabe. »Ia-Qualität. Was Besseres kannst du lange suchen.«

Schmunzelnd lehnte Lyon sich zurück. Als er sich wieder vorbeugte, um nach einem Glas Eiswasser zu greifen, das Gabe ihm hingeschoben hatte, bemerkte er zufällig die junge Frau. Er stutzte, sah weg und nahm den Blickkontakt seelenruhig wieder auf.

Andy verfolgte, wie er – seine Iris war tatsächlich rauchgrau – ihr Gesicht taxierte. Als er ihr in die Augen schaute, gewahrte sie in seinen Verblüffung. Aber das war sie gewöhnt. Zumal das irisierende Topasbraun, das von dichten, dunklen Wimpern umrahmt wurde, so ziemlich jeden faszinierte.

Die grauen Augen glitten zu ihren Haaren. Machte sie der im Nacken zusammengebundene Pferdeschwanz etwa zu jung? Oder, Grundgütiger, sah sie womöglich aus wie eine Dreißigjährige, die *einen auf jünger* machen wollte?

Krieg jetzt bloß keine Paranoia, Andy, ermahnte sie sich. Natürlich war ihre zimtfarbene Mähne mit den aufgehellten Strähnchen ein Blickfang. Und die Schweißperlen am Haaransatz? Bemerkte er die auch? Auf einem vergilbten Transparent warb Gabe zwar mit seinen vollklimatisierten Räumlichkeiten, trotzdem fühlte Andy sich unangenehm verschwitzt. Unvermittelt spürte sie jede Körperzelle, ihre vibrierenden Nervenenden. Als würde sie bei lebendigem Leib seziert – von Lyon Ratliff, der diese besondere Spezies mit wissenschaftlichem Interesse betrachtete.

Als seine Augen zu ihrem Mund schweiften, senkte sie den Blick. Tastete nach ihrem Glas und hätte es um ein Haar umgestoßen. Sie biss sich nervös auf die Lippe. Blöde Kuh, schimpfte sie sich im Stillen. Statt ihn von sich abzulenken, verstärkte sie seinen visuellen Forscherdrang womöglich noch.

Was war bloß auf einmal mit ihr los? Das hier war ein Job wie jeder andere. Und sie ein Vollprofi, oder? Seit drei Tagen war sie hinter diesem Typen her, erkundigte sich beiläufig nach ihm und seinem Vater, saugte jede noch so winzige Information auf wie ein Schwamm und ertrug rüde Abfuhren. Stundenlang hatte sie sich in dem altbackenen Schönheitssalon herumgedrückt und dem Provinzklatsch gelauscht, in der Hoffnung, irgendetwas Substanzielles über die Ratliffs herauszubekommen. Und sich höflich, aber entschieden geweigert, dass man ihr eine Dauerwelle verpasste, »damit Ihr Haar mehr Volumen bekommt«. Letztlich hatte sie nicht mehr erfahren, als dass Lyon an der letzten Tanzveranstaltung im Countryclub nicht hatte teilnehmen können, weil es seinem Daddy gesundheitlich schlechter ging, dass er neue Pflanzen für die Ranch bestellt hatte – und dass die Manikürekraft mit Sicherheit vom Marquis de Sade höchstpersönlich ausgebildet worden war.

Und jetzt, wo er nur ein paar Schritte von ihr entfernt saß, brachte sie doch tatsächlich keinen vernünftigen Satz heraus und hätte sich am liebsten in ihre Bestandteile atomisiert. Wo, bitte schön, war ihre professionelle Coolness, ihr Selbstvertrauen geblieben? Die Hartnäckigkeit, mit der sie üblicherweise die Gesprächsführung bestritt, hatte sich verflüchtigt. Die Objektivität, die sie sonst bei ihren Reportagen auszeichnete, schien ausgeblendet – wegen der schier umwerfenden sexuellen Ausstrahlung dieses Mannes. Sie hatte Prominente, Politiker und Staatsoberhäupter interviewt – sogar zwei Präsidenten der Vereinigten Staaten – und dabei kein bisschen Fracksausen gehabt. *Und dann das: Dieser Cowboy kommt in einen angeranzten Schnellimbiss spaziert – und schon bin ich ein hoffnungsloses Nervenbündel.*

Krampfhaft um Fassung bemüht, hob sie den Kopf und musterte ihn trotzig. Er taxierte sie dermaßen abschätzig, dass ihr die Luft wegblieb. Um seine Mundwinkel herum zuckte es verächtlich. Die Botschaft war auch ohne Worte eindeutig:

Okay, okay, die Gleichberechtigung der Frau mag ja für sich gesehen eine prima Sache sein. Aber momentan bist du für mich nichts weiter als ein Lustobjekt, und da gibt's verdammt noch mal nichts dran zu rütteln, Kleine.

Doch, fauchte sie im Stillen. Sie würde ihm diese arrogante Nummer schlicht und einfach austreiben müssen. Ihm in ruhigem, sachlichem Ton beibiegen, für wen sie arbeitete und warum sie hergekommen war ... *Sobald er seinen Cheeseburger verputzt hat*, entschied sie gnädig, da Gabe ihm soeben das Ungetüm vor die Nase schob.

Abwesend blätterte sie in Gabes angeschmuddelter, fettgesprenkelter Speisekarte. Die Preise waren im Laufe der Jahre immer wieder durchgestrichen oder neu übermalt worden. Andy schlürfte ein weiteres Glas von dem ekelhaft süßen Tee. Beobachtete, wie eine Mutter ihrem kleinen Jungen Ketchup vom Mund wischte, woraufhin dieser sich eine weitere matschige Fritte nachschob und den Ausgangszustand wiederherstellte. Sie spielte an dem Drahtgestell herum, in dem drei Flaschen Steaksauce standen. Zupfte vier Papierservietten aus einem Spender und tupfte umständlich den Wasserring auf, der sich unter ihrem Glas gebildet hatte.

Schließlich fasste sie sich ein Herz und spähte zum Ende der langen Theke hinüber: Lyon war fast fertig mit seiner opulenten Mahlzeit. Er nippte an einem Kaffee, seine langen, schlanken Finger zupackend um den Becher gelegt. Konzentrierte sich auf das Verkehrschaos, das draußen vor der breiten Glasfront des Schnellimbiss herrschte. Als sie jedoch von dem hohen Barhocker herunterglitt, riss er sich von dem Anblick los und schaute zu ihr herüber. Noch während sie ihm zulächelte, hätte sie sich ohrfeigen mögen. Herrje, hoffentlich wirkte ihr Lachen nicht zu mädchenhaft oder wie ein Flirt, und er fasste das Ganze als Anmache auf!

»Hallo«, sagte sie. Auf wackligen Beinen stakste sie zu ihm und blieb neben seinem Stuhl stehen.

Er begutachtete sie mit einem langen Blick und

nickte anerkennend. Grinste lasziv und verströmte dabei – ehrlich – reinen Sexappeal. Als fände er nichts Besonderes dabei, von einer ihm wildfremden Frau angesprochen zu werden. »Hi.«

Mist, er wollte es ihr bewusst schwermachen und bot ihr keinerlei Gesprächseinstieg. Auch gut, Mr. Ratliff. Sie atmete tief durch und sagte: »Ich bin Andrea Malone.«

Andy fiel aus allen Wolken, war er doch schlagartig wie umgewandelt. Die Augen unter den dunkel geschwungenen Brauen blickten mit einem Mal finster und unnahbar. Für eine lange Weile fixierte er sie eisig, dann drehte er sich kurzerhand zum Tresen und kehrte ihr seinen breiten Rücken zu. Trank weiter seinen Kaffee, als wäre sie gar nicht existent.

Sie spähte zu Gabe hinüber. Er schien demonstrativ damit beschäftigt, die Salzstreuer aufzufüllen, gleichwohl hätte sie wetten mögen, dass er die Lauscher aufgestellt hatte, um nur ja alles mitzubekommen. Sie befeuchtete sich mit der Zungenspitze die Lippen. »Ich sagte, ich bin …«

»Ich weiß, wer Sie sind, Ms. Malone«, schnaubte Lyon vernichtend. »Sie kommen aus Nashville, von der Telex Cable Television Company.«

»Demnach haben Sie wenigstens den Absender gelesen, bevor sie die Briefe ungeöffnet an mich zurückschickten, stimmt's?«, erkundigte sie sich mit einem Hauch von Provokation in der Stimme. Das hoffte sie jedenfalls.

»Stimmt.« Er nahm einen weiteren Schluck Kaffee. Seine stoische Gelassenheit machte sie rasend. Am liebsten hätte sie ihm die Kaffeetasse aus den Fingern gerissen – wenn das überhaupt möglich gewesen wäre, bei diesen zupackenden Händen – und durch den Raum geschleudert, um diesem Arroganzbolzen ein bisschen Dampf zu machen. Allerdings hätte ihre impulsive Handlung leicht in eine Katastrophe münden können. Und sie hatte wenig Lust, sich mit diesem muskelbepackten Adonis anzulegen. Sie war zwar ehrgeizig, aber bestimmt nicht lebensmüde. »Mr. Ratliff, Sie wissen ...«

»Ich weiß, was Sie wollen. Und meine Antwort lautet: Nein. Das habe ich Ihnen definitiv schon vor Monaten auf Ihren ersten Brief hin geantwortet. Der *einzige*, auf den ich reagiert habe. Offenbar ist Ihnen der Inhalt jenes Schreibens entfallen. Er lautete im Wesentlichen, dass Sie sich Ihren Atem, Ihre Energie, Zeit, Geld und« – er taxierte sie zynisch – »die albernen neuen Klamotten hätten sparen können. Ich würde niemals meine Einwilligung dazu geben, dass Sie meinen Vater für Ihre Fernsehsendung interviewen. Meine Haltung zu diesem Thema hat sich seit damals nicht geändert.« Wieder kehrte er ihr eiskalt den Rücken zu.

Andy war der festen Überzeugung gewesen, dass sie, ausstaffiert mit knalligen Bluejeans und Westernstiefeln à la Texas-Cowgirl, in dieser ländlichen Idylle völlig unauffällig, sozusagen Undercover hätte recherchieren können. Aber damit hatte sie wohl schwer danebengelegen. Okay, sie hatte es vermasselt. Was soll's. Trotzdem würde sie die Flinte nicht so schnell ins Korn werfen. Sie straffte die Schultern, nicht merkend, dass dabei die sportlich geschnittene Baumwollbluse über ihrem Busen spannte. »Sie haben sich meinen Vorschlag noch gar nicht angehört, Mr. Ratliff. Ich ...«

»Interessiert mich nicht«, versetzte er scharf. Dabei schnellte sein Kopf zu ihr herum, und sein Blick traf unbeabsichtigt auf ihre spitzen Brüste. Andy hätte im Erdboden versinken mögen. Sie erstarrte, fühlte sich völlig ausgeliefert in dieser kompromittierenden Situation. Wagte nicht zu atmen, als er nach einer langen Weile den Blick hob und sie wütend anfunkelte.

»Keine Interviews mit meinem Vater«, betonte er mit leiser, eindringlicher Stimme. »Er ist ein alter, kranker Mann. Da haben vor Ihnen schon ganz andere bei mir angefragt, erfahrene und hochkarätige Leute aus der Branche, Ms. Malone. Meine Antwort lautet definitiv: Nein.«

Er schwang sich vom Barhocker. Gute Güte, war der Typ riesig, sie reichte ihm gerade mal bis zur Schulter, stellte Andy fest. Sie wich einen Schritt zurück und beobachtete fasziniert, wie er in die Tasche seiner figurbetonten Jeans griff und eine Fünfdollarnote herauszog. Während sich seine Hand in den eng anliegenden, festen Stoff schob, flutete eine heiße Röte über ihre Wangen. Er legte den Geldschein neben seinen Teller. Nach der unappetitlichen Speisekarte zu urteilen, war das mehr als das Doppelte dessen, was ein großer Cheeseburger eigentlich kostete.

»Danke, Gabe. Man sieht sich.«

»Bis neulich, Lyon.«

Andy war fassungslos, dass er sie dermaßen eiskalt abservierte. Als wäre sie Luft für ihn, strebte er schnurstracks dem Ausgang zu. Frustriert heftete sie sich an seine Fersen. »Mr. Ratliff«, rief sie kleinlaut.

Er blieb stehen und drehte sich gefährlich langsam zu ihr um. Andy beschlich das unangenehme Gefühl, von winzigen Lasern durchbohrt zu werden, als sein Blick sie vom Scheitel bis zu den Spitzen ihrer neuen Stiefel vermaß.

»Ich mag keine ehrgeizigen, karrieregeilen Tussis, Ms. Malone. Und genau diesen Eindruck machen Sie auf mich. Ich sträube mich vehement dagegen, dass mein Vater Interviews gibt – und vor allem Ihnen. Also packen Sie Ihre neuen Klamotten zusammen und Ihren hübschen kleinen Arsch wieder nach Nashville, wo Sie herkommen.«

In dem kleinen, stickigen Motelzimmer knallte Andy ihre Handtasche auf das Bett und warf sich in den unbequemen Sessel. Presste die Finger auf ihre Stirn, während sie mit den Daumen die hundsgemein dröhnenden Schläfen massierte. Keine Ahnung, ob es an der Hitze, dem ungewohnten Klima oder an Lyon Ratliffs rigoroser Abfuhr lag. Jedenfalls hatte sie wahnsinnige Kopfschmerzen. Sie seufzte. Ganz bestimmt hatte es mit diesem unsäglichen Typen zu tun. Warum auch legte er ihr gnadenlos Steine in den Weg?

Ein paar Minuten später stand sie auf, streifte die ungewohnt steifen Stiefel von den Füßen und trat sie beiseite. »Nichts für ungut, aber genug ist genug«, knirschte sie. Sie glitt ins Bad, wo sie zwei Aspirin mit dem lauwarmen Wasser herunterspülte, das aus dem Kaltwasserhahn kam.

»Wieso hast du ihm nicht einfach eine in seine arrogante Visage verpasst?«, fuhr sie ihr Spiegelbild an. »Stehst da rum wie eine komplette Vollidiotin und lässt dich von ihm niederbügeln, tss!« Sie löste die Spange aus ihrem Haar und schüttelte es missmutig nach hinten, was ihren Kopfschmerzen gar nicht guttat. »Und das alles nur, weil du dieses blöde Interview willst, stimmt's?«

Ihr grauste davor, Les anzurufen. Was sollte sie ihm berichten? Er steckte berufliche Niederlagen nur schlecht weg, wobei Niederlage noch milde ausgedrückt war. Während sie Vorwahl und Nummer eintippte, überlegte sie, wie sie ihm die Hiobsbotschaft schonend beibringen könnte. Die Telefonistin von Telex meldete sich, und sie ließ sich in Les' Büro durchstellen. »Ja«, vernahm sie seine gereizte Stimme in der Leitung.

»Hi, ich bin's.«

»Ach nee, und ich dachte schon, du wärst in diesem Provinznest von irgendwelchen Cowboys gekidnappt worden. Echt nett von dir, dass du dir die Zeit nimmst, mich anzurufen.«

Zynismus. Momentan schien Zynismus schwer angesagt. Andy trug es mit Fassung, wie sie Les' sämtliche Launen ertrug. »Tut mir leid, Les, aber ich hab deshalb nicht angerufen, weil ich nichts Positives für dich hatte. Schon vergessen, unser Memo im letzten Monat von wegen unnötiger Kosten durch ineffiziente Ferngespräche?«

»Aber das gilt doch nicht für dich, Andy-Maus«, sagte er etwas versöhnlicher. »Wie kommst du denn so klar in der Wildnis?«

Sie rieb sich die pochenden Schläfen. »Nicht besonders«, meinte sie gedehnt. »In den ersten Tagen habe ich komplett auf der Stelle getreten. Inzwischen weiß ich auch nicht viel mehr, bloß, dass der Garten um das Ranchhaus neu gestaltet werden soll. Das ist alles. Das und wo Lyon Ratliff, der Sohn, bisweilen zu Mittag isst, wenn er in der Stadt ist. Heute hatte ich immerhin das Vergnügen, den Gentleman persönlich kennen zu lernen.«

Sie starrte auf ihre Nylonsöckchen und wackelte mit den Zehen, bemüht, Lyons beißenden Kommentar beim Hinausgehen auszublenden. Und sich stattdessen auf seinen Blick zu konzentrieren, als sie einander das erste Mal tief in die Augen geschaut hatten. Sie hatte sich einfach toll gefühlt ... begehrenswert wie schon lange nicht mehr.

»Und«, bohrte Les ungeduldig.

»Oh ... und ... ähm ... das ist echt ein harter Brocken, Les. Der bleibt stur wie ein Maultier. Unmöglich, mit diesem Rüpel vernünftig zu reden.«

»Klingt nach einem verdammt netten Typen«, wieherte Les.

»Er war regelrecht verletzend zu mir.« Abwesend zupfte sie an einem Wollfaden des leuchtend rot und schwarz gestreiften Bettüberwurfs herum. »Inzwischen bin ich schwer im Zweifel, Les, ob es überhaupt Sinn macht. Vielleicht sollten wir die Sache fallen lassen. Was, wenn der alte General wirklich zu geschwächt ist für ein Interview? Die Berichte über seinen Gesundheitszustand stimmen mich misstrauisch. Womöglich steht er die Aufregung nicht durch. Oder ist gar nicht mehr dazu in der Lage, Fragen zu beantworten. Was hältst du davon, wenn ich die Zelte abbreche und zurückkomme?«

»Andy-Maus, was ist denn auf einmal mit dir los? Ist dir etwa die heiße texanische Sonne zu Kopf gestiegen?«

Sie vermochte sich Les bildhaft vorzustellen. In diesem Augenblick würde er seine Füße in den bequemen Wildledertretern vom Schreibtisch nehmen, den Chefsessel näher heranrollen und das Kinn wie Rodins »Denker« in die Hand stützen. Seine horngerahmte Brille auf den rotblonden Haarschopf schieben oder irgendwo auf dem hoffnungslos überfüllten Schreibtisch ablegen, zwischen überquellende Aschenbecher, leere Schokoriegelverpackungen und wochenalte Zeitungsartikel. Wäre sie jetzt nicht tausend Meilen weit weg, sondern in seinem Büro, träfe sie tiefe Verachtung aus seinen kalten, blauen Augen. Sie schauderte, als spürte sie seinen vernichtenden Blick bereits durchs Telefon.

»Willst du dir von diesem borniertem Bauernlümmel etwa in die Parade fahren lassen, Baby? Da hast du doch schon ganz andere Kaliber bewältigt. Knallharte Brocken. Weißt du noch, diese durchgeknallten Gewerkschaftsfuzzis? Sind mit Stöcken auf unseren Fotografen losgegangen, aber dir fraßen sie nach zehn Minuten quasi aus der Hand. Weil sie scharf waren auf deinen Luxusbody. Jeder Mann, der Augen im Kopf hat ...«

»Les«, unterbrach sie ihn scharf. »Ich darf doch sehr bitten.«

»Bitten, um was? Baby, bei dir würde ich mich nicht lange bitten lassen. Wann immer du Lust hast.«

Sie, Les Trapper und Robert Malone hatten gemeinsam bei einem kleinen Fernsehsender angefangen. Les hatte die aktuellen Nachrichtensendungen produziert, Robert war Reporter gewesen. Andy hatte die Abendnachrichten moderiert, gemeinsam mit einem linkischen Jerry-Lewis-Typen, der schon seit der Gründung des Senders dabei war. Die Unternehmensleitung hatte sich verständlicherweise nicht dazu durchzuringen vermocht, diesem bebrillten Urgestein nach all den Jahren noch zu kündigen.

Auch nach ihrer Heirat mit Robert waren die drei gute Freunde geblieben. Da sich ihr Mann als Fernsehkorrespondent häufig im Ausland aufgehalten hatte, war sie ab und zu mit Les ausgegangen, aber natürlich rein platonisch.

Unvermittelt dachte sie wieder an jenen Abend, als Les sie aufgesucht und ihr schonend beigebracht hatte, dass Robert bei einem Erdbeben ums Leben gekommen war. In Guatemala, wo er für eine Reportage recherchierte. Les hatte sich über Wochen hinweg rührend um sie gekümmert, ihr vieles abgenommen, was sie psychisch nicht verkraftet hatte. Noch Monate nach Roberts Tod hatte sie sich hinter Les versteckt. Für sie war er der große Beschützer.

Sie waren Freunde geblieben und arbeiteten inzwischen beide für Telex. Dass Les seine schlüpfrigen Angebote nicht ernst meinte, war ihr sonnenklar. Er war nie solo, hatte immer irgendwas am Laufen, oft sogar mehrere Affären nebeneinander.

Gleichwohl hatte der Job oberste Priorität für ihn. Das war immer so gewesen und würde auch so bleiben. Er war enorm ehrgeizig. Für eine Superstory hätte er vermutlich sogar seine eigene Großmutter verkauft. Er war ein ausgekochtes Schlitzohr, und nach Andys Einschätzung fehlte es ihm des Öfteren an Sensibilität und Taktgefühl. Seine Ausdrucksweise war bisweilen unterste Schublade, seine Launen waren legendär.

Trotzdem war er ihr Freund. Und ihr Chef. Und deshalb rückte sie besser schleunigst mit einer konstruktiven Idee heraus.

»Was hältst du davon, wenn ich Lyon Ratliff zu einem Interview bewege? Er wäre sicher ...«

»Stinklangweilig. Der lässt doch nichts raus. Teufel noch mal, kannst du mir mal verraten, wer sich für diesen Nobody interessiert? Wir brauchen den alten Herrn, Andy-Maus. Und zwar dalli, bevor er uns abkratzt, klar? Du willst doch groß rauskommen, oder?«

»Na logo. Das wäre absolut genial.«

»Okay, dann solltest du dich schleunigst von der Ich-pack-das-nicht-Nummer verabschieden.« Seine Stimme wurde merklich weicher. »Andy-Maus, du hast es drauf. Du kannst es mit den Spitzenleuten beim Sender aufnehmen. Du hast Talent. Du bist die beste Reporterin, die ich kenne. Weißt du noch, wie du diesen Massenmörder fertig gemacht hast? Der Typ hat echt geheult. Ich hab's gesehen – auch ohne Brille. Du bist jung, klug, sexy, ein Vollblutweib mit Augen, bei denen Männer schwach werden. Setz deine Superfigur ein. Verführ diesen Cowboy und ...«

»Les!«

»Pardon, das war mir glatt entfallen. Immerhin rede ich mit der keuschesten Evastochter, die jemals erschaffen wurde, um die lüsterne Männerwelt zu verführen. Schau mal, Andy, für wen sparst du dich eigentlich auf, hm? Bestimmt nicht für mich – ich hab nämlich zigmal versucht, bei dir zu landen. Seit Roberts Tod vor drei Jahren lebst du enthaltsam wie eine Nonne. Du hast nämlich ein Problem, du bist zu verkrampft. Werd mal ein bisschen lockerer, Baby. Klimper mit deinen langen Wimpern bei diesem Rodeoreiter, und schon frisst er dir aus der Hand wie sein Gaul.«

Lyon Ratliff und aus der Hand fressen? Bei der absurden Vorstellung musste sie sich das Lachen verbeißen. Dafür seufzte sie resigniert. Irgendwie hatte Les ja Recht. Sie rackerte sich in ihrem Job ab und gönnte sich kein bisschen Privatleben. Ob es daran lag, dass sie nach Roberts Tod viel zu oft allein war? Oder dass sie sich zwanghaft dazu berufen fühlte, ihrem Vater, einem bekannten Journalisten, nachzueifern?

Allerdings entsprach die Anstellung bei Telex beileibe nicht ihrer Vorstellung von einem ultimativen Traumjob, obwohl sie landesweit auf den Bildschirmen präsent war. Nein, ihr schwebte eine Karriere bei einer der großen, renommierten TV-Gesellschaften vor. Aber um dort einen Job zu bekommen, musste man einen Wahnsinnscoup landen. Ein Interview mit General Michael Ratliff wäre das Karrieresprungbrett schlechthin – die ungeteilte Aufmerksamkeit der renommierten Fernsehbosse hätte sie damit locker in der Tasche.

»Also gut, Les. Ich bin zwar nicht einverstanden mit deinen Methoden, aber letztlich ziehen wir beide an einem Strang. Ich probier's noch mal.«

»Super, das ist mein Mädchen! Du sagtest doch was von Landschaftsgestaltung, oder? Schlepp dem Typen meinetwegen irgendwelches Grünzeug an. Womöglich kannst du dich sogar mit einer Ladung Gartenzwerge bei ihm einschmuggeln.«

»Hahaha. Deine Ideen waren auch schon mal besser.«

»Immer schön fröhlich bleiben, Baby. Kannst wohl keinen Spaß mehr vertragen, hm?«

»Ich leg jetzt auf, Les.«

»Bis bald, Andy-Maus. Ich liebe dich.«

»Ich dich auch. Ciao.«

Den Rest des Nachmittags verbrachte sie am Motelpool. Das hatte sie sich redlich verdient, beschwichtigte sie sich, als sie sich auf einer der Liegen ausstreckte. Sie fühlte sich psychisch und physisch ausgepowert, auch wenn man ihr äußerlich nichts anmerkte. Ganz im Gegenteil: In ihrem winzigen Zweiteiler erntete sie anerkennende Pfiffe von drei jungen Typen, die in einem Pick-up vorbeifuhren. Ein harmloser Flirt.

Und wie stand es mit Lyon Ratliff?

Es war jetzt Stunden her, dass er sie einer kritischen Musterung unterzogen hatte. Sobald sie aber wieder an seine anzüglichen Blicke dachte, spürte sie, wie ihr Körper noch im Nachhinein darauf reagierte.

Ein ahnungsvolles Ziehen wogte durch ihre Brüste; die rosigen Spitzen unter dem knappen Bikinioberteil wurden fest, ihr Unterleib von einem erotisierenden Prickeln erfasst. Ein untrügliches Signal dafür, dass sie auch nach Roberts Tod heimliche Sehnsüchte, Wünsche hatte.

Gegen Abend schwang sie sich in ihren kleinen Mietwagen und fuhr zu einem Grillrestaurant, wo sie sich ein Steaksandwich kaufte, das sie in ihrem Motelzimmer aß. Der Fernseher lief, aber die unsäglichen Serien und Shows waren einfach nur langweilig. Sie versuchte, sich in einen aktuellen Liebesroman zu vertiefen. Obwohl der Held blond und grünäugig war, stellte Andy ihn sich dunkel gelockt vor, mit rauchgrauen Augen in einem herb anziehenden, sonnengebräunten Gesicht. Mit sinnlich vollen Lippen, die sich missmutig zuckend verzogen und gleichzeitig unvergessliche Küsse versprachen. Unvermittelt stellte sie sich Lyons schlanken, trainierten Körper nackt vor. Verglichen mit dessen maskuliner Ausstrahlung war der Held in ihrem Buch ein müder Abklatsch.

»Lyon ist der größte Kotzbrocken, der mir jemals untergekommen ist«, knirschte sie. Sie warf das Buch beiseite, lief zur Tür und schloss ab. Bevor sie die Nachttischlampe ausschaltete, warf sie noch einen flüchtigen Blick über ihre Schulter. Betrachtete ihre Silhouette in dem hohen Ankleidespiegel. Sie trug lediglich ein T-Shirt und einen Minislip. »Aber man soll die Hoffnung nie aufgeben«, baute sie sich moralisch auf. Die Sache fing an, ihr Spaß zu machen.

Im Nachhinein konnte sie es kaum fassen, wie einfach das Ganze gewesen war! Ganz nebenbei hatte sie im Schönheitssalon nämlich mitbekommen, dass Lyon Ratliff eine Ladung Pflanzen für die Ranch bestellt hatte. Und die Frau des Gärtnereibesitzers war vor Stolz fast geplatzt, als sie den Kundinnen verkündete, dass ihr Mann die Gehölze am Donnerstagmorgen liefern und einsetzen würde.

Als Andy am anderen Morgen aufwachte, reifte in ihr ein Plan. Im Stillen dankte sie Les für die Inspiration. Sie entschied sich für einen leichten wildseidenen Hosenanzug mit einer ärmellosen, korallenroten Bluse. Steckte das Haar im Nacken zu einem Knoten zusammen, zumal die strenge Frisur ihre professionelle Kompetenz unterstrich. Dann fuhr sie in Richtung Ratliff-Ranch und stellte den Wagen etwa eine Meile vor ihrem Ziel auf dem Seitenstreifen ab. Hoffentlich war sie nicht zu spät dran.

Nachdem sie etwa zwanzig Minuten gewartet hatte, sah sie den schwer beladenen Gärtnerei-Lkw über den Highway herantuckern. Sie sprang aus dem Wagen und winkte mit ihrem Sonnenhut – eine hilflose, junge Frau, die verloren am Straßenrand stand. Wie von ihr heimlich eingeplant, hielt der Lastwagen kurz hinter ihr. Sie lief zu dem Fahrer hin, der hilfsbereit aus dem Führerhaus sprang.

»Danke, dass Sie angehalten haben«, rief sie atemlos.

»Guten Morgen. Was ist denn mit Ihrem Wagen los, junge Dame?«

Sie biss die Zähne zusammen und nötigte sich zu einem Lächeln. »Ich weiß auch nicht. Keine Ahnung«, seufzte sie resigniert. »Ich wollte zur Ratliff-Ranch, wo ich mit Gracie verabredet bin. Hab mich ohnehin verspätet, und jetzt auch noch das! Sie macht sich bestimmt Sorgen, ob mir unterwegs irgendetwas passiert ist. Würde es Ihnen etwas ausmachen, mich bis zur nächsten Telefonzelle mitzunehmen?«

Sie hatte keinen Schimmer, wer Gracie war. Lyon hatte den Namen beiläufig im Restaurant erwähnt. Womöglich eine Verwandte, Köchin, Haushälterin ... oder auch seine Frau? Hatte sie schon mal irgendwo gelesen, dass er verheiratet war? Merkwürdig, aber der bloße Verdacht wurmte sie. Jedenfalls funktionierte der Trick mit Gracie. Der Gärtnertyp grinste breit.

»Ich mach Ihnen einen besseren Vorschlag. Ich bin auf dem Weg zu den Ratliffs. Was halten Sie davon, wenn ich Sie direkt bis vor die Haustür fahre?«

Theatralisch gestikulierte sie mit ihren Händen. »Oh, ja? Das ist aber nett von Ihnen. Sie sind echt ein Engel! Dann komme ich wenigstens noch zu meinem Job und kann von dort in der Werkstatt anrufen. Macht es Ihnen auch wirklich nichts aus, mich mitzunehmen?«, setzte sie mit einem strahlenden Lächeln hinzu.

»Ach was, ganz bestimmt nicht.«

»Ich hol nur schnell meine Tasche und schließ den Wagen ab.« Sie wirbelte herum, steuerte auf hohen Hacken zurück zu ihrem Auto und dankte der himmlischen Vorsehung, dass der Gärtner so leichtgläubig war. Er hatte nicht mal nachgefragt, was für einen Job sie denn meinte.

Er stellte sich ihr als Mr. Houghton vor, und als sie ungelenk auf den Beifahrersitz kletterte, schaute er höflich weg.

Obschon es in der Fahrerkabine laut und stickig war – es roch durchdringend nach Blumenerde und Düngemitteln –, plauderte Andy angeregt mit Mr. Houghton, während sie auf das elektronisch gesicherte Eingangstor der Ratliff-Ranch zufuhren.

Houghton bremste mit quietschenden Reifen, aber Lyon hatte den Laster offenbar schon vorher registriert. Die Tore zu der geteerten Auffahrt schwangen auf, und ein zahnloser Cowboy winkte sie durch. Ob er Andy wahrnahm oder daran zweifelte, dass sie mit einem grünen Daumen gesegnet wäre, ließ er sich mit keiner Miene anmerken. Als der Lkw schließlich durchs Tor rollte und sie durch den Seitenspiegel beobachtete, wie es sich hinter ihnen schloss, seufzte Andy spontan erleichtert auf.

»Ich lass Sie an der Vordertür raus. Schätze, Mr. Ratliff erwartet mich am Westflügel.«

»Danke, das ist sehr aufmerksam von Ihnen.« Sie schenkte ihm ein hinreißendes Zahnpasta-Lächeln. Das passte ihr hervorragend ins Konzept. Zumal Lyon demnach sicher noch ein ganze Weile beschäftigt war. *Lyon?* Wie kam sie denn auf das schiefe Brett? Für sie war und blieb er immer noch *Mr. Ratliff*!!!

Das beeindruckende Anwesen hätte eher nach Südkalifornien gepasst als in die weiten texanischen Ebenen. Gesäumt von Pekannussbäumen, knorrigen Eichen und Baumwollsträuchern, verströmte der weitläufige Komplex den Charme stilvoller Landhäuser. Das Haus war zweistöckig, Andy gewann jedoch rasch den Eindruck, dass es mit seinen zahllosen Flügeln und Erkern endlos viel Raum bot.

Das Wohnhaus und die Nebengebäude waren aus weißen Adobeziegeln gemauert, das Dach mit gebrannten Ziegeln gedeckt. Die vier majestätischen Stützpfeiler auf der Frontseite erhoben sich über einer großzügigen Veranda, wo in Hängeampeln Farne, Petunien, Begonien und Fleißige Lieschen blühten. Die Farbenpracht war überwältigend. Der Schatten spendende Patio hob sich wohltuend von dem blendenden Weiß des Mauerwerks ab.

»Nochmals vielen Dank, Mr. Houghton«, rief sie, sobald der Laster ächzend zum Stehen kam und er umständlich den ersten Gang einlegte.

»Keine Ursache, junge Dame. Hoffentlich ist das mit Ihrem Wagen nichts Ernstes.«

»Das hoffe ich auch.« Sie sprang aus der Kabine und zog eine gequälte Grimasse, als sie unsanft auf dem Kies aufkam. Um unentdeckt zu bleiben, schloss sie die Beifahrertür so sacht wie eben möglich. Und atmete auf, als diese leise schabend zuschnappte. Unschlüssig nahm sie Kurs auf das Haus, blieb demonstrativ vor einem Blumenkübel stehen, den sie ausgiebig bewunderte. Sobald der Lastwagen außer Sicht war, glitt sie in das schattige Dunkel der Veranda.

Hinter den Säulen erstreckte sich eine breite Glasfront. Wie eine Diebin schlich sie sich von einem Glaselement zum anderen, legte die Hände trichterförmig auf die Scheiben und spähte ins Innere. Die Räume hatten hohe Decken, waren geschmackvoll eingerichtet und blitzsauber. Sie blickte in einen Salon mit bombastischem Kamin, kuscheligen Sofas und Sesseln, in ein von Bücherregalen gesäumtes Arbeitszimmer mit einem wuchtigen Holzschreibtisch, auf dem sich Unterlagen türmten, und in das Esszimmer. Der letzte Raum war mit einem Boden aus Terrazzofliesen und Korbmöbeln ausgestattet. Durch das Fenster bemerkte Andy die deckenhohen Glastüren, die in eine der Seitenwände eingelassen waren. Und die üppigen tropischen Pflanzen, die dort prachtvoll zu gedeihen schienen. An der Decke drehte sich langsam ein Ventilator.

Ein alter Mann saß in einem Rollstuhl und las – oder schlief er? Andy glitt um die Hausecke herum und spähte verstohlen durch das Türglas. Er hatte ein Buch auf dem Schoß und schmökerte darin. Altersfleckige Finger blätterten zitternd eine Seite um, während er sich mit der anderen Hand die goldgerahmte Brille auf der knochigen Nase zurechtrückte.

Plötzlich zuckte Andy ertappt zusammen. Ohne den Blick von seiner Lektüre zu heben, forderte er sie nämlich unvermittelt auf: »Kommen Sie doch rein, Mrs. Malone.«

2. Kapitel

Der Schock fuhr ihr in sämtliche Glieder. Wie paralysiert blieb sie stehen. Wie peinlich, dass ausgerechnet der General sie beim Spionieren erwischen musste! Gleichwohl nickte der greise Gentleman ihr wohlwollend zu. Wenn sie ehrlich war, irritierte er sie genauso wie sein Sohn. Andy hatte sich ihn eher wie George C. Scott als General Patton vorgestellt. Unnahbar, mit militärisch strengen Zügen. Der General Michael Ratliff, der dort im Zimmer saß, strahlte dagegen Güte und Milde aus. Allerdings kannte sie ihn bisher nur von alten Kriegsfotos, und die wiesen zwangsläufig wenig Ähnlichkeit mit dem gebrechlichen alten Herrn im Rollstuhl auf.

Es schien ihn zu amüsieren, dass er sie erkennbar beeindruckte. »Bitte, genieren Sie sich nicht. Treten Sie ruhig ein, dann kann ich Sie besser sehen, Mrs. Malone.«

Wie in Trance stakste Andy durch die geöffnete Glastür in den Wintergarten. »Sie sind General Ratliff?«, fragte sie unschlüssig.

Er grinste. »Ja, der bin ich.«

»W...«, sie schluckte schwer. »Woher kennen Sie

meinen Namen? Hatten Sie mit meinem Besuch gerechnet?« Einen kurzen Moment lang überlegte sie, ob Les vielleicht selbst an den General herangetreten wäre und ihn um ein Interview gebeten hätte, verwarf den Gedanken aber sofort wieder. Nein, das passte nicht zu Les. Es war definitiv nicht sein Stil. Zudem, wer mit dem General reden wollte, kam an seinem Sohn nicht vorbei. Und der impulsive Les hätte bei Lyon bestimmt ganz schlechte Karten gehabt.

»Ja, ich habe Sie schon erwartet«, erklärte der General rundheraus. »Bitte, nehmen Sie doch Platz. Möchten Sie etwas trinken?«

»Nein ... nein danke.« Unvermittelt kam sie sich wie ein Schulmädchen vor, das bei einem dummen Streich erwischt worden war. Sie setzte sich steif auf den Rand eines Korbsessels mit hohem, geschwungenem Rücken und bunt bedrucktem Polster. Stopfte ihre Unterarmtasche zwischen Schenkel und Armlehne und zupfte unbehaglich an der Manschette ihrer Bluse. »Sie haben nicht einmal aufgesehen, bevor Sie mich ansprachen. Wie ...«

»Militärisches Training, Mrs. Malone. Ich hatte immer schon ein ausgezeichnetes Gehör. Hoch sensibilisiert wie Radarsysteme. Damit war ich der Albtraum meiner jungen Offiziere. Sie konnten mich nie heimlich kritisieren, weil ich immer alles mitbekam.« Wieder schmunzelte er.

»Und woher kennen Sie meinen Namen?« Einmal

abgesehen von der Tatsache, dass er sie in flagranti beim Spionieren erwischt hatte, fand sie den alten Herrn zunehmend sympathisch. Einfach grandios, dass sie endlich einen der berühmtesten Kriegshelden ihres Landes persönlich kennen lernen durfte. Er war zwar physisch geschwächt, geistig jedoch überaus vital. Seine Augen blickten wässrig trübe, dennoch registrierte er zweifellos eine ganze Menge mehr, als er sich anmerken ließ. Zudem verfügte er bestimmt über eine hervorragende Menschenkenntnis. Er trug einen frisch gestärkten, tipptopp gebügelten Overall. Sein schütteres, weißes Haar war militärisch kurz geschnitten und streng nach hinten frisiert. »Kennen Sie etwa meine Fernsehsendung?«, schob sie nach.

»Nein, ich bedaure, das sagen zu müssen, aber die habe ich mir leider noch nie angeschaut. Ich wusste von Ihnen, weil Lyon mir davon erzählte, dass er Sie gestern in der Stadt kennen gelernt hat.« Er beobachtete ihre Reaktion.

»Ach ja?«, gab sie kühl zurück, ihre Miene bewusst unbestimmt. »Hat er Ihnen auch erzählt, wie respektlos er mir gegenüber war?«

Dem alten Mann entfuhr ein lautes, bellendes Lachen, das in einen Hustenanfall mündete. Alarmiert sprang sie auf und beugte sich über ihn. Kam sich ziemlich hilflos vor, da sie keine Ahnung hatte, was sie tun sollte. O Schreck, wenn ihm ausgerechnet jetzt etwas passierte, wo sie allein mit ihm war!

Lyon würde sie lynchen! Der erstickende Krampf ebbte schließlich ab, und er bedeutete ihr mit einem schwachen Winken, sich wieder in den Sessel zu setzen. »Nein, das hat Lyon nicht erwähnt, aber es würde zu ihm passen. Ich kenne schließlich meinen Sohn.«

Er wischte sich die tränenden Augen mit einem weißen Batisttaschentuch. Räusperte sich und grinste dann verschmitzt. »Er erwähnte nur, dass wieder so eine Schmarotzerin von der Presse in der Stadt herumschnüffeln und blöde Fragen stellen würde. Er nannte Sie – was war es noch gleich – eine sensationsgeile Medienschlampe. Ja, ich glaube, das waren seine genauen Worte. Und dass Sie sich nicht zu schade sind, Ihr Aussehen auszuspielen, um an eine Story zu kommen. Daraufhin beschrieb er Sie mir recht ausführlich.«

Eine heiße Röte schoss in ihre Wangen, wütend biss sie die Kiefer aufeinander. *Schmarotzerin. Medienschlampe.* Dieser Schuft glaubte wohl, dass sie über Leichen ging.

Sie schluckte ihren Ärger jedoch hinunter, zumal der General sie aufmerksam beobachtete, als wollte er ihre Reaktion auf Lyons Affront testen. »General Ratliff, ich möchte, dass Sie eins wissen. Ihr Sohn hat ein völlig falsches Bild von mir. Natürlich habe ich mich über Sie und Ihr Leben hier auf der Ranch umgehört, aber doch nur, weil ich ...«

»Sie müssen sich nicht rechtfertigen, Mrs. Malone.

Ich wollte damit lediglich andeuten, welchen Eindruck Sie auf Lyon machen. Damit ich mir ein eigenes Urteil bilden kann, fasse ich die Fakten kurz zusammen: Sie arbeiten für einen Kabelsender und möchten mich für Ihre Sendung interviewen. Sehe ich das richtig?«

»Ja, Sir. Uns schweben Interviews von halbstündiger Länge vor, die im abendlichen Serienprogramm ausgestrahlt werden.«

»Wieso?«

»Wieso?«, wiederholte sie verständnislos.

»Wieso wollen Sie ausgerechnet mich interviewen?«

Sie starrte ihn mit großen Augen an, schüttelte kaum merklich den Kopf und erwiderte: »General Ratliff, das müssten Sie doch selbst am besten wissen. Immerhin haben Sie amerikanische Geschichte geschrieben. Ihr Name wird in jedem Titel über den Zweiten Weltkrieg erwähnt. Sie leben seit Jahren zurückgezogen auf dieser Ranch. Und die amerikanische Öffentlichkeit interessiert sich berechtigterweise für Sie. Man möchte wissen, was Sie hier so machen.«

»Das kann ich Ihnen mit einem Wort beantworten: nichts. Ich sitze hier herum, werde älter, gebrechlicher und warte auf den Tod.« Als sie protestieren wollte, hob er beschwörend die Hände. »Also, Mrs. Malone, wenn wir zusammenarbeiten wollen, müssen wir ehrlich miteinander umgehen. Ich werde bald sterben. Mir war ein langes Leben vergönnt, aber jetzt bin ich froh, wenn es vorbei ist. Es ist zermürbend, wenn man alt und krank ist, nicht mehr gebraucht wird.«

Da sie darauf nichts zu erwidern wusste, schwieg sie und musterte ihn eindringlich. Der General sprach als Erster wieder. »Einmal angenommen, ich lasse mich von Ihnen interviewen. Kann ich dann Einfluss nehmen auf die Fragen?«

Ihr Herzschlag beschleunigte sich. Das ließ sich doch sehr positiv an. »Ja, Sir.«

»Also schön. Sie bekommen Ihr Interview, Mrs. Malone. Trotzdem will mir nicht einleuchten, warum Sie *mich* interviewen möchten. Da gibt es doch weitaus beeindruckendere Figuren.«

»Ich finde Sie ungemein beeindruckend«, versetzte sie mit Nachdruck.

Er lachte, dieses Mal jedoch verhaltener, als hätte er Bedenken, damit einen weiteren Hustenkrampf auszulösen. »Das war ich vielleicht mal – als junger Mann. Und jetzt zu meinen Bedingungen: Meinetwegen können Sie meine gesamte Kindheit, Ausbildung, Militärlaufbahn, meine Karriere vor und nach dem Krieg durchleuchten. Im Ersten Weltkrieg war ich übrigens einfacher Fußsoldat. Wussten Sie das?« Ohne ihre Antwort abzuwarten, fuhr er fort: »Sie können mich ganz allgemein über den Krieg befragen, aber ich diskutiere keine einzelnen Schlachten.«

»Einverstanden«, meinte sie gedehnt.

»Sollten Sie eine Frage zu einem speziellen Kampfeinsatz stellen, werde ich Ihnen rigoros die Antwort verweigern.«

»In Ordnung.« Ganz geheuer war ihr das zwar nicht, aber an diesem Punkt hätte sie allem zugestimmt, weil sie unbedingt das Interview wollte.

»Wann fangen wir an? Gleich heute?«

Sein Enthusiasmus wirkte richtig ansteckend. Andy lächelte. »Nein. Heute Abend muss ich erst einmal telefonisch meine Crew informieren. Schätze mal, meine Kollegen können in ein, zwei Tagen mit der entsprechenden Ausrüstung hier sein.«

»Wird das Interview gefilmt?«

»Wir produzieren ein Video.«

»Ein Video«, sinnierte er, als wäre ihm diese Technik nicht geläufig.

»Es ist vergleichbar mit einer Filmrolle, lässt sich aber leichter bearbeiten. Sie müssen sich das in etwa so vorstellen wie früher die Kassetten für den Kassettenrekorder.« Er nickte unschlüssig. »Bis meine Crew eintrifft, kann ich schon einmal die Schauplätze auswählen. Ich persönlich finde es atmosphärisch ansprechender, wenn nicht immer in derselben Umgebung gedreht wird.«

»Und wir haben inzwischen Gelegenheit, uns besser kennen zu lernen.« Er zwinkerte ihr zu. »Wie lange dauert das Ganze?«

»Wir arbeiten immer nur so lange, wie es Ihre Gesundheit zulässt. Ich denke, wenn wir jeden Tag eine komplette Folge aufzeichnen, ist das für alle Beteiligten akzeptabel. Dann beenden wir das Projekt ...«

»Das Projekt ist bereits beendet, bevor Sie überhaupt damit begonnen haben.«

Der vernichtende Kommentar kam von der Tür her, durch die Andy in den Wintergarten geschlüpft war. Ihr Kopf schnellte herum, und sie gewahrte Lyon, dessen hoch gewachsene Statur sich als bedrohlich dunkler Schatten vor dem strahlenden Sonnenlicht abzeichnete. Breitbeinig, in staubigen Cowboystiefeln, stemmte er die Hände in die Hüften seiner eng anliegenden Jeans. Seine Miene missmutig verschlossen, wellten sich seine windzerzausten Haare über den lässig offenen Kragen eines karierten Sporthemds.

»Komm rein, Lyon. Soweit ich weiß, hast du Mrs. Malone schon kennen gelernt. Sie ist unser Gast.«

Lyon steuerte in den Raum. Er ignorierte den Gesprächsball, den sein Vater ihm höflicherweise zuwarf, und funkelte stattdessen Andy an. »Was zum Donnerwetter machen Sie hier?«

Andy sprang auf, fest entschlossen, ihm Paroli zu bieten. Erstens hatte sie sich nicht das Geringste vorzuwerfen, und zweitens war sie keine kleine Bittstellerin, die vor ihm kuschte. »Sie wissen genau, was ich hier mache.«

»Zufällig weiß ich auch, wie Sie sich Zugang zu unserer Ranch verschafft haben. Mr. Houghton erwähnte nämlich ganz beiläufig, dass er eine junge

Dame mitgenommen habe, nachdem ihr Wagen liegen geblieben war. Die Ärmste wollte unbedingt ihre Verabredung mit Gracie einhalten. Gracie ist seit ewigen Zeiten bei uns beschäftigt und hat meines Wissens noch nie eine ›Verabredung‹ gehabt. Also habe ich eins und eins zusammengezählt und prompt auf Sie getippt. Und jetzt, Ms. Malone, verschwinden Sie, und zwar schleunigst. Sonst helfe ich ein bisschen nach.« Zweifellos meinte er es ernst. Er griff nach ihr, doch sein Vater legte ihm beschwörend eine Hand auf den Arm.

»Lyon, deine Mutter wäre entsetzt, wenn Sie sehen könnte, wie du dich gegenüber einer Dame aufführst. Im Übrigen habe ich den Interviews mit Mrs. Malone eben zugestimmt.«

Lyon fiel aus allen Wolken. »Dad ... Dad ... Das kann nicht dein Ernst sein, oder?« Er kniete sich neben den Rollstuhl und legte General Ratliff seine Hand auf die Schulter. So viel Emotionalität hätte Andy ihm beim besten Willen nicht zugetraut. »Bist du sicher, dass deine Entscheidung richtig ist?«

Die Augen des greisen Gentleman bohrten sich in die seines Sohnes. »Ganz sicher. Allerdings werde ich niemand anderem Interviews geben. Mrs. Malone hat mich so charmant gebeten, dass ich ihr einfach nichts abschlagen kann.«

»Von wegen charmant«, knurrte Lyon und erhob sich. »Lass dich von ihr ja nicht zu irgendwas beschwatzen, was du nicht willst.«

»Hältst du mich für so leicht beeinflussbar, Lyon?«, fragte er milde. »Keine Sorge. Das geht schon in Ordnung. Ich stehe voll dahinter.«

»Na gut.« Lyon nickte widerstrebend.

»Damit wäre die Sache geklärt, Mrs. Malone«, meinte der General fröhlich.

»Danke, General Ratliff«, sagte sie. »Und bitte, nennen Sie mich doch Andy.«

»Ich mag Sie, Andy.«

»Ganz meinerseits, Sir.« Sie prustete los, und der General fiel in ihr Lachen ein. Die junge Frau war ihm vom Fleck weg sympathisch gewesen.

»Entschuldigt mich«, warf Lyon frostig ein und verpasste der euphorischen Stimmung damit einen kleinen Dämpfer, »aber ich muss wieder an die Arbeit.«

»Lyon, sag Mr. Houghton, er soll allein weitermachen. Du fährst Andy in ihre Pension und hilfst ihr, ihre Sachen herzubringen.«

Andy und Lyon schnellten wie auf Knopfdruck zu General Ratliff herum. Und starrten ihn sprachlos verblüfft an. Nach einer langen Weile räusperte sich Andy und stammelte: »Ich ... ich wohne im Haven in the Hills. Und ich fühle mich dort wirklich sehr wohl.«

»Aber bestimmt nicht so wohl wie bei uns«, versetzte der General schlagfertig. »Sie kennen Gracies Kochkünste noch nicht.« *Aha*, überlegte Andy, *dann ist Gracie also die Köchin.* »Vielleicht habe ich ab und an spontan das Bedürfnis, noch spätabends mit Ihnen zu plaudern und Ihnen aus meinem Leben zu erzählen. Wollen Sie es riskieren, sich das durch die Lappen gehen zu lassen? Sehen Sie, es spricht vieles dafür, dass Sie bis zum Abschluss des Projekts hier wohnen.«

»Aber meine Crew logiert auch in dem Motel und ...«

»Um wie viele Leute handelt es sich?«

Gedanklich ging sie die Liste der Beteiligten durch. »Vier.«

»Dann bringen wir sie im ehemaligen Gästehaus unter. Da ist genügend Platz. Keine Widerrede«, versetzte er mit einem Anflug seines früheren Befehlstons. »Lyon und ich leben sehr zurückgezogen auf der Ranch. Ein bisschen Abwechslung kann uns wirklich nicht schaden.« Er startete den batteriebetriebenen Motor des Rollstuhls. »Und jetzt entschuldigt mich bitte. Ich bin müde. Wir sehen uns beim Mittagessen.«

Leise schnurrend glitt der Rollstuhl aus dem Zimmer. Schöner Mist, jetzt war sie allein mit Lyon. Sicher wusste er um die Wahnsinnslauscher seines Vaters, denn er wartete, bis der General außer Sichtweite war. Dann schleuderte er ihr mitten ins Gesicht: »Sie können echt stolz auf sich sein.«

Stählerne graue Augen musterten sie vernichtend. Aber das ließ Andy kalt. »Stellen Sie sich vor, das bin ich auch. Ihr Vater hat den Interviews spontan zugestimmt. Wir hätten uns viel Aufwand und Energie sparen können, wenn Sie meine Bitte schon vor Monaten an ihn herangetragen hätten, statt meine Briefe ungeöffnet zurückzuschicken.«

»Es mag zwar durchaus sein, dass er eingewilligt hat, das heißt aber noch lange nicht, dass ich damit einverstanden bin.« Er musterte sie mordlustig. »Was bewegt Sie eigentlich dazu, in die Privatsphäre fremder Leute einzudringen? Ist Ihr eigenes Leben denn so eintönig, dass Ihnen die Herumschnüffelei den ultimativen Kick verschafft?«

Das verächtliche Zucken um seine Mundwinkel brachte Andy auf die Palme. Einfach nervtötend, dieser Typ! »Ich *schnüffle* nicht herum. Ich möchte lediglich mit Ihrem Vater plaudern und diese Gespräche für unser Fernsehpublikum aufzeichnen. Ob Sie es glauben oder nicht, aber viele Menschen interessiert, was er zu sagen hat.«

»Klingt echt gut, Ms. Malone. Nobel und aufopfernd. Womöglich werden Sie irgendwann noch einmal heiliggesprochen.« Unvermittelt verlor sich das arrogante Grinsen, stattdessen presste er die Lippen zu einer schmalen Linie zusammen. Packte sie unsanft am Ellbogen und riss sie an sich. Impulsiv stieß er zwischen zusammengebissenen Kiefern hervor: »Aber ich warne Sie. Sollten Sie meinem Vater in irgendeiner Weise zu nahe treten oder ihn brüskieren, hetze ich Ihnen meine Anwälte auf den Hals. Haben wir uns verstanden?«

Dabei quetschte er sie brutal an seine muskelbepackte Brust, und sie japste krampfhaft nach Luft. »Ja«, brachte sie mühsam hervor.

Unschlüssig starrte er zu ihr hinunter und nickte matt. *Wollte er damit etwa andeuten, dass er ihr das gnädigerweise abnahm,* überlegte Andy. *Nach dem Motto: im Zweifel für die Angeklagte?* Für die Ewigkeit eines Herzschlags fixierte er sie. Sie hielt die Luft an. Wagte nicht zu atmen. Sich gegen seine Umklammerung zu wehren, die viel von einem Ringkampf hatte. Oder von einer stürmischen Umarmung ... Aber den Gedanken verwarf sie hastig wieder.

Sie blieb völlig passiv und wehrte sich nicht. Dabei wurde ihm die frivole Ambivalenz ihrer Position bewusst. Reflexartig ließ er sie los. Als hätte er sich an einem heißen Gegenstand die Finger verbrannt. Ein unbeteiligter Beobachter hätte jetzt womöglich darauf getippt, dass er Angst vor ihrer Nähe hatte. »Also los, fahren wir Ihre Sachen holen«, knurrte er. »Bin schließlich kein Taxiunternehmen.«

Ihr lag eine vernichtende Replik auf der Zunge. Aber da war er schon durch die hohe Glastür hindurch verschwunden. Sie folgte ihm über die Veranda, die das gesamte Untergeschoss umschloss, bis zur Rückseite des Hauses. Dort stand sein Eldorado in einer geräumigen Garage, die locker vier Autos Platz bot.

Lyon hielt es wohl für Zeitverschwendung, ihr höflich die Beifahrertür aufzuhalten. Geschmeidig schwang er sich hinter das Lenkrad. Er hatte den Motor bereits angelassen und zeigte ein gereiztes Funkeln in den Augen, als sie im Laufschritt angespurtet kam und sich auf den Beifahrersitz schob. Mit voller Wucht die Tür zuknallte. Vielleicht schnallte er ja irgendwann mal, was sie von seinen Umgangsformen hielt. Seine Reaktion war eisiges Schweigen – anscheinend war es ihm also piepegal.

Sie bretterten durch die Tore und über den Highway. Lyon fuhr garantiert zu schnell, überlegte Andy, denn die Landschaft flog nahezu geisterhaft an ihnen vorüber. Er hatte das Seitenfenster heruntergelassen, einen Ellbogen auf den Rahmen gelegt und trommelte rhythmisch mit den Fingern auf das Blech. Der Wind riss an ihren Haaren, gleichwohl hätte sie sich eher die Zunge abgebissen, als ihn zu bitten, das Fenster zu schließen.

»Das da ist mein Auto«, rief sie, als sie an dem Mietwagen vorbeibretterten, der einsam auf dem Randstreifen parkte.

»Darum kümmern wir uns auf der Rückfahrt. Nicht dass *die junge Dame* noch Ärger mit der Polizei bekommt.«

Nach einem mordlustigen Blick in seine Richtung drehte sie den Kopf und starrte brütend aus dem Fenster. Von seiner halsbrecherischen Fahrerei war ihr regelrecht schwindlig geworden. Hoffentlich wurde ihr nicht auch noch schlecht!

Den Rest der Strecke schwiegen sie beharrlich. Als

er mit quietschenden Reifen vor dem Motel zum Halten kam, blickte sie fragend zu ihm.

»Glauben Sie bloß nicht, nur Sie wären in der Lage, unbequeme Fragen zu stellen, Ms. Malone.«

Der stechende Blick seiner rauchgrauen Augen machte sie zunehmend nervös. Was mochten seine Nachforschungen über Andy Malone noch ergeben haben? »Ich bin gleich zurück.« Hektisch tastete sie nach dem Türgriff und sprang aus dem Wagen. Endlich erlöst! Trotz der geöffneten Fenster hatte sie in der Enge des Coupés das Gefühl gehabt zu ersticken.

Hastig schloss sie sich auf, glitt in ihr Zimmer. Lauschte auf das klickende Zuschnappen der Tür. Nichts. Fehlanzeige. Als sie sich irritiert umdrehte, stand Lyon auf der Schwelle, eine Hand auf den Rahmen gelegt. »Ich helfe Ihnen.«

»Ist nicht nötig. Machen Sie sich keine Mühe.«

»Dann warte ich eben hier, bis Sie fertig gepackt haben.«

Er schob sich in den Raum, drückte die Tür mit der Stiefelspitze zu. Mechanisch trat Andy einen Schritt zurück. Sie konnte sich des Eindrucks nicht erwehren, dass das ohnehin kleine Motelzimmer auf die Größe einer Puppenstube zu schrumpfen schien. Vermutlich lag es an seiner unübersehbaren Präsenz. Lyon warf die Autoschlüssel auf das gemachte Bett, bevor er sich auf den Rand schwang, sich ans Kopfende lehnte und lässig seine langen Beine übereinanderschlug. Andy, die unschlüssig stehen geblieben war, bombardierte ihn mit einem todbringenden Blick. Worauf er mit einem unverschämt arroganten Grinsen meinte: »Lassen Sie sich durch mich nicht stören. Tun Sie einfach so, als wäre ich gar nicht hier.« Von wegen einfach. Der Typ raubte ihr noch den letzten Nerv.

Sie kehrte ihm den Rücken zu und öffnete den Koffer, der auf der Ablage des Wandschranks lag. Wütend zerrte sie Kleidungsstücke von den Bügeln und stopfte sie wahllos hinein. Sammelte Pumps vom Boden auf und warf sie in einen Schuhbeutel. Als sie ihn zuziehen wollte, riss zu allem Überfluss das Verschlussband.

»Vergessen Sie Ihre neuen Stiefel nicht«, riet er ihr vom Bett aus.

Sie wirbelte herum. »Mit Sicherheit nicht. Die haben einen eigenen Karton. Trotzdem danke für den guten Tipp.«

Ihren Sarkasmus steckte er ganz locker weg. »Keine Ursache.«

Dabei grinste er, worauf sich vor Andys geistigem Auge spontan ein faszinierendes Bild aufbaute: Lyon, wie er auf dem Bett lag und sie anlächelte, aber nicht überheblich, sondern sinnlich erotisch. Unvermittelt war ihr Mund wie ausgetrocknet, ein heißes Prickeln breitete sich in ihrer Magengrube aus. Panisch versuchte sie, sich nichts anmerken zu lassen.

Zur Abwechslung ging sie auf die Ablage im Bad los, knallte wahllos Kosmetikartikel und Waschsachen in ihr Beautycase. Vernahm das unheilvolle Klirren von Glas, das Scheppern von Porzellan, Plastik, Metall. Hoffentlich ging das gut, seufzte sie im Stillen. Falls freilich irgendein Flakon zerbrach und auslief, hätte sie eine Mordsschweinerei in ihrer Tasche. Als sie zufällig in den Spiegel über dem Waschbecken schaute, traf sie auf Lyons Blick. Dieser Schuft verfolgte jeden ihrer Handgriffe!

»Scheint Ihnen perversen Spaß zu machen, mir zuzuschauen, hmm?«

»Exakt. In meinem früheren Leben bin ich wohl Spanner gewesen.«

»Vielleicht sollten Sie das mal mit Ihrem Psychoklempner aufarbeiten.«

»Wieso?« Fragend hoben sich seine Brauen. »Macht es Sie nervös, wenn ich Ihnen dabei zuschaue?«

»Nicht die Spur.« Um seine Mundwinkel herum zuckte es spöttisch. Ein unmissverständliches Signal, dass er ihr das nicht abnahm. Sie riss den Blick von seinem Spiegelbild los, stopfte den letzten Kosmetikartikel in ihre Tasche.

Mit fahrigen Fingern zog sie die Schubfächer einer halbhohen Kommode auf, die dem Bett gegenüber stand. Raffte verlegen die hauchzarte Unterwäsche zusammen, worauf ihr ein Hipster mit breitem Spitzensaum aus der Hand glitt. Hastig hob sie ihn vom Boden auf – aber nicht schnell genug. Ein verstohlener Seitenblick, und Andy erkannte an seinem vielsagenden Grinsen, dass er das winzige Etwas registriert hatte.

Schließlich packte sie ihre Unterlagen zusammen, die kreuz und quer verstreut auf dem kleinen Plastiktisch lagen. Währdendessen schwang er sich vom Bett und stapfte ins Bad. Als er Sekunden später zurückkehrte, schwenkte er einen maulbeerfarbenen Push-up-BH mit passendem Höschen. Schlagartig fiel ihr wieder ein, dass sie das Set am Vorabend ausgewaschen und zum Trocknen auf die Heizung gelegt hatte.

Er baute sich vor ihr auf, in jeder Hand ein Wäschestück. Und fixierte Andy dermaßen intensiv, dass sie verlegen den Blick senkte. »Die hätten Sie fast vergessen«, meinte er gedehnt. Mit klinischer Gründlichkeit inspizierte er die durchschimmernden Dessous. Ließ sie durch seine Finger gleiten, warf sie spielerisch in die Luft und fing sie wieder auf. Dabei beobachtete sie ihn mit angewiderter Faszination. »Aber so etwas Kleines übersieht man schon mal gern.«

Sie jaulte innerlich auf, riss ihm BH und Slip aus der Hand. Er brüllte vor Lachen, als sie beides in den Koffer warf und diesen zuknallte. Als sie Anstalten machte, ihn von der Ablage zu heben, kam Lyon ihr – o Wunder! – zu Hilfe.

»Müssen Sie noch auschecken?«, erkundigte er sich beim Verlassen des Zimmers.

»Ja«, sagte sie kühl, obwohl ihr in seiner Nähe

glutheiß war. Das Herz pochte schmerzhaft gegen ihren Rippenbogen.

»Dann lade ich in der Zwischenzeit schon mal Ihr Gepäck in den Wagen. Wir treffen uns am Empfang.«

»In Ordnung«, willigte sie resigniert ein. Kurz darauf lief sie durch einen langen, offenen Flur zur Rezeption. Umständlich kramte die Kaugummi kauende Angestellte Andys Unterlagen heraus, die sich für einen dreitägigen Aufenthalt als ziemlich umfangreich herausstellten. Als sie die Kreditkarte durch das Lesegerät zog, erspähte sie zufällig den Eldorado, der vor der Bürotür parkte.

Skeptisch beäugte sie Andy. »Das da draußen ist doch Lyon Ratliffs Wagen, nicht?«

»Sie haben es erfasst«, versetzte die Journalistin in einem Ton, der keine weiteren Fragen duldete.

»Hmmm«, entfuhr es der Rezeptionistin gedehnt. Das war alles.

Andy strebte aus dem Büro und glitt auf den Beifahrersitz des Wagens. Sie mochte den Geruch der Lederpolsterung. Und Lyons Duft leider auch. Selbst nachdem er von der schweißtreibenden Pflanzaktion ins Haus gekommen war, hatte ihn ein frischer, würzig-maskuliner Duft umgeben.

Er hatte das Seitenfenster geschlossen und schaltete die Klimaanlage ein, deren leises Summen das lähmende Schweigen untermalte. Erst als sie den Highway erreichten, drehte er das Gesicht zu ihr und fragte: »Was macht Mr. Malone eigentlich die ganze Zeit über, während Sie hemmungslos in anderer Leute Privatleben herumwühlen?«

Provoziert durch seine verletzende Bemerkung, fuhr sie ihn an: »Mein Mann ist tot.«

Seine Miene zeigte keine Regung, derweil er den Blick automatisch wieder auf die Straße lenkte. Und sie drehte den Kopf zum Fenster, um nicht dauernd sein attraktives Profil sehen zu müssen.

»Tut mir leid«, meinte er schließlich entschuldigend. »Woran ist er denn gestorben?«

Dass er einlenkte, verblüffte Andy. Seine ständigen Stimmungswechsel zerrten ohnehin mächtig an ihren Nerven. »Er kam während einer Reportage in Guatemala ums Leben. Bei dem Erdbeben.«

»Wann war das?«

»Vor drei Jahren.«

»War er Reporter?«

»Ja.«

»Bei einer Zeitung?«

»Nein, beim Fernsehen.«

»Ist er viel gereist?«

»Ständig. Er war Auslandskorrespondent.«

»Waren Sie glücklich?«

Warum dieses persönliche Interesse, überlegte sie. Vor allem, nachdem er sich erkennbar um höfliche Distanz bemüht hatte. Es lag ihr auf der Zunge, dass ihn ihre Ehe nicht das Geringste zu interessieren habe. Und dass sie hier diejenige sei, die Fragen stellte, zumindest was seinen Vater betraf. *Andy, sei besser vorsichtig und halt dich geschlossen,* redete sie sich heimlich zu. *Wenn du auf Lyon eingehst, ist er vielleicht eher geneigt, die Interviews mit dem General zu billigen. Und legt dir nicht dauernd Steine in den Weg.*

Zudem hatte sie seine arroganten Spielchen restlos satt und dass er immer noch eins draufsetzen musste. Letztlich wusste sie sowieso nicht, wie sie dagegenhalten sollte. Wäre sicher nicht das Verkehrteste, wenn sie das Kriegsbeil wenigstens vorübergehend begraben könnten, seufzte sie im Stillen.

»Ja, wir waren glücklich«, hörte sie sich antworten.

Er musterte sie für eine lange Weile, dass sie schon fast versucht war, ihm ins Lenkrad zu greifen. Er fuhr nämlich wie ein Irrer. Irgendwann hefteten sich seine Augen wieder auf die Windschutzscheibe.

Andy drückte sich unbehaglich in die handschuhweiche Polsterung. Eine knisternde Spannung baute sich zwischen ihnen auf. Sie schluckte nervös. Es kribbelte ihr in den Fingern, ihm über das dichte, dunkle Haar zu streicheln. Sein weiches Baumwolloberhemd straffte sich über sportlichen Schultern. Der blaue Jeansstoff schmiegte sich um seine Lenden, betonte die muskelbepackten Schenkel. Sie musste sich bremsen, sonst hätte sie ihm glatt eine Hand aufs Knie gelegt.

»Wie lange sind Sie schon beim Fernsehen tätig?«

Seine Frage brachte sie gottlob auf andere Gedanken. Dass die Klimaanlage arbeitete, merkte sie gar nicht. Ihr war glutheiß, das Blut rauschte ihr in den Schläfen. Andy räusperte sich. »Seit dem Collegeabschluss. Anfangs habe ich Werbetexte für einen lokalen Sender verfasst, später bewarb ich mich in der Nachrichtenredaktion, wo ich als Moderatorin tätig war.«

»Und inzwischen sind Sie auf Reportagen umgeschwenkt.«

»Ja«, meinte sie langsam, unschlüssig, worauf er eigentlich hinauswollte.

»Eigenartig«, sinnierte er laut. »Wissen Sie, ich kenne einen Haufen Männer, die reisen ständig in der Weltgeschichte herum, weil sie es in den heimischen vier Wänden nicht aushalten. Ist das womöglich Ihre Art von Schuldbewältigung? Ihr Mann war unglücklich in der Beziehung, deshalb ließ er sich dienstlich nach Mittelamerika versetzen und fand dort den Tod. Und jetzt versuchen Sie, ihm nachzueifern, indem Sie in seine Fußstapfen treten?«

Mit seiner Äußerung verpasste er Andy einen schmerzhaften Stich, zumal er dicht an der Wahrheit war. Statt jedoch der Realität gegenüberzutreten, brauste sie wütend auf: »Wie können Sie es wagen? Das ist eine gemeine Unterstellung! Sie haben Robert nie kennen gelernt und wissen rein gar nichts über unsere Beziehung. Sie …«

»Ich weiß aber eine ganze Menge über Sie. Sie sind eine krankhaft ehrgeizige, karrieregeile Frau mit einem übersteigerten Ego. Und bilden sich eine Menge ein, weil Sie zufällig besser aussehen als die meisten.« Er riss den Wagen von der Straße und auf den Seitenstreifen, wo er nach einem scharfen Bremsmanöver hinter ihrem Wagen zum Stehen kam. Sie tastete nach dem Türgriff, worauf seine Hand ruckartig über ihren Schoß fasste und sich wie eine stählerne Klammer um ihr Handgelenk schloss. Er beugte sich über sie, brachte sein Gesicht dicht an ihres.

»Nur weil Sie ein hübsches Gesicht haben, Wahnsinnsbeine und einen spitzenmäßigen Busen«, meinte er grob zu ihr, »brauchen Sie noch lange nicht zu denken, dass Sie mich um den Finger wickeln können. Ich vermute mal, dass Sie knallhart sind. Warme, weiche Haut und darunter klirrend kalt – wie Eis. Diese Typen kenne ich bis zum Abwinken, Andy Malone. Sie machen den Männern, die sich darauf einlassen, ein X für ein U vor. Für wie blöd halten Sie mich eigentlich? Meinen Sie, ich wüsste nicht, dass die Geschichte mit dem liegen gebliebenen Wagen getürkt war? Aber gut, ich bin kompromissfähig: Sie gehen mir während dieser verdammten Interviews aus dem Weg, und ich lasse Sie in Ruhe. Wenn wir uns darüber verständigen können, schaffen wir es vielleicht, uns gegenseitig zu tolerieren.«

Er ließ ihre Hand los und drückte ihr die Beifahrertür auf. Hastig rutschte sie unter ihm weg, trat auf den heißen Asphalt und knallte die Tür hinter sich zu. Realisierte wutschäumend, dass er mit quietschenden Reifen einen Kavalierstart hinlegte und sie in einer stinkenden Staub- und Abgaswolke zurückließ.

Zehn Minuten später wurde sie an der Tür des Ranchhauses von einer lächelnden älteren Dame empfangen. Andy tippte automatisch auf Gracie. Immerhin war Lyon so geistesgegenwärtig gewesen, dass er die Haushälterin und den Wachmann am Tor über ihre Ankunft informiert hatte.

»Sicher möchten Sie sich vor dem Mittagessen noch ein wenig frischmachen«, meinte Gracie feinfühlig. »Es ist wahnsinnig heiß heute, nicht? Kommen Sie, gehen wir nach oben. Ich zeige Ihnen Ihr Zimmer. Ich habe den General noch nie so euphorisch erlebt. Für Sie würde der glatt den roten Teppich ausrollen, wenn wir einen hätten.« Die ältere Frau kicherte. »Dafür bekommen Sie oben eines der größten Zimmer. Nur das von Lyon ist noch größer.«

Gracie Halstead, wie sie mit vollem Namen hieß, hatte einen wogenden Busen und ein paar Pfund zu viel auf den Hüften. Mit ihren grauen Löckchen und dem freundlich runden Gesicht verströmte sie mütterliche Fürsorglichkeit. »So, da wären wir.« Sie öffnete die Tür zu einem sonnendurchfluteten, mit antiken Möbeln ausgestatteten Raum.

Das Fenster ging nach Süden hinaus. Sanfte Anhöhen verschmolzen in weiter Ferne mit dem Horizont. Satte Weiden, auf denen schwarz gescheckte Kühe grasten. Ein Fluss schlängelte sich durch das Anwesen der Ratliffs, seine Ufer gesäumt von hoch gewachsenen Zypressen mit fedrigem Grün.

»Der Fluss, den Sie da sehen, ist der Guadalupe.«

»Es ist schön hier«, sagte Andy. Und das schloss alles ein: den Blick, das Zimmer, das Haus.

»Ja. Ich lebe schon ewig auf der Ranch, seit General Ratliff das Haus nach dem Krieg erbaut hat. Und kann mich trotzdem nie sattsehen an diesem Blick. Haben Sie den Swimmingpool bemerkt? Der General lässt ausrichten, dass Sie sämtliche Annehmlichkeiten nutzen können, solange Sie hier Gast sind.«

»Danke. Das ist sehr liebenswürdig von ihm.«

»Lyon hat Ihre Sachen hochgebracht.« Sie nickte zu dem Gepäck, das in wildem Durcheinander auf dem Parkettboden verstreut lag.

»Ach ja. Wie nett von ihm.« Ihr Sarkasmus blieb Gracie verborgen.

»Ich muss wieder runter und mich um das Mittagessen kümmern. Das Bad ist dort.« Gracie zeigte auf eine Tür. »Sollten Sie noch irgendwas brauchen, stellen Sie sich einfach oben an die Treppe und rufen mich hoch.«

Andy lachte. »Mach ich.«

Grinsend verschränkte Gracie die Arme vor der Brust und musterte Andy von Kopf bis Fuß. Ganz offensichtlich gefiel ihr die junge Frau, denn sie nickte anerkennend. »Der General hatte Recht. Wird sicher ganz ... spannend, Sie bei uns zu haben.« Bevor Andy ihre kryptische Bemerkung hinterfragen konnte, setzte Gracie stoisch hinzu: »Um zwei Uhr gibt es Mittagessen.«

Damit ging sie und ließ Andy allein zurück. Die Journalistin streifte sich die zerknitterte Jacke ab, die sie am Morgen frisch gereinigt angezogen hatte. Klopfte den Straßenstaub aus, so gut es eben ging, und wünschte dabei Lyon Ratliff auf einen fernen Planeten.

Nachher sprang sie kurz unter die Dusche. Das hübsch eingerichtete Bad war geschmackvoll in zarten Gelb- und Beigetönen gehalten. Angenehm erfrischt, zog sie einen bequemen Rock und ein Poloshirt an.

Dann lief sie zum Fenster und bürstete sich die Haare. Während sie von ihrem Aussichtspunkt in der ersten Etage aus die traumhafte Landschaft genoss, erspähte sie Lyon, der eben um die Garage herumgegangen kam. Er gesellte sich zu Mr. Houghton, der in den Blumenbeeten kniete und neue Pflanzen einsetzte.

Schlagartig ließ sie die Haarbürste sinken, da Lyon sich eben das Hemd aus dem Jeansbund zog und seelenruhig begann, es aufzuknöpfen. Vertieft in seine Unterhaltung mit dem Gärtner, schälte er sich aus dem Kleidungsstück und warf es nachlässig über den untersten Ast eines Pekannussbaums. Als wäre es das Normalste von der Welt, überlegte Andy. Auf sie hingegen wirkte es aufreizend verführerisch, gleichsam als legte er einen heißen Strip hin.

Sie presste eine Hand auf ihre Brust, hatte sie doch mit einem Mal rasendes Herzklopfen. Lyons nackter Oberkörper bestätigte nämlich ihre wildesten Spekulationen. Tatkräftig packte er die Griffe einer mit Erde gefüllten Schubkarre, die er mühelos ein gutes Stück weiterschob. Mit angehaltenem Atem starrte Andy auf die beachtlichen Muskelpakete, die unter seinen Schultern hervortraten. Dunkel gelockter Brustflaum kräuselte sich auf seinem Oberkörper, verengte sich zu einer schmalen Linie, bevor er in seiner figurbetonten Jeans verschwand. Abwesend kratzte er sich mit seinen sehnigen Fingern den Rippenbogen, ließ dabei den Bizeps spielen, was Andy ein verräterisches Prickeln in den Lenden bescherte.

Als er über irgendeine Äußerung von Mr. Houghton auflachen musste, entblößte er strahlend weiße Zähne, die aus dem sportlich gebräunten Gesicht regelrecht hervorstachen. Um seine Augen herum bildeten sich winzige Lachfältchen. So kannte sie ihn gar nicht. Bisher hatte sie ihn bloß wütend und verletzend, aggressiv oder arrogant erlebt.

Irrtum. Sie hatte ihn auch schon anders kennen gelernt. Verführerisch und emotional.

Nach einem Blick auf die Uhr wandte sie sich vom Fenster ab und legte die Haarbürste beiseite. Offenbar hatte Lyon nicht vor, zum Mittagessen zu kommen.

Sie hatte richtig getippt: Er kam nicht. Trotzdem genoss sie den großen Salatteller, den Gracie großzügig mit Käsestreifen und kalter Truthahnbrust garniert hatte.

»Sie sehen mir so aus, als würden Sie Berge von Salat in sich hineinstopfen«, stellte die Haushälterin fest. »Für einen kleinen Lunch mag das ja angehen.« Gracie wiegte den Kopf. »Jedenfalls werde ich mich höchstpersönlich darum kümmern, dass es Ihnen bei uns schmeckt und Sie ein bisschen zulegen.«

»Bitte, machen Sie sich meinetwegen keine Umstände. Sobald meine Leute eintreffen, bekommen Sie alle Hände voll zu tun, glauben Sie mir. Wir werden einen Mordswirbel in Ihrem schönen, gepflegten Heim veranstalten. Auch wenn ich es Ihnen noch so sehr verspreche, dass wir aufpassen und uns bemühen, Ordnung zu halten.«

»Bisher hab ich noch jedes Chaos in den Griff gekriegt. Also, tun Sie sich keinen Zwang an.«

»Wenn Sie einverstanden sind, General Ratliff, möchte ich mich heute Nachmittag ein bisschen umsehen und mir ein paar besonders ansprechende Locations für die Interview-Sequenzen aussuchen.«

Er saß am Kopfende des Tisches und stocherte lustlos in einem Teller mit fader Diätkost herum. »Aber selbstverständlich. Sie haben in diesem Haus sämtliche Freiheiten.«

»Wo halten Sie sich denn am liebsten auf, Sir?«

»Die meiste Zeit bin ich im Wintergarten, wo Sie mich heute Morgen aufgespürt haben«, meinte er augenzwinkernd. »Oder in meinem Schlafzimmer. Bisweilen sitze ich auch im Salon.«

»Wissen Sie, es geht darum, dass Sie sich in der Umgebung wohl fühlen. Damit Sie entspannt sind, wenn die Interviews aufgenommen werden. Ich muss in den entsprechenden Räumlichkeiten nachschauen, ob genügend Steckdosen und dergleichen vorhanden sind. Heute Abend bespreche ich mit meiner Crew in Nashville, welche Ausstattung erforderlich ist. Rein theoretisch kann mein Team dann übermorgen hier sein.«

Während der Nachmittagsstunden war sie mit der Inspektion der Räume beschäftigt, in denen der General sich bevorzugt aufhielt, beurteilte sie unter technischen wie ästhetischen Gesichtspunkten. Überließ nichts dem Zufall. Das Publikum konnte von Andy Malone erschöpfend recherchierte und bis ins kleinste Detail geplante Interviews erwarten.

Gracie stellte ihr eine Kiste mit Zeitungsausschnitten und Erinnerungsstücken zur Verfügung, die sie über den General und seine Militärkarriere archiviert hatte. Andy ging den Inhalt sorgfältig durch und registrierte, dass die Berichterstattung ein paar Jahre nach dem Krieg aufhörte. Was sicherlich damit zusammenhing, dass er damals vorzeitig seinen Abschied beim Militär eingereicht und sich auf die Ranch zurückgezogen hatte. Wo er schon seit Jahrzehnten relativ abgeschieden lebte. Wieso eigentlich? Diese Frage beschäftigte ihr argwöhnisches Journalistenhirn, ohne eine plausible Erklärung zu finden. Außer vielleicht, dass er den ständigen Presserummel um seine Person leid gewesen sein mochte. Schließlich notierte sie sich zwei Seiten Fragen für ihn.

Ob das Abendessen wohl eine förmliche Angelegenheit wäre, rätselte sie. Sicher nicht. Also tauschte sie lediglich das Poloshirt gegen eine aparte Bluse aus cremefarbenem Chiffon mit kurzen Flatterärmeln. Weit ausgeschnitten, mit winzigen Perlmuttknöpfen, die unterhalb des Dekolletés begannen, bot diese tiefe Einblicke. Ihre Haare trug sie offen.

Als sie das Esszimmer betrat, schob Lyon gerade den Rollstuhl seines Vaters an das lange Ende des Tisches und stellte die Bremsen fest. Sein Haar noch feucht schimmernd von der Dusche, sah er auf. Worauf ihre Blicke für einen mehr als schicklichen Moment miteinander verschmolzen und Andy verlegen murmelte: »Guten Abend.«

Prompt tauchte er vor ihrem geistigen Auge mit nacktem Oberkörper auf, obwohl er natürlich korrekt gekleidet war. Ihr Puls beschleunigte sich rapide, als er ihr höflich einen Stuhl zurechtrückte und sein charakteristischer maskuliner Duft über sie hinwegwehte.

Nebelhaft kam ihr zu Bewusstsein, dass sie allen Grund hätte, wütend auf ihn zu sein. Immerhin war er bei ihrer letzten Begegnung ausgesprochen rücksichtslos mit ihr umgesprungen. Hatte sie mutterseelenallein am Straßenrand stehen lassen und gnadenlos mit seinen stinkenden Auspuffgasen malträtiert. Aber statt sich zu ärgern, bekam sie bei seinem Anblick weiche Knie, wie sie verblüfft feststellte. Und hatte Schmetterlinge im Bauch, wie noch jedes Mal.

Der General, der die Spannungen zwischen seinem Sohn und dem Gast nicht zu bemerken schien – oder geflissentlich ignorierte –, neigte den Kopf zur stillen Andacht. Die beiden jungen Leute schlossen sich ihm an. Noch während des Tischgebets gab Andy der Versuchung nach, heimlich zu Lyon zu spähen, der ihr direkt gegenübersaß. Die von dichten, dunklen Wimpern gesäumten Lider hoben sich behutsam und wurden ruckartig aufgerissen, als sie realisierte, dass Lyon sie unverhohlen schamlos musterte. Um der hypnotischen Anziehungskraft seiner grauen Tiefen zu entgehen, kniff sie die Augen schnell wieder zu und senkte erneut den Kopf.

»Andy hat heute damit begonnen, hübsche Standorte für die Interviews auszusuchen«, hob der General an, nachdem Gracie ihm einen Teller Diätkost serviert hatte. Und Lyon und Andy bediente. Die Haushälterin hatte nicht zu viel versprochen, denn das Essen war reichhaltig und sehr schmackhaft. »Puh«, seufzte Andy, »wenn ich weiter so zulange, platze ich irgendwann.«

»Ach ja?« Interessiert hoben sich Lyons schwarze Brauen.

»Ja. Ihr Vater hat mir netterweise freie Hand gelassen bei der Wahl der Locations«, betonte sie. Damit hatte sie seinem ungastlichen Sohn eins auswischen wollen, was aber leider nicht klappte. Um Lyons Mundwinkel herum zuckte es lediglich spöttisch. »Allerdings bin ich der Meinung, dass wir die Aufzeichnungen auf die Räume beschränken sollten, in denen sich Ihr Vater am liebsten aufhält.« Sie blickte zu General Ratliff. »Was halten Sie davon, wenn wir ein paar Außenaufnahmen machen? Alternativ würde ich nämlich gern einige Außensequenzen für die B-Rolle aufnehmen.«

»B-Rolle?«, wollte Lyon wissen.

»Das ist ein zusätzliches Band mit weiteren Szenen. Es kann mitunter ziemlich eintönig werden, wenn man auf dem Bildschirm dreißig Minuten lang mehr oder weniger die gleiche Einstellung sieht, nämlich wie zwei Leute in ihren Sesseln sitzen und miteinander plaudern. Um das aufzulockern, können wir diese Bandaufnahmen elektronisch den Interviewsegmenten beimischen.«

Lyon, der aufmerksam zugehört hatte, nickte.

»Nachdem ich auf den Rollstuhl angewiesen war, hat Lyon den Weg zum Guadalupe asphaltieren lassen. Wären die Flussauen nicht ein schöner Blickfang?«, warf der General ein.

»Ja! Das wäre ideal!«

»Gut. Dann wird Lyon Sie nach dem Abendessen hinbringen, und Sie checken alles Weitere.«

3. Kapitel

Ihr Sohn hat bestimmt noch anderes zu tun, als mich hier herumzuführen«, murmelte Andy, die krampfhaft ihren Teller fixierte, um Lyon nur ja nicht anschauen zu müssen.

»Also, ich hab nachher Zeit«, grinste der Junior.

Ihre Gabel sank leise klirrend auf den feinen Porzellanteller. Sie bemühte sich um einen beiläufigen Ton. »Außerdem wäre es sinnvoller, wenn ich mir die Gegend bei Tageslicht ansehe«, erklärte sie dem General mit Nachdruck. Bei der Vorstellung, mit Lyon auf eine abendliche Erkundungstour zu gehen, sträubten sich ihr sämtliche Nackenhaare. Auch wenn der Vorschlag seines alten Herrn gewiss gut gemeint war.

»Das ist zweifellos richtig. Aber Sie waren den ganzen Tag im Haus beschäftigt und haben sich draußen noch gar nicht umgesehen. Ein bisschen frische Luft wird Ihnen guttun. Kommen Sie, essen Sie in Ruhe Ihren Apfelkuchen auf, und dann gehen Sie los.«

Sie spähte zu Lyon hinüber in der Hoffnung, dass er sich auf ihre Seite schlagen würde, aber nein, er schien rundum zufrieden mit sich. Wieso kam er seinem Vater nicht mit irgendeiner fadenscheinigen Ausrede, dass er sie auf gar keinen Fall begleiten könnte? Sie bohrte ihre Gabel in ein Apfelstück von Gracies köstlichem Kuchen und funkelte ihr Gegenüber dabei mordlustig an. Sicher wäre ihm irgendetwas Glaubwürdiges eingefallen, aber dieser Idiot ließ natürlich keine Gelegenheit aus, sie gnadenlos auflaufen zu lassen. Aber da kannte er sie schlecht! Dieses Mal würde sie ihn mit seiner Provokation glatt ins Leere laufen lassen.

»Lyon, wenn du gehst, sag doch bitte Gracie Bescheid, dass sie mir ein Glas warme Milch in mein Zimmer stellen soll, ja?«, bat sein Vater. »Ich bin doch ziemlich erschöpft.«

Unvermittelt stellte Andy ihre Probleme mit Lyon zurück und blickte besorgt zu ihrem Gastgeber.

»Fühlst du dich nicht gut, Dad?«, wollte Lyon wissen. »Soll ich Dr. Baker anrufen?«

»Nein, nein, ich bin eben ein alter Mann. Ich gehe jetzt zu Bett und schlafe mich richtig aus. Zumal ich fit sein möchte, wenn Andy mich interviewt.« Verschwörerisch zwinkerte er ihr zu. Aus einem inneren Impuls heraus stand sie auf, beugte sich über seinen Rollstuhl und küsste ihn auf die Wange.

»Gute Nacht, General Ratliff.«

»Weißt du was, Lyon, ich brauche keine warme Milch. Ich denke, ich kann auch ohne einschlafen.« Er wünschte ihnen noch einen schönen Abend und steuerte seinen Rollstuhl aus dem Raum.

»Kann er ... ich meine, kommt er alleine klar? Ohne Ihre Hilfe«, fragte sie leise.

Lyon reagierte mit einem resignierten Seufzen. »Ja.« Abwesend rieb er sich den Nacken. »Er will nicht, dass ich ihm beim Waschen, An- und Ausziehen helfe, obwohl ihn das sehr anstrengt. Aber er ist nun einmal wahnsinnig stolz und eigensinnig. Er würde es auch nicht billigen, wenn ich einen Krankenpfleger kommen ließe.« Dabei spähte er gedankenvoll zu dem Durchgang, den sein Vater kurz zuvor im Rollstuhl passiert hatte, und Andy wurde klar, dass die beiden sehr aneinander hingen. Augenblicke später schüttelte er kaum merklich den Kopf und heftete den Blick auf sie. »Sind Sie fertig mit Ihrem Dessert?«

Sie schob sich eben den letzten Bissen in den Mund. »Einfach köstlich«, murmelte sie. Und leckte sich mit der Zungenspitze elegant einen Krümel vom Finger. Dann strahlte sie ihn an.

Augenblicklich stockte ihr der Atem. Das Lächeln verlor sich auf ihren Lippen, denn Lyon starrte wie gebannt auf ihren Mund. Unmöglich, seinen glutvollen Blick zu ignorieren. Sie fühlte sich magisch von ihm angezogen. Vergleichbar dem unentrinnbaren Einfluss des Mondes auf die Gezeiten, da half alles nichts.

»Sie haben einen übersehen«, sagte er rau. Er fasste ihre Hand, zog ihre Finger an seine Lippen.

Grundgütiger! In ihrem Kopf schrillten sämtliche

Alarmglocken. *Wenn er das macht, falle ich auf der Stelle tot um.* Andererseits fand sie die Vorstellung durchaus reizvoll, dass er mit seiner Zunge zärtlich ihre Finger streifte.

Seine Augen versanken in den ihren, hielten sie gefangen. Aber statt ihre Fingerspitzen zu lecken, spitzte er die Lippen und blies mit sanftem Hauch die winzigen Krümel weg.

Ihr Herz trommelte in einem wilden Wirbel gegen ihre Rippen. Gepresst entwich der angehaltene Atem ihren Lungen. Sie erschauerte, bemüht, das leise Stöhnen zu unterdrücken, das sich ihrer Kehle entrang.

»Lyon, Andy, sind Sie fertig?« Abrupt ließ er ihre Hand los und wich einen Schritt zurück. Währenddessen glitt Gracie durch die Schiebetür zwischen Esszimmer und Küche. »Möchten Sie den Kaffee im Patio einnehmen?«

»Wir wollen noch einen Spaziergang zum Fluss machen«, antwortete er mit bewundernswerter Gelassenheit. »Sie brauchen nicht auf uns zu warten, Gracie. Es kann etwas später werden. Gehen Sie ruhig schon zu Bett.«

»Ich mach noch schnell den Abwasch und schaue kurz zu General Ratliff ins Zimmer«, entgegnete die Haushälterin. »Die Thermoskanne stelle ich Ihnen in den Wintergarten. Gute Nacht, falls wir uns später nicht mehr sehen sollten.«

»Gute Nacht, Gracie«, bekräftigte Lyon.

»Gute Nacht und nochmals vielen Dank für das köstliche Abendessen«, sagte Andy, deren Wangen inzwischen die Farbe reifer Erdbeeren angenommen hatten. Ob Gracie etwas mitbekommen hatte?

»Nichts zu danken. Und jetzt raus an die frische Luft. Sie wollten doch einen Spaziergang machen.«

Die Haushälterin scheuchte die beiden durch die Küche ins Freie. Ihr heimliches Reich war beeindruckend: Moderne, funktionale Einbaumöbel säumten die Wände, Elektrogeräte aus mattpoliertem Edelstahl blitzten Andy entgegen.

»Kocht sie für alle hier?« Die Journalistin hatte irgendwo gelesen, dass die Ratliff-Ranch durchaus mit einem kleinen Dorf vergleichbar war. Etliche Cowboys lebten mit ihren Familien auf dem weitläufigen Gelände.

»Sie hat jahrelang für die Saisonarbeiter mit gekocht.« Er deutete auf ein Gebäude, in dem Andy Schlafsäle vermutete. »Aber als es mit Dad gesundheitlich bergab ging, hab ich einen Koch für diese Leute eingestellt. Jetzt kocht Gracie hauptsächlich für Dad und mich, wenn ich hier bin.«

»Sie erwähnten heute Morgen, dass Gracie schon länger hier sei als Sie selbst.«

»Ja, sie kam mit meinen Eltern her, nachdem Dad das Haus gebaut hatte. Mom starb, als ich zehn war. Seitdem hat Gracie sich um mich gekümmert.«

»Wie war Ihre Mutter?« Sie schlenderten über den Pfad zum Fluss, nachdem sie den Swimmingpool und einige der vielen Nebengebäude hinter sich gelassen hatten. Andy fand die von Mr. Houghton gesetzten Pflanzen sehr hübsch anzusehen. Ein würzig erdiger Duft von dem frisch bearbeiteten und gewässerten Boden erfüllte die Abendluft.

Es war eine traumhafte Nacht. Eine blass konturierte Mondsichel schwebte am Firmament über den sanften Hügeln – die perfekte Kulisse für ein romantisches Liebesdrama. Lauer Südwind streichelte Andys Haar, während sie mit Lyon unter einem Baldachin von Pekannuss- und Eichengeäst spazierte.

»Es ist zwar traurig, aber ich erinnere mich nicht mehr so deutlich an sie. Eher noch an einzelne Episoden von damals. Jedenfalls war mein Eindruck von Mom der einer liebevollen, fürsorglichen, warmherzigen Frau. Aber vielleicht empfinden alle Kinder so bei ihren Müttern.« Seine weißen Zähne blitzten in der Dunkelheit auf. »Ich entsinne mich, dass sie einen ganz bestimmten Duft mochte. Wahrscheinlich habe ich dieses Parfüm seitdem nie wieder gerochen, trotzdem würde ich sie daran sofort wieder erkennen. Sie hieß Rosemary.«

»Mmh, das habe ich heute in den Zeitungsausschnitten gelesen. Dort stand auch, dass sie und Ihr Vater während der Kriegsjahre in regem Briefwechsel standen. Die beiden hatten sicher ein sehr inniges Verhältnis.«

»Stimmt. So was gibt es nicht oft.« Aus seiner

Stimme klang leise Bitterkeit. Hastig wechselte er das Thema. »Und Ihre Eltern?«

»Meine Mutter lebt in Indianapolis. Mein Vater ist vor ein paar Jahren gestorben.«

»Was machte er beruflich?«

»Er war Journalist. Er schrieb Kolumnen für mehrere Zeitungen und war ungeheuer populär.«

»Demnach fingen Sie schon früh an, sich für Journalismus zu interessieren?«

Wollte er sie schon wieder provozieren? »Ich glaub schon«, erwiderte sie ruhig.

Inzwischen waren sie zu der grasbewachsenen, leicht abschüssigen Uferböschung gelangt. Andy lauschte auf das sanfte Rauschen des Flusses, derweil sie in das glasklare Wasser spähte, das entlang bizarrer Felsformationen strömte. »Oh, Lyon, es ist traumhaft«, rief sie hellauf begeistert.

»Gefällt es Ihnen?«

»Es ist wunderschön! Das Wasser sieht ganz sauber aus.«

»Bei Tageslicht sehen Sie, dass es das auch tatsächlich ist. Es fließt über die Kalksandsteinfelsen hinweg und wird dabei gefiltert. Die Wasserqualität ist eine der besten hier in Texas.«

»Und die Bäume. Einfach bezaubernd.« Sie legte den Kopf in den Nacken und spähte durch die fedrigen Zweige der Zypressen hindurch in den sternenübersäten Abendhimmel. »Sie lieben dieses Fleckchen Erde, stimmt's?«

»Ja. Vermutlich ging mancher davon aus, dass ich eine Karriere beim Militär ins Auge fassen würde wie seinerzeit mein Vater. Aber als er aus dem Militärdienst ausschied, war ich noch ein kleines Kind. Ich kenne ihn eigentlich nur als Rancher. Wir haben immer hier gelebt. Meinen Wehrdienst absolvierte ich in Vietnam, weil ich darauf spekuliert habe, dass man mich dort nicht unbedingt mit meinem berühmten Vater in Verbindung bringen würde. Das Militär ist absolut nichts für mich.«

»Und dann sind Sie Rancher geworden.«

»Ja. Ich besitze nebenbei noch ein paar Gewerbeimmobilien. Aber das hier liebe ich.« Er breitete die Arme zu einer ausladenden Geste aus, gleichsam als wollte er die Landschaft an sein Herz drücken.

»Eigentlich schade, dass Sie diese Schönheiten nur mit Ihrem Vater genießen können«, sagte sie, ohne groß darüber nachgedacht zu haben, und hätte sich augenblicklich auf die Zunge beißen mögen. Zweifellos schwante ihm, worüber sie sich heimlich den Kopf zerbrach.

»Wenn Sie wissen wollen, ob ich nie verheiratet war, hätten Sie mich auch ohne Umschweife danach fragen können, Ms. Malone. Und nicht hintenherum. Ich dachte, Sie sind für klare Worte.«

»Ich …«

»Zu Ihrer Information«, meinte er scharf. »Ich war verheiratet. Und bin vier Jahre lang durch die Hölle gegangen. Als sie die Ranch, das Haus, meinen

Vater und mich irgendwann satthatte, ist sie mit Sack und Pack abgehauen. Auf Nimmerwiedersehen. Die Scheidungsformalitäten liefen über ihre und meine Anwälte. Dank der segensreichen Erfindung moderner Kommunikationsmittel wie Post und Telefon.«

»Und jetzt projizieren Sie Ihren Hass auf sämtliche anderen Frauen.« Ärgerlich stieß sie sich von dem Zypressenstamm ab, an dem sie gelehnt hatte, und baute sich vor ihm auf.

»Nein. Man muss Gefühle für jemanden haben, um ihn hassen zu können. Sobald meine Ex weg war, empfand ich eigenartigerweise nichts mehr für sie. Richtig ausgedrückt ist es eher so, dass ich der Spezies Frau nicht über den Weg traue.«

»Demnach ziehen Sie das Modell eingefleischter Junggeselle vor?«

»Sie haben es erfasst.«

»Die Damen in Kerrville scheinen sich damit aber nicht abfinden zu wollen«, versetzte sie provozierend. Ihr war noch frisch in Erinnerung, wie die Motelangestellte auf Lyons Auftauchen reagiert hatte. »Da wird doch bestimmt auf Teufel komm raus probiert, Sie zu verkuppeln, oder?«

»Ja. Die Mütter hier in der Gegend lassen nichts unversucht, mir ihre Töchter anzuschleppen. Jede frisch geschiedene Frau macht mir Avancen. Einmal, bei einer Abendgesellschaft, war es bewusst so arrangiert worden, dass ich der Tischherr einer jungen

Witwe war. Wie sich im Gespräch herausstellte, war ihr Mann gerade einmal einen Monat unter der Erde.«

»Soll heißen, Sie lassen sämtliche Frauen eiskalt abblitzen.«

Er hatte auf einem Felsen gekauert und erhob sich. Langsam kam er auf sie zu und blieb so dicht vor ihr stehen, dass er sie fast berührte. »Nein, so war das nicht gemeint. Ich sagte nur, dass ich nicht mehr *heirate*. Glauben Sie etwa, ich lebte wie ein Mönch? Ich habe Bedürfnisse wie jeder Mann«, räumte er schonungslos offen ein.

Seine Stimme, in der eben noch eine zynische Bitterkeit über die gescheiterte Ehe nachgeklungen hatte, nahm mit einem Mal einen kehlig rauen, erotisierenden Tonfall an.

Nervös befeuchtete Andy ihre trockenen, bebenden Lippen, schnellte herum und ließ den Blick erneut zum Fluss hinunterschweifen. »Ich … ich finde, das hier ist ein Superplatz, um Außenaufnahmen zu machen«, stammelte sie. »Natürlich muss der Techniker das Wasserrauschen herausfiltern, aber …« Sie stockte, da sie plötzlich seine Hände auf ihren Schultern spürte. Große, starke, zupackende Hände. Angenehm warm und sensibel. Die sie rigoros herumwirbelten, dass sie nicht anders konnte, als ihn anzuschauen.

»Ich wette, Sie sind neugierig, stimmt's?« Sein heißer Atem streifte ihr Gesicht.

»Ich und neugierig?«, japste sie und hätte sich für ihre alberne Reaktion ohrfeigen mögen. »Worauf?«

»Auf mich.«

»Auf Sie?«

»Na ja, wie es ist, von einem heißblütigen Cowboy geküsst zu werden und so. Das würden Sie doch zu gern wissen, oder? Ich sehe es Ihrer Nasenspitze an.«

»Nein«, schwindelte Andy. Zugegeben, in den Kreisen, in denen sie sich für gewöhnlich bewegte, hätte sie ihn vermutlich nie kennen gelernt. Dieser Typ Mann wäre mithin eine reizvolle neue Erfahrung für sie. Punkt. Aber das würde sie ihm bestimmt nicht auf die Nase binden.

Gefährlich sanft fuhr er fort: »Sie haben die ungeöffnet zurückgesandten Briefe nicht als Nein aufgefasst, sondern sich gedacht, wenn Sie herkämen und mich anmachten, dann würde dieser blöde Provinzheini schon in das Interview mit seinem Vater einwilligen. Dass ich von Ihren schönen Augen, der Wahnsinnsmähne und Ihrer Traumfigur hin und weg wäre, stimmt's?«

Sie hätte im Erdboden versinken mögen. »Nein!«, verteidigte sie sich mit Bestimmtheit. Er war nicht fair. Seine Finger brannten auf ihren Schultern, gleichwohl sehnte sie sich nach seiner Umarmung.

»Und je unausstehlicher ich zu Ihnen war, umso stärker wuchs Ihr Interesse an mir. Sie wurden richtig heiß auf mich. Meinen Sie, ich hätte nicht bemerkt, wie Sie mich heute Nachmittag beobachtet haben? Und, haben Sie irgendeine Kritik anzumelden?«

Gottlob fasste sie sich hastig wieder. »Sie widerwärtiger ...«

»Pst, sagen Sie jetzt nichts Falsches, Ms. Malone. Ich werde Ihre Neugier befriedigen. Unter anderem.«

Er baute sich vor ihr auf, schob sie mit einer energischen Bewegung gnadenlos wieder vor den Zypressenstamm. Knöpfte ohne Umschweife den obersten Knopf ihrer Bluse auf. Dann den zweiten.

Entrüstet warf sie den Kopf zurück, blitzte ihn mordlustig an. Und hoffte inständig, dass ihr rasendes Herzklopfen sie nicht verriet. »Wenn Sie glauben, ich würde Ihre perversen Annäherungsversuche durch Kratzen und Beißen beantworten, sind Sie schief gewickelt.«

»Meinetwegen können Sie kratzen und beißen, so viel Sie wollen. Wenn Ihnen so was Spaß macht.« Er zuckte wegwerfend mit den Schultern. »Interessiert mich im Übrigen nicht die Bohne, ob Sie meine Annäherungsversuche pervers finden.«

Er brachte seinen Mund auf ihren und damit jedes weitere Argument zum Verstummen. Hungrig rieb er sich an ihren Lippen, bis Andy sie ihm unwillkürlich öffnete.

Einen endlosen Wimpernschlag lang zögerte er, hauchte seinen heißen Atem in ihren Mund. Andy schwindelte vor Begehren. Spürte, wie seine Zunge lasziv über ihre Lippen glitt, sich zwischen die weiche

Haut schob, ihren Mund im sinnlichen Spiel erkundete ... und dessen feuchte Süße im Siegeszug eroberte. Unvermittelt hob er den Kopf.

Seine Augen bohrten sich in ihre. Sein Atem ging aufgewühlt, genau wie ihrer. Zwei Herzen, die nur füreinander schlugen? Er betrachtete konzentriert ihr Gesicht. Was suchte er in ihren Zügen? Sie hob die Lider, ihr Blick eine stumme Frage. Statt einer Antwort schloss er sie in seine Arme, während ihre Hände sich impulsiv um seinen Nacken schlangen, gleich einer sinnlich-intensiven Choreographie.

Als sein Gesicht sich auf ihres senkte, öffnete sie ihm freimütig die Lippen. Und dieser Kuss war keine weitere Provokation, sondern rauschhaftes Verlangen, das es zu stillen galt. Seine Zunge erforschte ihren Mund heißblütig erregt, als sähe er in Andy ein Traumbild, das jeden Moment vor seinen Augen zu zerplatzen drohte wie eine schillernde Seifenblase.

Als er sich schließlich von ihr löste, sank sie wie ohnmächtig an seine Schulter. Seine Lippen glitten über ihr Gesicht, hauchten fedrige Küsse auf ihren makellosen Teint. Die Finger in seine Haare gekrallt, presste sie seinen Kopf in ihre Halsbeuge, als er zärtlich ihren Nacken koste.

»Lyon«, hauchte sie, als seine Hände ihren Rippenbogen streichelten, die weiche Fülle ihres Busens streiften. Lasziv schob er den Blusenstoff auseinander und umschloss hemmungslos besitzergreifend ihre Brüste.

Knetete sie sanft. Hob sie spielerisch an, als wollte er ihre Fülle testen, und massierte sie lustvoll. Das seidene BH-Hemdchen trug Andy eigentlich nur, weil die Bluse durchschimmernd war. Daher bot es keinerlei Schutz vor seinen Verführungskünsten, so dass sich ihre knospenden Spitzen vorwitzig unter dem hauchzarten Material abzeichneten.

Er verharrte an ihrem Nackenflaum, knabberte genüsslich an ihrem Ohrläppchen. »Wissen Sie was? Sie sind ein falsches, hinterhältiges Luder.«

Andy zuckte zusammen, als hätte er sie geschlagen. Wütend riss sie sich los und stieß ihn mit ungeahnter Kraft von sich. »Sie ... Sie wollten mich bloß testen? Ein Experiment?! Mehr war es nicht für Sie?«, rief sie aufgebracht.

»Für Sie etwa?«, fragte er spöttisch, mit einem wegwerfenden Achselzucken.

»Grundgütiger, sind Sie widerwärtig.« Sie stolperte zurück, knöpfte hektisch ihre Bluse zu, als spürte sie mit einem Mal die auffrischende Nachtluft auf ihrer Haut. Jählings wurde sie am Oberarm gepackt und brutal zurückgezerrt. Er schäumte vor Wut.

»Ich? Bin ich etwa in ein wildfremdes Haus eingedrungen, um dort herumzuschnüffeln, auf der Suche nach spektakulären Enthüllungen? Oder nach irgendwelchen Leichen im Keller?«

»Ich ...«

»Meinen Vater mögen Sie vielleicht beeindruckt

haben, aber mich nicht, Ms. Malone. Typen wie Sie kenne ich zur Genüge ...«

»Stopp. Ich habe es nicht nötig, mich von Ihnen beleidigen zu lassen«, erregte sie sich. »Ich bin keine *Type*. Wann rafft Ihr borniertes Hirn das endlich? Ich bin hier, weil ich Ihren Vater interviewen möchte. Ich weiß, dass er sehr krank ist, und werde darauf Rücksicht nehmen. Wer weiß, wie lange er noch unter uns weilen wird. Und ebendieser Umstand macht es umso zwingender, dass Amerika an ihn erinnert wird. Wieso Sie mich verteufelt und in irgendeine Schublade gesteckt haben, bevor Sie sich überhaupt ein Bild von mir haben machen können, ist mir ein Rätsel. Trotzdem bin ich hier. Und ich erledige meinen Job, so oder so. Mit oder ohne Ihre Kooperation.« Andy schluckte schwer und blinzelte angestrengt die Tränen zurück, die ihr mit Macht in die Augen schossen. Gottlob nahm er es aufgrund der Dunkelheit nicht wahr. »Und noch etwas, fassen Sie mich nie wieder an.« Sie schüttelte seine Hand ab, als hätte er eine ansteckende Krankheit.

»Darauf können Sie Gift nehmen«, versetzte er bissig. »Ein Kuss in der Dunkelheit bedeutet nämlich beileibe nicht, dass Sie begehrenswert wären, Ms. Malone. Im Gegenteil, Sie sind ehrgeizig, egozentrisch und karrieresüchtig wie ein Mann. Das feminin Weiche oder Anziehende, das Frauen für gewöhnlich auszeichnet, geht Ihnen völlig ab.«

Seine Worte schmerzten. Weil er die Wahrheit auf

den Punkt getroffen hatte. Trotzdem protestierte sie heftig. »Das stimmt nicht. Das sagen Sie nur, um mich zu ärgern.«

»Dann überzeugen Sie mich doch vom Gegenteil.«

»Kein Interesse.« Das war eine glatte Lüge. Und dies zu erkennen war wie eine bittere Pille, die einen unangenehmen Geschmack in ihrem Mund hinterließ, während sie entrüstet zum Haus zurückstapfte.

»Hab ich dich etwa geweckt, Les?«, sagte sie in den Telefonhörer. Bei ihrer Rückkehr lag das Haus im Dunkeln, gleichwohl hatte Gracie die Thermoskanne wie versprochen auf den Tisch im Patio gestellt. Andy verschmähte den Kaffee. Ohne Licht zu machen, schlich sie sich schnurstracks nach oben und war heilfroh, dass sie unterwegs niemandem begegnete. Sie nahm ein Bad in der tiefen Wanne mit den Klauenfüßen, wie um sich von der Erinnerung an ihre unrühmliche Begegnung mit Lyon reinzuwaschen. Was natürlich vergeblich war. Immer noch verärgert und tief beschämt, hatte sie einen Bademantel übergeworfen und war in den Flur getappt, wo das Telefon stand.

»Schön wär's. Nöö, ich bin auf dem besten Wege, mich volllaufen zu lassen. Getreu dem Motto, halb betrunken ist rausgeworfenes Geld.«

»Was ist denn los? Kein Date heute Abend?«

»Woher denn? Meine große Liebe ist schließlich ausgeflogen«, grummelte er. Sie lachte, weil sie genau wusste, dass er sie veralberte. »Und jetzt soll ich dich bedauern, mmh?«

»Nur zu, Süße, du hast es erfasst.« Er seufzte schwer. Und raufte sich am anderen Ende der Leitung vermutlich theatralisch die Haare, überlegte Andy. »Ich möchte wetten, dass du es da draußen in der Wildnis mit irgendeinem feurigen Cowboy treibst.«

Sie ignorierte seine Anspielung. Zumal er damit nicht danebenlag. Lyon hatte sie mit einer solchen Zärtlichkeit und Leidenschaft geküsst. Wieso war er dann …? Sie versagte sich ein Schluchzen. »Demnach interessiert es dich wohl nicht, dass ich inzwischen auf der Ratliff-Ranch wohne?«

»Du wohnst bei den …« Sie vernahm ein lautes Krachen in der Leitung, gefolgt von wildem Fluchen und darauf Les' Stimme, die mit einem Mal akzentuiert und hellwach klang. Sie hatte ihn aus seiner Weltuntergangsstimmung geholt. »Sorry, ich hab den Hörer fallen lassen. Du wohnst *wo*? Auf der Ranch? Bei dem General? Hast du ihn schon kennen gelernt? Was ist mit seinem Sohn?«

»Alles schön der Reihe nach, Les. Ja, der General hat mich eingeladen, sein Gast zu sein. Und die Crew auch. Platz ist hier schließlich genug.«

»Grundgütiger. Ich wusste doch, dass du das packst, Süße.«

»General Ratliff ist ein Gentleman alter Schule. Er hat den Interviews sofort zugestimmt, allerdings müssen wir schwer Rücksicht nehmen und dürfen ihm nicht zu viel abverlangen. Seine Gesundheit ist sehr angegriffen, Les.«

»Trotzdem hat er sein Okay zu den Interviews gegeben?«

»Ja.«

»Und sein Sohn?«

Völlig aus dem Häuschen über diese positive Bilanz, merkte Les gar nicht, dass Andy eine bedeutungsschwere Pause machte. »Der ist zwar weniger begeistert von der Sache, aber ich glaube nicht, dass er uns behindern wird.«

»Super, fantastisch, genial! Wärst du jetzt hier, würde ich dich küssen, dass es dir den Atem verschlüge und die Sinne raubte.«

Sie erschauerte. Einen solchen Kuss hatte sie heute Abend schon hinter sich. Und so intensiv empfunden wie noch nie in ihrem Leben. Mit allen Sinnen hatte sie sich Lyon hingegeben, seinem Mund, seinem Duft, der berauschenden Nähe seines Körpers. Sicher, sie und Robert waren ein verliebtes, junges Paar gewesen. Anfangs, aber dann ...

»Andy-Maus, bist du noch da?«

»J... ja.«

»Los, erzähl mir alles haarklein, Puppe.«

»Der General ist sehr freundlich, fast väterlich zu mir. Er hat ausdrücklich betont, dass ich ihn zu allem interviewen darf, nur nicht zu speziellen Kampfeinsätzen. Sein ...«

»Uff, langsam. Noch mal zum Mitschreiben. Wie war das mit den speziellen Kampfeinsätzen und so?«

»Diesbezügliche Fragen lehnt er kategorisch ab. Er antwortet nur auf Fragen, die den Krieg ganz allgemein betreffen.«

»Das wird ja immer kurioser.«

»Wieso?«

»Kannst du mir irgendeinen hochrangigen Offizier oder General nennen, der nicht darauf brennt, mit seinen persönlichen Kriegserinnerungen hausieren zu gehen? Ob der alte Knacker irgendwas zu verbergen hat, was denkst du?«

Dass er Michael Ratliff hemdsärmlig mit alter Knacker titulierte und ihm ganz nebenbei irgendwas anhängen wollte, brachte Andy auf die Palme. »Nein«, versetzte sie patzig. »Das denke ich nicht. Ich habe heute Berge von Zeitungsausschnitten gelesen, vom Beginn seiner Karriere bis zu seinem Abschied vom Militär. Da war nirgends auch nur der leiseste Hinweis auf einen Skandal.«

»Trotzdem wäre es eine Überlegung wert.«

Sie mochte diese Überlegung aber nicht weiterführen. Falls General Ratliffs Vergangenheit von irgendeinem kritischen Vorfall überschattet würde, wollte sie es gar nicht so genau wissen. »Das Haus ist toll. Die ideale Kulisse für unsere Aufnahmen. Wir filmen die Interviews in den Räumen, in denen der General sich am liebsten aufhält. Zusätzlich möchte ich ein paar Außendrehs machen. Sag Gil, er soll ein Spezialmikro einpacken, damit man das Wasserrauschen nicht so hört.«

»Wasserrauschen? Bist du noch ganz dicht, Andy?«

»Vom Fluss.«

»Ach so, vom Fluss. Hast du noch was auf Lager? Ich hol mir eben Papier und Bleistift.«

Seine Bemerkung ignorierend, schilderte sie ihm exakt, welche Ausrüstung sie von ihren Leuten erwartete.

»So, ich glaub, das war alles«, sagte sie nach einem flüchtigen Blick auf ihren Notizblock.

»Nicht ganz«, meinte Les knapp.

»Was denn noch?«

»Jetzt erzählst du mir mal, was eigentlich mit dir los ist. Du hörst dich an wie ein sexgeiler Teenie, dem die Pille ausgegangen ist. Und das vor einer ganz heißen Nummer.«

»Les«, stöhnte sie ungehalten. Sein perverser Humor war an Geschmacklosigkeit kaum zu überbieten. »Mit mir ist alles okay. Es ist verflucht heiß …«

»Das war es in Florida auch, als du die kubanischen Flüchtlinge interviewt hast. Danach warst du tagelang fix und fertig. Also, spuck's aus, Schätzchen.«

Les auf die Nase zu binden, was sie für Lyon empfand, war so ziemlich das Letzte, was ihr jetzt vorschwebte. Stattdessen versuchte sie, ihn mit Komplimenten zu ködern. Dafür war Les immer empfänglich. »Schon mal daran gedacht, dass ich Heimweh haben könnte? Dass ich dich vermisse?«

»Wie ein Hund seine Flöhe. Ich brech gleich in Tränen aus.«

»Blödmann.«

»Okay, lassen wir das. Mich interessiert wirklich brennend, wieso der General nicht über seine Schlachten plaudern mag.«

»Les, bitte. Da ist nichts. Wahrscheinlich will er nicht alles wieder aufrollen, was er im Einzelnen erlebt hat.«

»Was ist mit seinem Sohn? Ob der redet?«

»Nein«, versetzte sie scharf.

»Wow! Hab ich da einen empfindlichen Nerv getroffen? Was ist denn der Junior für einer?«

»Er ist ... ach, nichts Besonderes. Ich meine, er ist erfolgreicher Geschäftsmann, ein Rancher, der null Interesse am Militär hat. Das hat er mir selbst gesagt.«

»Aber er hat ein berechtigtes Interesse an seinem alten Herrn. Und wenn der Senior irgendwas vertuschen will, ist der Sohn mit im Boot. Glaubst du, du kannst ihm auf den Zahn fühlen?«

»Nee, Les. Und ich würde es selbst dann nicht tun, wenn da was *wäre*. Aber da *ist* nichts.«

»Komm mir bloß nicht naiv, Andy-Maus, und mach mir einen auf Zimperliese. Du weißt genauso gut wie ich, dass *niemand* völlig integer ist. Knöpf dir den Sohnemann vor. Herrgott, bei mir bräuchtest du nur zehn Prozent deiner Technik anzuwenden, und ich würde übersprudeln wie ein Wasserfall.«

»Ich habe keine Technik.«

»Hast du wohl, du willst es bloß nicht zugeben.« Er machte eine rhetorische Pause und fuhr dann fort: »Freunde dich mit dem Sohn an, Andy. Tu es für mich. Okay?« Sie schwieg. »Vielleicht behältst du ja Recht, trotzdem kann es nie schaden, Freunde zu haben, oder? Lass deinen Charme bei ihm spielen. Wie hieß er noch gleich … Lyon, nicht? Abgemacht?«

»Okay, okay, ich tue, was ich kann.« Zwar war sie fest entschlossen, Lyon Ratliff am ausgestreckten Arm verhungern zu lassen, aber das musste Les nicht wissen. Sie wollte endlich ihre Ruhe haben. Deshalb erzählte sie ihm, was er hören wollte. »Ich leg jetzt auf.«

»Schätzchen, du hast mich davor bewahrt, dass ich morgen früh mit einem mordsmäßigen Kater aufwache. Wie kann ich das jemals wieder gutmachen?«

»Dir wird schon was einfallen«, sagte sie trocken.

»Ich wüsste ja was, aber davon hältst du nichts. Ich liebe dich. Weißt du das, Andy-Maus?«

Les schien echt deprimiert und sehnte sich offenbar nach Streicheleinheiten. »Ja, ich weiß, dass du mich liebst. Ich liebe dich auch.«

»Dann wünsche ich dir eine gute Nacht.«

»Schlaf gut.«

»Träum was Schönes.«

»Du auch.«

Nachdem sie aufgelegt hatte, fühlte sie sich wie durch den Fleischwolf gedreht. Erst Lyon und jetzt auch noch Les. Obwohl – Lyon hatte sie tiefer verletzt. Les' abrupte Stimmungswechsel war sie gewöhnt. Sein Gejammer, das lose Mundwerk und seine arrogante Art, die jedem auf den Keks ging, der ihn nicht kannte.

Zurück in ihrem Zimmer löschte sie das Licht und ging direkt ins Bett. Sie sank auf das frisch duftende Laken und zog die leichte Decke über ihre Schultern. Ließ den Tag vor ihrem geistigen Auge vorüberziehen und konnte es kaum fassen, was so alles passiert war. Hatte sie verantwortungslos gehandelt, indem sie sich mit einem Trick Zugang zu der Ranch verschafft hatte und damit automatisch auch zu dem General? Hätte sie es anders machen sollen? Wäre Lyon dann zugänglicher gewesen? Vermutlich nicht. Zumal sie es noch am Vortag mit dieser Masche probiert hatte. Da stand Lyons Urteil über sie allerdings schon lange fest, obwohl sie einander noch nie begegnet waren.

Ganz offensichtlich projizierte er die Fehler seiner Ex auf alle Frauen. Eine lebenshungrige Egoistin, hatte sie ihn mitsamt seiner Ranch sitzen lassen. Und er nahm es gelassen hin. Kein Wunder bei einem Typen wie Lyon. Der kämpfte nicht, wenn eine Frau ihn verließ. Da seine Ex als Heimchen am Herd unzufrieden gewesen war, unterstellte er jeder beruflich engagierten Frau, ähnlich gefühlskalt und flatterhaft zu sein sie.

»Das ist nicht zwangsläufig der Fall, Mr. Ratliff«, murmelte sie in die Dunkelheit.

Bisweilen war einem die Qual der Wahl eben schon abgenommen, bevor sie sich stellte: Für Andrea Malone wäre nie etwas anderes infrage gekommen als die journalistische Laufbahn, zumal sie ihrem Vater damit einen Herzenswunsch erfüllt hatte. Als Einzelkind war sie diejenige gewesen, die den Namen Malone hatte hochhalten sollen. Sie hatte Robert geheiratet und beim Tod ihres Vaters beinahe so etwas wie Erleichterung verspürt. Sie hatte beruflich kürzertreten wollen, sich ein Baby gewünscht.

Halb amüsiert, halb verblüfft, hatte Robert sich ihre Pläne angehört. »Das meinst du doch nicht im Ernst, oder? Du willst kündigen und Hausmütterchen werden?« Andy hatte die enttäuschte Verblüffung in seinen Zügen gelesen. Ganz offensichtlich hatte er die Idee als völlig abwegig empfunden.

»Ich dachte, wir wollen Kinder.« Dabei hatte sie krampfhaft gelächelt.

»Doch, ja, sicher. Aber erst, wenn wir zu alt für all die anderen schönen Dinge sind. Ich liebe dieses Leben auf der Überholspur. Dass meine Frau so prominent ist. Wir bekommen in sämtlichen Restaurants die besten Tische, Freikarten für angesagte Events, wo ich vor versammeltem Publikum demonstriere:

›He Leute, schaut her, ich schlafe mit der berühmten Andy Malone.‹«

Andy hatte schon häufiger das Gefühl beschlichen, dass Robert in ihr lediglich eine Trophäe gesehen hatte – eine Trophäe, die er jede Nacht bestaunte, bewunderte, vergötterte. Und deshalb hatte sie zunehmend weniger Lust auf seine Zärtlichkeiten gehabt. Woraufhin die Trophäe ihren Reiz einbüßte. Irgendwann hatte Robert sich förmlich um einen Auslandsjob gerissen und war von da an ständig fort gewesen. Bei einer seiner Reportagen hatte er den Tod gefunden.

Er war unglücklich in ihrer Beziehung gewesen, redete Andy sich ein, sonst wäre er vermutlich nie nach Guatemala gegangen. Lyon hatte Recht. Sie fühlte sich mit verantwortlich für Roberts Tod, und um die nagenden Schuldgefühle zu mildern, versuchte sie, seinen Ansprüchen gerecht zu werden. Ihn zu bestätigen, dass sie nicht zur Hausfrau und Mutter geboren war, sondern Karriere machen konnte. Seit drei Jahren lebte sie ausschließlich für ihren Job. Wie eine Besessene konzentriert auf den Fortschritt ihrer Karriere. Mittlerweile war sie sogar davon überzeugt, keinen Mann zu wollen, keine emotionale Bindung zu brauchen, als Single entschieden besser klarzukommen.

Seit dem Moment, da ihre Augen über Gabe Sanders' Resopaltresen geglitten und mit Lyon Ratliffs Blick verschmolzen waren, wusste sie wieder, dass sie einen Mann *wollte*. Er hatte ihr Herz zum Schwingen gebracht und ein schlummerndes Verlangen in ihr geweckt. Und jetzt, nach seinem Kuss, signalisierte ihr Körper eine Fülle sinnlicher Botschaften an ihr Gehirn. Ja, sie begehrte *ihn*, brauchte ihn wie die Luft zum Atmen.

»Guten Morgen, Andy. Ich hoffe, Sie haben gut geschlafen.«

»Ja«, schwindelte sie. »Danke, General Ratliff. Ich wusste nicht, ob das Frühstück morgens gemeinsam eingenommen würde. Tut mir leid, wenn ich ein bisschen spät dran bin.«

»Kein Problem, ich hab Zeit. Ich kann jeden Morgen ausschlafen, obwohl ich viel lieber mit den Hühnern aufstehen würde, so wie Lyon. Was möchten Sie?«, wollte er wissen, da ihm Gracie eben ein Tablett mit seinem Frühstück hinschob. Es sah ähnlich fade aus wie seine übrigen Mahlzeiten.

Wie gewünscht brachte Gracie ihr Kaffee, Orangensaft und eine Scheibe Vollkorntoast. Kopfschüttelnd und missfällig zungenschnalzend gab die Haushälterin zu erkennen, was sie von einem solch dürftigen Frühstück hielt.

»Wie sehen Ihre Pläne für den heutigen Tag aus, Andy?«, erkundigte sich Michael Ratliff, als sie ihr Frühstück beendet hatte.

»Ich möchte meine Notizen noch einmal durchgehen, um daraus die Fragen für die einzelnen Interviewteile zu formulieren. Auf diese Weise komme ich nicht in die Verlegenheit, mich zu wiederholen. Andererseits bin ich sicher, dass Ihre Antworten neue, interessante Aspekte aufwerfen werden, die ich vielleicht gar nicht bedacht habe. Ach, übrigens, meine Crew landet heute Abend in San Antonio und ist morgen früh hier.«

»Liebe Andy, arbeiten Sie nicht zu viel. Lyon bat mich, Ihnen auszurichten, dass er Sie nach dem Frühstück draußen erwartet.« Die Augen des alten Gentleman blitzten auf. »Wie er sagte, möchte er mit Ihnen einen Ausflug machen.«

4. Kapitel

»Einen Ausflug?«

»Über die Ranch. Die möchten Sie sich doch sicher gern ansehen, oder?« Andy mochte den General nicht enttäuschen, der sichtlich stolz war auf seinen Besitz und sie am liebsten persönlich herumgeführt hätte. »Ja, schon, aber ich bin zum Arbeiten hier und nicht zu meinem Vergnügen. Außerdem möchte ich Lyons kostbare Zeit nicht zu sehr beanspruchen. Er hat bestimmt anderes zu tun.«

»Das mag sein, aber wie ich meinen Sohn kenne, ist er durchaus in der Lage, Prioritäten zu setzen.« Michael Ratliff grinste aufgeräumt.

Nach der Geschichte vom Vorabend konnte Andy sich nicht wirklich vorstellen, dass Lyon gesteigerten Wert auf ihre Gesellschaft legte. »Sind Sie ganz sicher, dass Sie sich da nicht verhört haben?«

»Nein, er hat es ausdrücklich betont und mich beim Hinausgehen noch einmal daran erinnert. Er erwartet Sie bei den Garagen. Wenn Sie mich jetzt bitte entschuldigen wollen, Andy, den Vormittag über lese ich. Bis meine Augen zu müde werden. Wenn Sie wollen, plaudern wir nach dem Mittagessen ein Weilchen.«

»Ja, und bitte, schonen Sie sich. Die nächsten Tage werden anstrengend für Sie.«

»Zum Ausruhen bleibt mir noch genug Zeit, Andy«, versetzte er trocken. »Ich freue mich auf die Interviews.« Damit steuerte er aus dem Raum.

Sie trank ihren Kaffee, derweil sie sich physisch und psychisch auf eine weitere Konfrontation mit Lyon vorbereitete. Was war wohl die passende Kleidung für eine Erkundungstour über eine Ranch? Jedenfalls nicht ihre enge Röhrenjeans und die unsäglichen Cowboystiefel, die er mit Häme bemerkt hatte! Kritisch blickte sie an sich hinunter. Weswegen sollte sie sich eigentlich umziehen? Ihre schmal geschnittenen Baumwollchinos und das kurze Stricktop waren goldrichtig für einen solchen Ausflug.

Soll er ruhig warten, überlegte sie schadenfroh, als sie nach oben ging, um Frisur und Make-up zu überprüfen. Nach kurzem Zögern griff sie zu ihrem Lieblingsduft und sprühte sich großzügig ein. Wenn er daraus irgendwelche Schlüsse ableitete, war er auf dem Holzweg. Für gewöhnlich legte sie nämlich immer einen Hauch Parfüm auf, auch am Tag.

Patio und Poolbereich wirkten einsam und verlassen, als sie durch die Glastür trat. Die kühle Morgenluft duftete blumig frisch. Wolken schoben sich vor die Sonne, eine sanfte Brise raschelte in den Zweigen der alten Bäume. Während sie wartete, lauschte sie andächtig auf das leise Rauschen, das vom Fluss herüberwehte.

»Guten Morgen.«

Erschrocken wirbelte Andy herum. In die friedvolle Schönheit ihrer Umgebung vertieft, hatte sie ihn gar nicht kommen hören. »Guten Morgen.« Sie gewahrte sein Eau de Cologne. Eine maskulinwürzige Holznote, die sie inzwischen mit ihm assoziierte.

»Abfahrbereit?«

»Ja.« Er kehrte ihr den Rücken zu und strebte mit langen Schritten zu einem Jeep, den Andy gar nicht bemerkt hatte. Mit einem Anflug von Skepsis stellte sie fest, dass der Wagen keine Türen besaß und anstelle eines Dachs lediglich einen Überrollbügel. Innen und außen lehmgebadet, war er auf den Buckelpisten der Ranch erkennbar im Dauereinsatz. Lyon ließ sich auf den Fahrersitz fallen, und sie glitt neben ihn. Bevor sie sich festhalten konnte, drückte er aufs Gas, und der Jeep rauschte los. In puncto rücksichtsvolles Autofahren hatte er noch eine ganze Menge zu lernen, fand sie.

»Gut geschlafen?«

»Ja«, schwindelte sie. Schon das zweite Mal an jenem Morgen. Verstohlen beobachtete sie, wie sich sein beachtlicher Bizeps anspannte, als er den nächsthöheren Gang einlegte. Gewahrte das Muskelspiel seiner Schenkel unter dem festen Jeansstoff. Ein erotisierendes Prickeln überkam ihre Wirbelsäule. O Schreck! Hastig wandte sie den Blick von seinem Schoß.

Seine Hände krampften sich um das Lenkrad, als müsste er sich gewaltsam kontrollieren. Er wirkte gereizt, als ob er jeden Moment aus der Haut fahren würde.

Sie beobachtete sein Gesicht unter dem breiten Flechtrand seines Cowboyhutes. Seine Züge spiegelten unnachgiebige Härte. Er presste die Lider zusammen zum Schutz der Augen. Vermutlich aber auch aus einem verärgerten Reflex heraus, um seine wutverklärte Wahrnehmung auszublenden.

Er schien nicht zum Plaudern aufgelegt, sondern konzentrierte sich mit zusammengebissenen Kiefern auf die holprigen Wirtschaftswege. Andy lenkte den Blick auf die traumhafte Landschaft. Ihm ein Gespräch aufdrängen? Einen Teufel würde sie tun! Er konnte froh sein, wenn sie überhaupt noch mit ihm redete, nach dem, was er sich am Vorabend geleistet hatte! Andererseits war es merkwürdig, dass er diesen Ausflug vorgeschlagen hatte und sie dann beharrlich anschwieg.

Soll sie doch der Teufel holen, fluchte Lyon heimlich. Er löste die verkrampften Hände vom Lenkrad. Streckte und reckte die Finger. Umklammerte das Steuer erneut mit schmerzhaftem Griff.

Warum nur sah diese Frau so umwerfend gut aus? Wenn sie ihre berufliche Karriere über ihr persönliches Glück stellte, was musste sie sich dann so aufstylen? Weshalb trug sie einen Fummel wie dieses Strickteil, das verheißungsvoll ihre weichen, vollen

Brüste umschmiegte? Hosen, die ihren süßen kleinen Hintern betonten? Und Sandaletten mit sündhaft schmalen Riemchen, dass es ihm ein Rätsel war, wie sie überhaupt darin laufen konnte. Ihre Fußnägel waren in einem schimmernden Korallenrot lackiert. Wie kostbare Schätze aus den Tiefen des Meeres ...

Herrgott noch mal, fluchte er. *Hast du sie noch alle, Ratliff? Kostbare Schätze aus den Tiefen des Meeres! Komm wieder auf den Teppich, Mann!*

Trotzdem sah die Braut spitzenmäßig aus, kein Zweifel. Ach ja? Und deshalb musste er unbedingt einen auf pubertierender Depp machen, was? War schließlich nicht die erste Beauty, die ihm über den Weg lief, da waren bestimmt Attraktivere vor ihr. Aber die hier war was Besonderes. Sie hatte was ...

Ihre Augen? Sicher, sie waren von einer ungewöhnlichen Farbe, aber ... Nein, es war die Art, wie sie ihn anschaute, wenn er mit ihr sprach. Als wäre ihr ungemein daran gelegen, was er ihr zu sagen hatte. Sie interessierte sich für ihn. Mochte mehr von ihm wissen. Seine Meinung bedeutete ihr etwas.

Sachte, sachte, Ratliff. Lass dich nicht von ihr einwickeln, ja? Ist schließlich ihr Job, dir dieses Gefühl zu vermitteln. Das Handwerkszeug jeder guten Journalistin ist nicht zuletzt ihre Fähigkeit, anderen zuhören zu können.

Okay, sie hatte wunderschöne Augen, und damit kokettierte sie schamlos, wenn sie irgendetwas erreichen wollte. Er wusste genau, dass sie log, sobald sie den Mund aufmachte. Egal, ob zum Reden oder zum Küssen.

Sieh den Tatsachen ins Auge, Mann, was ist schon ein Kuss? Du hast doch sonst nicht so viel hineininterpretiert. Manche Frauen machen einen auf leidenschaftlich, nur um an dein Scheckbuch zu kommen, schon vergessen? Weil sie wissen, dass es eben dazugehört. Weil es den Männern Spaß macht. Aber Andy … verflixt und zugenäht, sie ist anders. Andy, Andy.

Er ließ ihren Namen auf der Zunge zergehen. Ihre leidenschaftliche Hingabe war echt gewesen.

Sie hatte genauso auf diesen einen Kuss gebrannt wie er. Sie sehnte sich nach Zärtlichkeit. Sie wusste zu geben und zu nehmen. Bei ihr war er dermaßen erregt, dass er sie am liebsten auf der Stelle vernascht hätte. Dann hatte er Panik bekommen und sich fest vorgenommen, die Finger von ihr zu lassen. Und heute Morgen war ihm nichts Besseres eingefallen, als eine kleine Spritztour mit ihr zu unternehmen.

Sie ist Gift für dich, verdammt. Wieso beobachtest du sie heimlich aus dem Augenwinkel, Ratliff? Weswegen fixierst du ihre Hand? Damit klammert sie sich jedes Mal am Sitz fest, sobald du wieder irgendein Schlagloch erwischt hast. Glaubst du vielleicht, sie würde haltsuchend nach deinem Schenkel greifen, oder was?

Lyon riss sich aus seinen abwegigen Gedanken. Er bremste scharf. Unvermittelt flogen sie vornüber und wurde mit Wucht wieder in die Sitze gedrückt.

Andy schaute über die Klippen. Vor ihr erstreckte sich eine zauberhafte Landschaft. Sie waren in die Berge gefahren, von wo aus sie das Tal überblickten. Aus dieser Entfernung sah das Haus wahrhaft wie ein Spielzeug aus, malerisch in die Flussaue eingebettet.

Wieso schwieg er beharrlich, schoss es ihr durch den Kopf. Wartete er etwa nur darauf, dass sie etwas sagte? Kaum merklich drehte sie den Kopf in seine Richtung. Er starrte über den Überrollbügel des Jeeps hinweg. »Es ist schön hier oben«, meinte sie dann gepresst.

Er schob sich den Cowboyhut tief ins Gesicht und drehte ihr gefährlich langsam den Kopf zu. Fixierte sie mit bohrendem Blick. »Wer ist Les?«

Es war weniger die Frage als vielmehr seine schroffe Reaktion. Sie fühlte sich, als hätte er ihr im wahrsten Sinne des Wortes einen Schlag in die Magengrube versetzt. Einen Herzschlag lang blieb ihr die Luft weg. Sie atmete tief durch. »Les ist mein Chef.«

»Wie praktisch.«

»Was soll das jetzt wieder heißen?«

»Was das heißen soll? Treiben Sie es im Büro oder warten Sie damit bis nach Dienstschluss? Weiß er das schon mit gestern Abend? Dass Sie mit einem anderen Mann herumgeknutscht haben, oder interessiert ihn das gar nicht? Womöglich pflegen Sie ja eine von diesen ›lockeren‹ Beziehungen.«

Eine flammende Röte schoss in ihre Wangen. Halb aus Scham, halb aus Verärgerung. »Wir haben keine Beziehung, wir sind lediglich gut miteinander befreundet.«

»Lügen Sie mich nicht an, verdammt. Ich hab nämlich alles mitbekommen. ›Ich weiß, dass du mich liebst, und ich liebe dich auch.‹«

»Sie haben gelauscht!?«

»Bestimmt nicht mit Absicht, wenn Sie das meinen. Sie standen im Flur und haben weiß Gott nicht geflüstert. Ich war auf dem Weg nach oben. Da hab ich zwangsläufig das eine oder andere gehört.«

Grundgütiger. Wie viel mochte er von ihrem Gespräch aufgeschnappt haben? Wenn er zufällig mitbekommen hatte, was sie Les versprochen hatte? Dass sie den Sohn bearbeiten würde, um an Informationen zu kommen ... Aber nein, ihn interessierte anscheinend nur, was zwischen ihr und Les lief. Wieso eigentlich? Wenn es nicht so abwegig gewesen wäre, hätte sie spontan auf Eifersucht getippt. Vermutlich war es schlicht verletzte männliche Eitelkeit. Welche Frau floh schon aus Lyon Ratliffs muckibepackten Armen, um einen anderen Mann anzurufen und ihm ihre Liebe zu gestehen? »Wäre nicht verkehrt gewesen, wenn Sie sich höflich bemerkbar gemacht hätten.«

Er lachte dumpf. »Das mit der Höflichkeit hab ich mir längst abgeschminkt. Also, ich warte. Erzählen Sie mir von diesem Les.«

Warum fauchte sie ihn nicht umgehend an, dass ihn das einen feuchten Dreck anginge und er sie schleunigst zurückfahren solle? Weil es ihr aus irgendeinem unerfindlichen Grund wichtig war, dass er ihre Verbindung mit Les richtig einordnete. Zumal Lyon sie dermaßen wütend anfunkelte, als hätte er sie auf der Stelle erwürgen mögen.

Selbstkontrolle lautete die Devise. Sie würde seinem Zorn keine Nahrung bieten, sondern darüber hinweggehen wie Eltern über den Wutanfall eines trotzigen Kindes. »Les Trapper ist der Produzent meiner Sendung. Wir haben schon vor meiner Heirat zusammengearbeitet. Er ist ein guter Freund, den ich seit Ewigkeiten kenne. Und es stimmt, dass ich ihn liebe – rein freundschaftlich. Ob Praktikantin oder Putzfrau, er erzählt jeder Frau, die er kennen lernt, dass er sie liebt. Es hat keine Bedeutung. Wir hatten noch nie was miteinander.«

»Erwarten Sie wirklich, dass ich Ihnen das abnehme?«

Ihre Selbstkontrolle geriet außer Tritt. »Das ist Ihr Problem und nicht meins. Ihr Urteil über mich stand doch schon fest, bevor ich überhaupt herkam.« Nachdenklich musterte er sie von oben bis unten. Sein Blick heftete sich auf ihre Brüste. Entrüstet fuhr sie fort: »Auch wenn ich nicht zum Hausfrauendasein tauge, habe ich konkrete Moralvorstellungen, Mr. Ratliff.«

»Okay, okay, Sie und Les sind also nicht zusammen. Sie haben ihm aber bestimmt haarklein von unserem abendlichen Spaziergang zum Fluss berichtet, hmm? Oder wie Sie sich mit einem Trick Zugang zu unserem Haus verschafft haben? Und dass mein Vater wie Wachs in Ihren Händen ist?«

»Nein!«, giftete sie zurück. Soso, sein Ego war schwer angekratzt. Es interessierte ihn weniger, ob sie eine Affäre mit Les hatte, als vielmehr, ob sie sich am Telefon über ihn lustig gemacht hätten. »Nein«, wiederholte sie sanfter und schüttelte den Kopf. Senkte den Blick auf ihre Finger, die sie im Schoß ineinander verhakt hielt.

Lyon nagte unschlüssig an seiner Unterlippe. Wieso war er derart wütend auf sie? Schließlich ging es ihn nichts an, mit wem sie am Telefon plauderte. Wie dem auch sei, es hatte ihm einen schmerzhaften Stich versetzt, als sie diesem Typen süße Träume gewünscht hatte. Zumal Lyon in jenem Augenblick bereits schwante, dass er eine schlaflose Nacht haben würde, weil sie ihm dauernd im Kopf herumgeistern würde.

Sie wirkte so mitfühlend, ungemein verständnisvoll. Aber wahrscheinlich war das nur Show. Er schwankte, ob er sie erwürgen oder küssen sollte. Ihr weicher Mund war ein stummes Versprechen. Ihre Brüste verhießen süße Erlösung von den Härten des

Alltags. Ihr sinnlicher Körper weckte Begehrlichkeiten bei ihm, die er seit Jahren verdrängt hatte.

Natürlich hatte er Sex gehabt, sich nachher aber jedes Mal leer und unbefriedigt gefühlt. Was ihm vorschwebte, war die Nähe einer Frau, die ihn nicht nur erotisch, sondern auch emotional anmachte.

Er spähte erneut zu ihr hinüber und gewahrte verwundert, dass ihr eine Träne über die Wange rollte. Unvermittelt hob sie die Lider. Nein, ihre Augen waren trocken. Das glitzernde Etwas war keine Träne. Es war ein Regentropfen.

»Wir fahren besser zurück«, sagte er dumpf. »Es fängt an zu regnen.«

Das war hoffnungslos untertrieben. Kaum hatte er den Jeep angelassen, wurden sie von einem Wolkenbruch überrascht. Es schüttete aus Kübeln. »Halten Sie sich gut fest«, brüllte er und lenkte den Jeep in die entgegengesetzte Richtung, weg vom Haus. Jagte wie ein Irrer über die holprige Straße. Der Hut wurde ihm vom Kopf gerissen und flog im hohen Bogen davon. Andy krallte sich an ihrem Sitz fest, derweil der Wind an ihren Haaren zerrte und ihr der Regen unaufhaltsam ins Gesicht und auf die Arme schlug.

Er steuerte geradewegs auf einen dunkel aufragenden Schatten zu, der für Andy wie eine massive Felswand wirkte. Als sie sich den Klippen näherten, gewahrte sie die von Wind und Wetter ausgewaschenen Höhlen. Lyon bremste ab, und der Jeep fuhr im Schritttempo in den Schlund einer solchen Höhle. Im

Innern war es bedrückend eng, aber nicht gespenstisch finster. Trotz der schweren Wolken, die den Himmel in ein bedrohliches Schiefergrau tauchten, drang diffuses Dämmerlicht von außen herein.

Sobald Lyon den Motor abgestellt hatte, war jählings eine unbehagliche Stille eingetreten, lediglich untermalt von dem gedämpften Rauschen des Sturms, der vor dem Eingang der Höhle wütete, und den Regentropfen, die in einem monotonen Singsang auf dem steinigen Höhlenboden auftrafen.

»Alles in Ordnung mit Ihnen?«, wollte er schließlich wissen.

Sie schauderte unter dem nassen Stricktop, das unangenehm kalt an ihrem Körper klebte. Vor Angst. Vor ahnungsvoller Erwartung. »Ja«, murmelte sie zähneklappernd. Ihre Brustspitzen zeichneten sich verräterisch unter dem feuchten Stoff ab.

Lyon bemerkte es und sah weg. Sein Blick schweifte über Wände, Decke und Boden der Höhle, vom Kühler des Jeeps zu den Rücksitzen, ehe er sich erneut auf ihr blasses, angespanntes Gesicht heftete.

Er beobachtete einen Regentropfen, der von ihrer Schläfe über den Wangenknochen bis zu ihrem Kinn rollte, wo er glitzernd verharrte. Unwillkürlich ertappte Lyon sich dabei, wie er ihn mit dem Zeigefinger auffing. Hastig zog er seine Hand weg.

Andy saß wie gelähmt da.

Lyon wandte den Blick von ihr und starrte auf die Felswände. Innerlich aufgewühlt ballte er die Hand zur Faust und strich sich damit über den Oberschenkel. Er kämpfte mit dem letzten Rest Selbstbeherrschung, spürte jedoch, wie ihm die Kontrolle über seinen Körper zusehends entglitt.

Mit einer geschmeidigen Bewegung drehte er sich zu ihr um, beugte sich über das Armaturenbrett hinüber und umschloss Andys Wangen mit seinen rauen Handflächen.

Zeichnete mit seinem Daumen entrückt ihre Unterlippe nach. »Bitte, lüg mich nicht an. Bitte nicht.«

Dabei brachte er seinen Mund auf ihren. Glutvoll schob er mit seiner Zunge ihre Lippen auseinander, tauchte tief in die warm verlockende Grotte ein. Seiner Kehle entrang sich ein wollüstiges Stöhnen. Impulsiv nahm sie sein Gesicht in ihre Hände, presste seinen Mund auf ihren, erwiderte den Kuss mit ungezügelter Leidenschaft.

Es war kein zärtlich behutsamer Kuss, sondern getrieben von unbändigem Begehren, ungeplant, ungestüm, unvergleichlich. Eine Woge der Lust zog sie in ihren wilden Strudel, riss sie mit zu unbekannten Gestaden der Sehnsucht.

Hemmungslos erwiderte sie sein Zungenspiel. Spürte, wie er ihren Mund, die Spitzen ihrer milchweißen Zähne erkundete. Wie er schmeckte, leckte, saugte. Ihre regenfeuchte Haut verströmte das zarte Bukett ihres Parfüms. Er löste sich von ihren Lippen, vergrub sein Gesicht in ihrer Halsbeuge und zog gierig den himmlischen Duft ein.

Er streichelte ihre Arme. »Ist dir kalt?«

»Nein«, hauchte sie. »Nein.« Während sie mit einer Hand zärtlich sein Ohrläppchen kraulte, glitt die andere über die Muskelstränge seines Rückens.

»Andy, bist du wirklich nicht mit Les Trapper zusammen?«

»Nein, er ist lediglich ein guter Freund von mir, und wir arbeiten zusammen. Das ist schließlich kein Verbrechen, oder? Nach Roberts Tod bin ich im Übrigen keine Beziehung mehr eingegangen.«

Er hob den Kopf, senkte den Blick beschwörend in ihre topasfarbenen Tiefen. »Ich möchte dir so gerne glauben.«

»Dann tu's doch. Ich lüge nicht.«

»Wieso willst du dieses Interview mit meinem Vater?«

Seine unerwartete Frage verwirrte sie ernsthaft. Verblüffung spiegelte sich in ihren Zügen. »Das hab ich dir doch schon erklärt. Glaubst du, ich hätte irgendwelche unlauteren Motive?«

»Nein, das glaube ich nicht«, meinte er gedehnt. »Seit seinem Abschied vom Militär ist er ständig von den Medien beharkt worden. Gleichwohl hat er immer größten Wert darauf gelegt, dass die Privatsphäre, die er für sich, für Mutter und mich aufgebaut hatte, nicht unter seiner Prominenz litt. Hätte er schon Jahre zuvor Interviews gegeben, wäre den Spekulationen um seine Person womöglich der Boden entzogen gewesen.

Glaub mir, er hat sich aus freien Stücken für den Rückzug ins Private und die Einsamkeit der Ranch entschieden. Wenn du nicht hergekommen wärst, würde er vermutlich sterben, ohne die Neugier der Öffentlichkeit in Form von Interviews oder Dokumentationen befriedigt zu haben. Andererseits bin ich froh, dass er dich nicht rausgeworfen hat.« Grinsend duckte er sich, hauchte schelmisch einen Kuss auf ihr Schlüsselbein. Dann wurde sein Blick erneut ernst, und er fixierte gebannt ihren Ohrring. »Aber auch skeptisch.«

Sie schob ihm eine widerspenstige, schwarz glänzende Haarsträhne aus der Stirn. »Wieso, Lyon?« Zart schmelzend wie eine köstliche Süßigkeit ging sein Name über ihre Lippen. Andy wiederholte die Frage, um ihn noch einmal zu hören. »Wegen seiner angegriffenen Gesundheit?«

»Das und ...« Die Anziehungskraft ihres Ohrrings verblasste, und er senkte den Blick in ihre verheißungsvollen Tiefen. »Ach, nichts.« Er küsste sie. »Du bist wunderschön, Andy«, raunte er an ihren halb geöffneten Lippen.

Als Lyon von den persönlichen Beweggründen seines Vater zu reden begonnen hatte, war ihr Herzschlag kurzzeitig vor Panik aus dem Tritt geraten. Hatte sich Les' impertinente journalistische Ader wieder einmal bestätigt, und er war auf irgendeinen Skandal gestoßen? Gab es irgendein dunkles Geheimnis im Leben des Generals, von dem Lyon nicht wollte, dass es publik wurde? Nein! *Um Himmels willen, bloß nicht! Ich möchte auf gar keinen Fall irgendetwas aufdecken.* Für Reporter, die sich der Objektivität verschrieben hatten, waren Interessenkonflikte von jeher ein echtes Problem, überlegte sie im Stillen. Hastig blendete sie diese beunruhigenden Erwägungen aus und konzentrierte sich auf Lyons verführerische Lippen.

Seine Zunge, die eben noch ihren Mundwinkel gekitzelt hatte, streifte ihre Wange, um mit dem Ohrring zu spielen, den er offenbar reizvoll fand. Einen Arm besitzergreifend um ihre Schultern geschlungen, schmiegte er sie an sich und streichelte mit der freien Hand über ihre spitzen Brüste. Gewahrte den aufgewühlten Rhythmus ihres Herzens und verharrte andächtig in seiner Berührung.

»Andy?«, raunte er, und es klang wie eine leise gehauchte Bitte.

»Ja, Lyon«, seufzte sie, eine sehnsuchtsvolle Kapitulation.

Seine Hand umschloss ihre Brust, stimulierte sie mit sanft kreisenden Bewegungen. Sie spürte das feuchte Stricktop, das wie eine zweite Haut an ihr klebte, erotisierend unter seinen forschenden Fingern, gefolgt von einem verheißungsvollen Prickeln, das ihren Körper erfasste.

»Von dem Moment an, wo ich dich bei Gabe's auf dem Barhocker sitzen sah, hatte ich Mühe, meine Finger bei mir zu behalten.« Sein Flüstern an ihrem

Ohr war eine zärtliche Liebkosung. »Du bist fantastisch gebaut, weißt du das?«

»Ehrlich gesagt, hatte ich diesbezüglich immer Minderwertigkeitskomplexe.«

Milde schmunzelnd setzte er seine Erkundung fort, wurde hemmungsloser, verstärkte den inneren Tumult, der in ihr tobte. »Die brauchst du aber wirklich nicht zu haben. In meiner Jugend habe ich von Frauen wie dir geträumt.«

»Und ich von jungen Typen, die mich ständig anstarren und mir Komplexe einjagen.«

»Jetzt hast du mich aber eiskalt erwischt.«

»Was war dein erster Eindruck, als du mich bei Gabe gesehen hast?«

»Dass du faszinierende Augen hast und ein Paar Super...«

»Das meine ich nicht!«

»Ach so, du willst meinen *zweiten* Eindruck wissen.«

»Lyon, mal ganz im Ernst.«

Er lachte. »Ich bin ganz ernst.« Er nahm die Hand von ihrem Busen und streichelte ihre Haare, die vom Regen dampften. »Ich dachte mir, dass du eine sehr attraktive Frau bist, die ich irrsinnig gern verführen würde.«

Sie schluckte schwer über dieses freimütige Bekenntnis. »Und jetzt?«

»Inzwischen denke ich, dass du eine sehr attraktive Frau bist, die ich irrsinnig gern besser kennen lernen würde und dann verführen möchte. Mein erster Impuls war schlicht und einfach Lust. Der zweite ist mir selbst noch ein Rätsel, aber letztlich läuft es auf dasselbe hinaus.« Mit Daumen und Zeigefinger hob er zärtlich ihr Kinn an, zwang sie, ihn anzusehen. »Verstehst du, was ich damit sagen will?«

Zögernd, halb verhalten, erwiderte sie: »Ich denke schon.«

»Gut. Ich bin nämlich immer für klare Verhältnisse. Ich mag nicht, wenn irgendwelche Missverständnisse zwischen uns auftauchen«, sagte er mit Bestimmtheit. Wie schaffte er es, dermaßen cool zu bleiben, während ihr ganz Körper vor Sehnsucht erbebte? »Ich möchte dich verführen. Sinnlich und lasziv, wollüstig und wild, in jeder möglichen oder auch unmöglichen Stellung.«

Ein derart freizügiges Bekenntnis hatte sich noch kein Mann bei Andy erlaubt. Außer vielleicht Les. Aber der alberte bloß rum, während mit Lyon nicht zu spaßen war. Ihre Reaktion war tiefe Entrüstung. »Was bin ich eigentlich für dich? Eine Trophäe für deinen Kaminsims? Eine Eroberung, die du dir unbedingt auf die Fahne schreiben willst? Du machst es dir zu einfach, Lyon. So leicht bin ich nicht zu haben.«

»Ich hab mit keinem Wort behauptet, dass du eine Eroberung für mich bist. Wenn du leicht zu haben wärst, fände ich dich vermutlich kein bisschen begehrenswert. Ich hielt es nur für fair, Klartext mit dir zu reden, wie ich darüber empfinde. Wenn wir uns lieben, tun wir das, weil du und ich es wollen. Nur dann wird es für uns beide eine erfüllende Erfahrung.«

So viel schonungslose Offenheit machte ihr ganz schön zu schaffen. Was sollte sie von diesem Typen halten oder von dem, was er ihr da eben an den Kopf knallte? Wie sollte sie ihre Empfindungen für ihn interpretieren? Wollte er sie bloß rumkriegen, um ihr dann heimtückisch hinterlistig das Projekt mit seinem Vater auszureden? Machte er deshalb einen auf Leidenschaft und heißblütiger Lover?

Nein, die Zärtlichkeit, mit der er sie geküsst hatte, war echt gewesen. Sonst hätte er ungelogen das Zeug zu einem begnadeten Schauspieler gehabt. Falls er jedoch beabsichtigte, Sex als Druckmittel zu benutzen, um sie für die Interviews in irgendeiner Form befangen zu machen, überlegte sie, sollte sie ihm ihren Standpunkt wohl besser klipp und klar darlegen.

»Ich mache meinen Job, Lyon, egal was zwischen uns läuft. Du ... Das hat keinen Einfluss darauf, weshalb ich hier bin. Ich lasse mir von nichts und niemandem in meine Objektivität hineinpfuschen. Wenn ich auch einräumen muss, dass ich natürlich nicht davon ausgegangen bin, es könnte sich zwischen uns etwas anbahnen.«

»Ich auch nicht. Aber wenn du es genau wissen willst: Ich bin nach wie vor gegen diese Interviews.«

»Von mir hast du nichts zu befürchten.«

»Aber du von mir, sollte ich feststellen, dass deine Motive nicht absolut integer sind.«

Nach dieser vielsagenden Bemerkung spähte er über seine Schulter hinweg zu der Felsöffnung. Und bemerkte, dass der Wolkenbruch zu einem feinen Nieselregen abgeebbt war. »Wir fahren jetzt besser zurück. Dad und Gracie machen sich bestimmt schon Sorgen, wo wir bleiben.«

Anstatt sich zu sorgen, strahlten die beiden um die Wette, als Andy und Lyon tropfnass in die Küche stampften und beachtliche Wasserpfützen auf dem frisch gewienerten Boden hinterließen.

»Da ihr beide nicht zum Mittagessen aufgetaucht seid, hat der General bei mir in der Küche gegessen«, erzählte Gracie. Vermutlich der Versuch einer Erklärung, warum Michael Ratliffs Rollstuhl eine Seite der topmodischen Essbar ausfüllte.

»Die Suppe ist köstlich«, schwärmte er. »Zieht euch rasch etwas Trockenes über und esst dann mit mir gemeinsam.«

Nachdem sie sich umgezogen hatten, trafen sie sich an der Treppe wieder. Dabei bemerkte Andy zufällig, aus welchem Zimmer Lyon gekommen war. Schlagartig war ihre weibliche Neugier geweckt. Sie hätte zu gern gewusst, wie es in seinem persönlichen Reich aussah.

»Du siehst aus wie ein frühreifer Teenie«, meinte er und zupfte neckisch an ihrem noch feuchten Pferdeschwanz. »Und damit meine ich nicht nur deine Frisur.« Sein Blick verharrte vielsagend auf ihren Brüsten. »Offen gestanden hat mir das andere Oberteil besser gefallen.« Sie trug inzwischen eine sportliche Baumwollbluse mit Schulterklappen und hatte die Ärmel hochgerollt.

»Geiler, chauvinistischer Sexist, kann ich darauf nur antworten.«

Sein diabolisches Grinsen war einfach umwerfend. »Genau.«

Während des Essens, das sie gemeinsam mit dem General und Gracie in der Küche einnahmen, war er bester Laune. Anschließend entschuldigte er sich mit den Worten, dass die Arbeit auf der Ranch auch bei Regen getan werden müsse. Er streifte ein Regencape über, das an einem Haken am Hinterausgang hing, und stülpte sich einen Strohhut auf den Kopf.

»Wir sehen uns beim Abendessen«, sagte er unbestimmt in die Runde, fixierte dabei aber Andy. Er zwinkerte ihr zu und ging hinaus. Umständlich wischte sie sich den Mund mit einer Serviette, wusste sie doch genau, dass der General und Gracie Lyons Geste mitbekommen hatten.

»Ich leg mich jetzt ein Weilchen aufs Ohr, Andy. Wenn Sie mich nachher noch brauchen, stehe ich Ihnen bis zum Abendessen zur Verfügung.«

»Sehr nett von Ihnen, General.«

»Die Suppe war ausgezeichnet, Gracie«, wiederholte er sein Lob von zuvor. Dann steuerte er aus der Küche.

»Der Ärmste kann kaum noch etwas zu sich nehmen. Bisweilen macht es mich halb krank, wenn ich seinen Diätplan sehe. Dabei würde ich ihm so gern etwas Schmackhaftes kochen.«

Hilfsbereit ging Andy Gracie beim Tischabräumen zur Hand. »Der General ist sehr krank, nicht wahr?«, fragte sie leise.

»Ja«, räumte Gracie freimütig ein. »Ich versuche mich darauf einzustellen, dass er irgendwann von uns gehen wird, und wünsche mir inständig, dass dieser Tag noch in sehr weiter Ferne liegen möge. Er ist ein guter Mensch mit einem feinen Charakter, Andy.«

»Das kann ich nur bestätigen. Sie arbeiten schon sehr lange für ihn, nicht wahr?«

»Fast vierzig Jahre. Ich war damals ein junges Mädchen von kaum zwanzig, als er und Mrs. Ratliff mich einstellten. Sie war eine echte Dame und so zart wie eine seltene Blüte. Sie vergötterte ihn und Lyon. Nach Rosemarys Tod hat sich der General nie wieder für eine Frau interessiert, obschon ich der Ansicht war, dass Lyon eine Mutter bräuchte. Wahrscheinlich ging der Senior unbewusst davon aus, dass ich den Jungen unter meine Fittiche nehmen würde.«

»Lyon erzählte mir, dass Sie sich rührend um ihn gekümmert haben.«

Der Schwamm, mit dem Gracie die Essbar abwischte, hielt mitten in der Bewegung. »Hat er das gesagt? Dann kann ich als Mutterersatz so schlecht nicht gewesen sein. Trotzdem, ich mach mir Sorgen um den Jungen. Er ist dermaßen verbittert vom Leben – das macht mir wirklich Angst.«

»Er erwähnte, dass er verheiratet war.«

»Mit einem bildhübschen Mädchen, das muss der Neid ihr lassen.« Gleichwohl rümpfte die Haushälterin missfällig die Nase. »Leider Gottes war ihre Schönheit nur Fassade. Nach dieser unseligen Heirat hat sie Lyon das Leben zur Hölle gemacht. Der arme Junge hatte keine ruhige Minute mehr. Dieses war nicht richtig und jenes war nicht richtig. Sie jammerte, nörgelte an allem herum. Hier in diesem Provinznest würde sie irgendwann noch versauern. Sie wollte ›mehr vom Leben‹.

Ihr schwebte immer eine Karriere als Model oder in der Modebranche vor. Also ist sie eines Tages auf und davon nach New York. Und nie zurückgekehrt. Der General und ich waren darüber richtiggehend erleichtert. Lyon hatte jedoch schwer damit zu kämpfen. Nicht weil er sie sonderlich vermisste. Ich glaube sogar, er war froh, als sie endlich weg war. Aber irgendwie muss sie einen empfindlichen Nerv bei ihm getroffen haben ... Ich weiß es ehrlich gesagt auch nicht.«

»Er hat tief sitzende Vorurteile gegen Karrierefrauen.«

Fragend hob Gracie die Brauen. »Auch gegen Sie?«

»Gegen mich besonders.«

»Ach was? Vielleicht, weil Sie ihm gestern Paroli geboten haben? Also ich fand das ziemlich schlagfertig und gewitzt von Ihnen«, setzte sie lachend hinzu. »Aber Sie haben Recht. Was Frauen angeht, ist er misstrauisch geworden.«

»Wie hieß sie?«

»Wer? Seine Ex? Jerri.«

»Jerri«, wiederholte Andy abwesend.

Wie am Vortag verschränkte die Haushälterin die Arme vor ihrer beachtlichen Leibesfülle und legte den Kopf schief. Den Blick prüfend auf Andy geheftet, fragte sie ohne Umschweife: »Sind Sie da draußen im Regen bloß nass geworden? Oder ist da mehr zwischen Ihnen beiden gewesen?«

Andy fühlte, wie eine tiefe Röte über ihre Wangen huschte. »Ent… entschuldigen Sie mich bitte, aber ich muss noch ein paar Notizen durchgehen.«

Fluchtartig verließ die Journalistin die Küche. »Genau, wie ich es mir gedacht hab!«, hörte sie noch, begleitet von Gracies Gekicher.

»Da saß also dieser Wimbledon-Gewinner im Herreneinzel in meinem Londoner Hotelzimmer und schleppte mir ungelogen seine riesige Trophäe an.«

Sämtliche Blicke waren auf Andy geheftet, während sie die Geschichte zum Besten gab. Sogar Gracie hielt mit dem Kaffeeeinschenken inne und lauschte. Obwohl General Ratliff die Lider halb geschlossen hatte, wusste Andy, dass er genau zuhörte, denn er lächelte verschmitzt. Lyon hatte sich in seinen Sessel zurückgelehnt. Er drehte den Stiel seines Weinglases zwischen Daumen und Zeigefinger.

»Natürlich fühlte ich mich ungemein geschmeichelt, dass er ausgerechnet mir ein Exklusivinterview geben wollte. Wie Sie sich sicher vorstellen können, waren darauf auch zig andere Medienleute scharf gewesen. Für mich war es jedenfalls eine Supersache. Die einzige Bedingung, die sein Coach an mich gestellt hatte, war, dass das Gespräch höchstens zehn Minuten dauern durfte.

Voller Hektik versuchte die Crew, uns zu verkabeln und richtig auszuleuchten. Dabei passierte das Malheur. Einer der Techniker stolperte versehentlich über die Halterung eines Scheinwerfers. In heller Panik beobachtete ich, wie das Licht ausging und das Gerät umkippte. Es war ein Albtraum. Wie im Zeitraffer läuft das Bild vor dem geistigen Auge ab, und man kann nichts tun, um die Katastrophe zu verhindern. *Peng,* knallte der Scheinwerfer dem frisch gekürten Wimbledon-Champion mitten auf den Kopf.«

Gracie presste sich prustend eine Hand vor den Mund. Lyon lachte schallend. Der General grinste breit.

»Wie schön für Sie, dass Sie das alle so witzig finden«, sagte Andy mit gespielter Entrüstung. »Er hatte eigentlich nicht viel abbekommen, trotzdem sah ich meine Karriere erst mal den Bach runtergehen.«

»Und? Was passierte?«, wollte Lyon wissen.

»Da er kein besonders umgänglicher Mensch war – eher im Gegenteil –, hielt ich die Luft an. Aber wie ein echter Champion meisterte er das Interview mit Bravour. Er war zwar für einen kurzen Augenblick ohnmächtig, aber als er wieder zu sich kam, wischte er das Blut ...«

»Blut!?«, kreischte die Haushälterin.

»Hatte ich das etwa noch nicht erwähnt?«, fragte Andy scheinheilig. Alle lachten. »Zu meinem Glück war er nicht ernstlich verletzt worden, aber als der Scheinwerfer umkippte, las ich schon insgeheim die Schlagzeilen: Wimbledon-Champion von amerikanischer Journalistin getötet.«

»Wen haben Sie noch so alles interviewt?«, erkundigte sich Gracie. Gegen ihre sonstige Gewohnheit setzte sie sich mit an den Esstisch und lauschte gespannt.

»Lassen Sie mich mal kurz nachdenken«, sinnierte Andy. »Berühmtheiten, Stars und Sternchen, aber auch ganz stinknormale Leute, die aus irgendeinem Grund in die Nachrichten kamen.«

»Nennen Sie ein paar von den Berühmtheiten«, drängte die Haushälterin.

Andy warf einen besorgten Blick zu Michael Ratliff, der jedoch entspannt und aufmerksam zuhörte.

Am Nachmittag hatte sie stundenlang mit ihm geplaudert und im Zuge dessen Daten und wichtige Informationen erfahren, die sie dringend für ihre Interviews brauchte. »Bob Hope, Neil Armstrong, Reggie Jackson, John Denver, Prinz Andrew von England, Michail Barischnikow.«

»Uiiih«, entwich es Gracie ehrfürchtig.

»Nur Männer?«, fragte Lyon spitz.

»Nein.« Andy lächelte. »Lauren Bacall, die Richterin Sandra Day O'Connor, Carol Burnett, Farrah Fawcett und Diana Ross habe ich ebenfalls interviewt. Um nur ein paar zu nennen«, setzte sie schnippisch hinzu, während sie die Namen an den Fingern abzählte.

»Wen würden Sie denn wahnsinnig gern einmal interviewen?«, erkundigte sich Lyon.

»General Michael Ratliff«, versetzte sie strahlend, worauf er resigniert die Schultern hochzog. »Und« – sie verdrehte schwärmerisch die Augen – »Robert Redford.«

Gracie sah sie groß an. »Jetzt übertreiben Sie aber.«

Der General wieherte los. »Ich fühle mich durchaus wohl in einer so prominenten Gesellschaft.«

Dabei fiel Lyon in das Lachen mit ein, und Andy stellte fest, wie sehr sie das volle, wohltönende Vibrato seiner Stimme mochte. »Dad«, meinte er, unvermittelt wieder ernst, »es ist spät geworden. Du solltest dich schonen und zu Bett gehen.«

»Da hast du sicher Recht, obwohl ich mich gar nicht müde fühle. Ich habe mich bestens unterhalten. Das liegt vermutlich an der reizenden Gesellschaft unseres Gastes.« Wie schon einmal lief Andy zu ihm und küsste ihn auf die Wange.

»Gute Nacht. Schlafen Sie gut.«

»Gute Nacht.« Der General setzte den Rollstuhl in Bewegung und verließ das Esszimmer.

»War der Arzt heute Morgen hier?«, wollte Lyon von Gracie wissen.

»Ja, als Sie von dem Unwetter überrascht wurden.«

»Und? Was meint er?«

Die Haushälterin tätschelte ihm mitfühlend den Oberarm. »Es liegt alles in Gottes Hand, Lyon.«

Er streichelte ihr die Hand und fixierte sie eindringlich. Nach einem kurzen Augenblick schüttelte er den Kopf, als wollte er das traurige Thema wegwischen, und erhob sich geschmeidig. »Andy, ich verlasse dich zwar nur ungern, aber ich muss heute Abend zu einer Versammlung des Viehzüchtervereins. Kommst du allein klar?«

Obwohl sie maßlos enttäuscht war, lächelte sie tapfer. »Na logo. Ich muss sowieso noch einiges lesen.«

»Dann gute Nacht.«

»Gute Nacht.« Erst lange nachdem die Haustür hinter ihm ins Schloss gefallen war, raffte sie sich dazu auf, auf ihr Zimmer zu gehen. Unschlüssig lief sie aus dem Esszimmer.

Sie hatte keine Ahnung, was sie geweckt hatte. Plötzlich war sie hellwach und setzte sich kerzengerade im Bett auf. Die Uhr auf dem Nachttisch zeigte mit ihren Leuchtzeigern an, dass es nach vier war. Sie warf das Deckbett beiseite und tappte barfuß zum Fenster.

Alles war ruhig. Plötzlich vernahm sie ein Geräusch. Angestrengt lauschend tippte sie schließlich darauf, dass es vom Fluss herkäme. Sie gewahrte einen aufflammenden Lichtstrahl, der die Dunkelheit durchbrach. Das Herz klopfte ihr bis zum Hals. Die Lichtkegel zweier Taschenlampen huschten gespenstisch durch das dunkle Geäst der Bäume, dann war es plötzlich wieder stockfinster.

Wer mochte das sein? Rancharbeiter? Sie spähte zum Gästehaus hin. Alles ruhig. Eindringlinge? Aber wer? Vielleicht Journalisten von der Konkurrenz, die inzwischen spitzbekommen hatten, dass sie hier war, und auf eigene Faust recherchieren wollten?

Aber ganz egal, wer es war, Lyon musste informiert werden!

Kopflos stürzte sie durch ihr Zimmer, riss die Tür auf und rannte den Gang hinunter. Klopfen hielt sie für überflüssig. Stattdessen drückte sie hektisch die Klinke von Lyons Zimmertür hinunter und riss diese kurzerhand auf. Wartete den einen kurzen Augenblick, bis sich ihre Augen an die Dunkelheit im Raum gewöhnt hatten, und glitt dann zu dem großen Bett, dessen Konturen sich im diffusen Mondlicht vor der hellen Wand abhoben.

Er lag auf dem Bauch. Einen Arm angewinkelt auf dem Kissen, seine Nase in der Ellenbeuge vergraben. Sein nackter Rücken zeichnete sich breit und gebräunt gegen das blütenweiße Laken ab. Kurz entschlossen beugte sie sich über ihn, fasste seine Schulter und rüttelte ihn sanft.

»Lyon!?«

5. Kapitel

Er schoss hoch. Es fehlte nicht viel, und sein Kopf wäre mit ihrem Kinn zusammengeprallt. Schläfrig blinzelnd versuchte er die junge Frau zu fokussieren. »Was ...? Andy? Ist ... ist irgendwas?«

»Unten am Fluss hab ich etwas Verdächtiges bemerkt«, stammelte sie aufgebracht. Keine Ahnung, weshalb sie plötzlich rasendes Herzklopfen hatte. Lag es an der möglichen Gefahr oder daran, dass Lyons nackter Oberkörper zum Anfassen nah war? »Da leuchtete irgendwer mit Taschenlampen, und ich hab Geräusche gehört.«

Er schwang die Beine über den Bettrand. »Am Fluss?«

»Ja. Ich wachte auf und ...«

Sie stockte mitten im Satz, da er unvermittelt aufstand. Er war splitternackt. Als er sich an ihr vorbei in die Dunkelheit schob, streifte sein Brusthaar ihren Arm. Er griff nach einer Jeans, die über einem Sessel hing, und streifte sie hastig über. »Was für Geräusche?«, wollte er wissen, derweil er den geknöpften Hosenschlitz schloss.

»Äh ... hmm«, stotterte Andy. »Na ja, Lachen, so

ähnlich hörte es sich jedenfalls an ...« Sie brach ab, irritiert von dem lauten Zuklacken seiner Gürtelschnalle in dem nächtlich stillen Haus.

»Wie viele Taschenlampen?« Er trat an seinen Schreibtisch und öffnete das oberste Schubfach.

»Ich glaube, es waren zwei. Was meinst du ... Ist das da etwa eine *Schusswaffe*?«

»Ja. Danke, dass du mich geweckt hast. Wahrscheinlich ist es ganz harmlos, aber besser, ich schaue trotzdem mal nach.« Er schob die Pistole in den Bund seiner Jeans und griff nach einer Taschenlampe.

»Ich komme mit.«

»Nein, verdammt noch mal.«

»Doch, und wenn du mich nicht freiwillig mitnimmst, folge ich dir heimlich.«

Er blieb im Türrahmen stehen und drehte sich langsam zu ihr um. Trotz der Dunkelheit – um die potenziellen Eindringlinge nicht vorab zu warnen, hatte er vorsichtshalber kein Licht gemacht – bemerkte er ihre trotzig entschlossene Miene.

»Okay, dann komm mit«, räumte er widerwillig ein. Mit langen Schritten strebte er den Gang entlang zur Treppe, während sie mechanisch seinem Schatten folgte. Ohne Probleme erreichten sie den hinteren Ausgang. Anscheinend hatten sie niemanden aufgeweckt. »Bleib dicht hinter mir«, raunte er ihr zu. Geräuschlos schob er eine der Glastüren auf, die auf die Terrasse hinaus und zum Pool führten.

An das Mauerwerk geschmiegt wie zwei Fassadenkletterer, durchquerten sie den Patio, schlichen sich am Pool vorbei und steuerten in Richtung Fluss. Sobald sie den geteerten Weg erreicht hatten, warf Lyon ihr einen Blick über die Schulter zu. »Bist du noch da?«

»Ja.«

Dabei nahm er die ätherisch anmutende Erscheinung, die tapfer hinter ihm herstakste, bewusst wahr. Er stolperte, fing sich jedoch im letzten Moment, sonst hätte er sich lang hingelegt. »Was in Himmelsherrgottsnamen hast du denn da an?«

»Na, was wohl? Ein Nachthemd.«

»Ein *auffallend* weißes Nachthemd. Du siehst aus wie Lady Macbeth. Damit springst du jedem förmlich ins Auge. Kilometerweit. Hast du irgendwas darunter?«

»Logo, einen Slip.«

»Gott sei Dank, na, immerhin etwas«, grummelte er sarkastisch. »Verflucht!«, zischte er im selben Atemzug ärgerlich. »Hast du wenigstens Schuhe angezogen?«

»Nein.«

»Dann pass höllisch auf. Die Felsen sind hundsgemein.«

Andy kicherte bloß und machte eine wegwerfende Handbewegung.

Mitten auf dem Weg blieb Lyon abrupt stehen, worauf Andy prompt mit ihm zusammenstieß. Und ihn reflexartig umschlang, um nicht zu stürzen. »Da hinten ist Licht«, sagte er weich.

Der helle Strahl einer Taschenlampe schwebte geisterhaft durch das Dunkel der Bäume. Obwohl das monotone Rauschen des Flusses beinahe alles übertönte, drangen einzelne gedämpfte Wortfetzen zu ihnen herüber. Jemand hob die Stimme, was ein allgemeines *Pssst* auslöste.

»Bleib dicht hinter mir«, flüsterte Lyon. Geschmeidig glitt er weiter in die unheimlich anmutende Finsternis. Sie folgte ihm bereitwillig, derweil sie sich weiterhin an seinem Jeansbund festhielt.

Durch das dichte Grün der unteren Baumäste hindurch beobachteten sie mehrere Gestalten, die sich schemenhaft gegen den mondbeschienenen, silbrig glitzernden Fluss abhoben. Die Silhouetten stolperten ungelenk herum, torkelten über Felsbrocken und Baumwurzeln. Jemand fluchte mit angehaltenem Atem. Gefolgt von unterdrücktem Kichern. Die ungezwungene Lockerheit der nächtlichen Besucher ließ erkennbar darauf schließen, dass es keine professionellen Einbrecher waren. Andy fiel ein Stein vom Herzen.

»Ich werd verrückt«, zischelte Lyon kaum hörbar. Und wandte das Gesicht zu ihr. »Das wird lustig. Los komm, mach das Spielchen einfach mit.«

»Aber wie …«

»Du bist doch ein helles Köpfchen. Du kapierst das schon.«

Mit dem Getöse einer Elefantenherde stürzte er sich durch die Bäume ans Ufer. Andy fuhr zusammen, da er lauthals losbrüllte: »Was zum Teufel ist denn hier los?« Und abrupt sein megahelles Ungetüm von Taschenlampe aufflammen ließ. Sie beobachtete, wie die Eindringlinge fluchtartig zum Fluss stürmten, wo ein großes Schlauchboot vertäut lag. Das erkannte sie aber erst, nachdem Lyons Lampenstrahl es erfasst hatte.

Drei Typen, um die achtzehn Jahre alt, blieben wie paralysiert stehen, wie geblendete Tiere von dem hellen Lampenlicht. Erstarrten vor Panik, als Lyon seine Waffe und den grellen Strahl auf sie richtete. Er trat zu einem der drei, worauf dieser sich wie in Zeitlupe aus seiner defensiv geduckten Haltung aufrichtete. »Sie wollen uns doch nicht etwa erschießen, oder?«

»Weiß ich noch nicht«, versetzte Lyon mit Grabesstimme. »Wer sind Sie? Was fällt Ihnen ein, sich mitten in der Nacht auf meinem Grundstück herumzutreiben?«

Der junge Mann warf Hilfe suchend einen Seitenblick zu seinen Freunden, die sich jedoch bedeckt hielten. Er räusperte sich. »Wir ... wir sind Studenten an der Universität von Texas und wollten eine Wildwasserfahrt auf dem Fluss machen. Der Typ, von dem wir das Boot gemietet haben, meinte, die Rancher hätten bestimmt nichts dagegen. Solange wir nicht irgendwo auf Privatbesitz an Land gingen.«

»Und?«, lautete Lyons rein rhetorische Frage. Ungeduldig trat er von einem Fuß auf den anderen, während er bedeutungsvoll mit der Pistole herumspielte. »Sie sind aber an Land gegangen.«

Der Missetäter schluckte schwer. »Wir ... ähm ... wir haben ein paar Bierchen getrunken, und ... öhm ... dann kamen weiter oben die Stromschnellen. Einmal nicht aufgepasst, und schon hatten wir Wasser im Boot. Deshalb wollten wir hier kurz anhalten, alles trocken machen und weiterzwitschern. Gewissermaßen.«

Krampfhaft unterdrücktes Giggeln aus dem Boot bewog ihn dazu, einen weiteren flüchtigen Blick über die Schulter zu werfen. Worauf er Lyon von neuem skeptisch beäugte. »Es tut uns wahnsinnig leid, Sir. Ich schwöre, wir wollten Ihnen keinen Ärger machen.«

Der Rancher stopfte die Waffe nachlässig zurück in den Hosenbund, worauf der junge Mann mit einem Stoßseufzer die Schultern sinken ließ. Seine Freunde reagierten ähnlich erleichtert. Lyon legte beschützerisch einen Arm um Andys Schultern und zog sie dicht neben sich.

»Sie haben meiner Frau einen Mordsschrecken eingejagt, wissen Sie das? Wir hatten uns eben noch heiß geliebt, da springt sie mir aus dem Bett und ans Fenster, weil sie irgendwas gehört hat. Von weitem sieht sie den aufflammenden Lichtkegel und denkt natürlich prompt, es ist ihr Exmann, der ihr eins auswischen will. Der Typ ist für seine kriminelle Energie bekannt. Und mehrfach vorbestraft.«

Andy, die ihn mit panisch geweiteten Augen fixierte, hatte Mühe, gute Miene zu seinem bösen Spiel zu machen. Zumal die Erwähnung ihrer heißen Liebesnacht drei jugendliche Augenpaare dazu bewog, sie mit verstohlenem Interesse zu mustern. Empört trat sie Lyon vors Schienbein. Doch der biss lediglich kurz die Zähne zusammen und zeigte ansonsten keine Reaktion.

»Tut uns echt leid, dass wir Sie gestört haben, als Sie ... Ich meine, wir wollten Ihr ... Entschuldigen Sie, dass wir Ihnen Ärger gemacht haben«, brachte der Sprecher der Gruppe schließlich kleinlaut heraus.

»Andy, schau doch mal kurz nach, ob die Mädchen, die sie da in ihrem Boot versteckt halten, okay sind. Nicht dass die Bräute gegen ihren Willen festgehalten werden.«

»Nein, Sir, ganz bestimmt nicht. Sie haben bloß Panik bekommen.«

Um sich nicht an Felsgeröll und herumliegenden Zweigen zu verletzen, stakste Andy auf Zehenspitzen zu dem Kanu und spähte hinein. Drei Mädchen kauerten sich eng aneinander, Haare und Kleidung tropfnass. Betreten schweigend kletterten sie aus dem Boot. Nach einem prüfenden Blick stellte die Journalistin fest, dass sich außer ein paar Sixpacks Bier keine weiteren Vorräte an Bord befanden. »Alles in Ordnung mit Ihnen?«, fragte sie das sichtlich geknickte Trio.

»Ja, Ma'am«, antworteten die drei Grazien gleichzeitig. Andy staunte nicht schlecht. Wo hatten die Mädels bloß urplötzlich diese tadellosen Manieren her? *Ma'am* – das klang ja richtig vornehm.

»Ist noch Bier da, Andy?«, wollte Lyon wissen.

»Ja, reichlich.«

Er trat neben sie und schnappte sich zwei von den Sixpacks. Einen gab er ihr. Den klemmte sie sich unter den Arm, während sie mit der anderen Hand kläglich versuchte, das Nachthemd fester um ihren Körper zu schlingen. Sie hätte ebenso gut nackt herumlaufen können, kritisierte sie sich insgeheim, zumal das aufreizend halb durchsichtige Material im gleißenden Mondlicht verräterisch viel enthüllte.

»In etwa einer Stunde wird es hell«, sagte Lyon gerade. »Wenn ihr dann nicht von hier verschwunden seid, können ihr was erleben, Leute. Wenn ich hier irgendwo einen Schnipsel Papier, eine Zigarettenkippe oder anderen Müll finde, rufe ich den Sheriff an und lasse euch wegen unerlaubten Betretens von fremdem Eigentum einbuchten. Haben wir uns verstanden?«

»Ja, Sir«, erwiderten die sechs wie aus einem Munde.

»Also gut. Und noch ein guter Tipp von mir: Wenn ihr euch Ärger und böse Überraschungen ersparen wollt, dann geht erst an Land, bevor ihr euch ein Bier genehmigt. Dieser Fluss ist unberechenbar. Es ist absolut unverantwortlich, während des Raftings Alkohol zu trinken.«

»Ja, Sir«, tönte es zerknirscht im Chor.

»Komm, Andy, jetzt dürfen wir endlich wieder in unser schönes, warmes Bett klettern.«

Ihr mordlustiger Blick schoss in seine Richtung. Dann steuerte sie vor ihm auf den Pfad zu, der zum Haus zurückführte. Die Stimmen hinter ihnen wurden leiser, derweil die jungen Leute ihre nassen Sachen wieder in dem Boot verstauten. Lyons Standpauke hatte sie offenbar mächtig beeindruckt.

»Ich bring dich um«, zischte sie über ihre Schulter hinweg ihm zu, während sie die sanfte Anhöhe hinaufhumpelte.

»Wieso?«, fragte er scheinheilig.

»Von wegen *meine Frau!* Zu allem Überfluss dichtest du mir auch noch einen kriminellen Exmann an. Etwas Besseres ist dir wohl nicht eingefallen, du Scheusal?«

»Was hätte ich denn sagen sollen? Wäre es dir lieber gewesen, wenn ich dich mit ›Das ist Ms. Malone. Sie schläft zufällig heute bei mir‹ vorgestellt hätte? Dreimal darfst du raten, worauf sie dann geschlossen hätten. Ist dir eigentlich klar, dass du dich mitten in der Nacht halbnackt hier draußen herumtreibst?«

»Ich treibe mich mitten in der Nacht hier draußen herum, weil ich Angst hatte, dass man das Haus überfallen könnte. Und ich bin nicht halbnackt.«

»Du bist praktisch nackt.«

»Tsts.« Sie kiekste leise. »Trotzdem hättest du ihnen nicht diesen Mist auftischen müssen, von wegen wir hätten ... ähm ...«

»Uns eben noch geliebt?«

»Ja«, antwortete sie errötend und war froh, dass sie ihm den Rücken zukehrte. Er ging dicht hinter ihr, und Andy beschlich das unbehagliche Gefühl, dass sie auf magische Weise von ihm angezogen wurde. Wie ein Nachtfalter von einer Lichtquelle. »Du hättest doch einfach sagen können, dass wir schon geschlafen haben.«

»Stimmt, aber so etwas Banales hätte sie vermutlich kalt gelassen. Stattdessen waren sie maßlos verblüfft über deine dürftige Bekleidung.«

»Die Verblüffung hatte wohl eher was mit der Mordstaschenlampe und deiner Flinte zu tun.«

»Übertreib mal nicht, es ist bloß eine Pistole«, korrigierte er sie. »Vielleicht haben sie sich anfangs davon einschüchtern lassen. Aber dann sind mir die lüsternen Blicke der jungen Typen nicht verborgen geblieben. Hätte ich dich nicht als meine Frau vorgestellt und außerdem betont, dass wir glücklich verheiratet sind, wären sie womöglich noch auf die Idee gekommen, mich zu überwältigen und dich mitzunehmen.«

»Denk an die Girlies, die sie bei sich hatten.«

»Die drei sahen aus wie begossene Pudel. Nein, nein, du kannst es mir ruhig glauben: Die Jungs hätten dir locker den Vorzug gegeben.« Inzwischen waren sie am Hintereingang angekommen, und er stellte das konfiszierte Bier auf einen Tisch im Patio. »Du siehst gut aus, weißt du das? Richtig schön zerzaust vom Schlaf und praktisch nackt.«

Er zog die Stiefel aus, hielt ihr die Glastür auf und glitt hinter ihr ins Innere. »Danke«, murmelte sie. *Danke?* War sie noch ganz bei Trost? Wofür bedankte sie sich da eigentlich, wo sie ihm doch postwendend eine hätte kleben müssen?!

»Als du mich geweckt hast«, flüsterte er rau, »dachte ich einen kurzen Moment lang, du wolltest vielleicht etwas ganz anderes von mir.«

Als er das sagte, stolperte sie fast auf der ersten Stufe, ging aber geflissentlich über seine anzügliche Bemerkung hinweg und fragte stattdessen: »Hattest du schon lange geschlafen? Wann bist du nach Hause gekommen?«

»Gegen halb zwölf. Nach der Versammlung haben wir uns noch mit ein paar Leuten gemütlich auf einen Drink zusammengesetzt.«

Ein paar Leute? Nur Männer? Oder war die holde Weiblichkeit dabei ebenfalls vertreten gewesen? Er blieb bestimmt nie lange ohne Frau. »Ich hab noch eine Weile gelesen und mich auf morgen vorbereitet. Gegen elf bin ich schlafen gegangen. Ich hab gar nicht mitbekommen, dass du nach Hause gekommen bist.«

»Oh.« Das klang enttäuscht. »Wie kam es denn,

dass du unsere nächtlichen Flusspiraten gehört hast?«

Mittlerweile waren sie vor ihrer Zimmertür angelangt. Sie stützte sich auf die Klinke. »Keine Ahnung. Ich wachte plötzlich auf und wusste instinktiv, dass da irgendetwas nicht so war, wie es sein sollte.«

»Du hattest doch nicht etwa Angst, oder?«

»Nein, die kam erst, als du wie ein gereizter Tiger hochgeschnellt bist! Und dir die Flinte geschnappt hast!«

»Pistole.«

»Also gut, Pistole. Hatten die Idioten etwa geglaubt, wir würden das Gekicher der Mädchen nicht hören?«

Lyons Schultern zuckten verräterisch. Er kämpfte mit einem Lachkrampf. »Denen haben wir einen Mordsschrecken eingejagt.«

»Kommt das öfter vor? Ich meine, dass Leute Wildwasserfahrten auf dem Fluss veranstalten?«

Er zog die Waffe aus dem Hosenbund und legte sie zusammen mit der Taschenlampe auf eine Anrichte im Gang. Lehnte sich mit einer Schulter lässig an die Wand.

»Häufig das ganze Frühjahr und den Sommer über. Und der Guadalupe bietet sich mit seinen Stromschnellen für solche Abenteuer geradezu an. Die Leute mieten sich Schlauchboote und unternehmen für gewöhnlich Tagesausflüge. Manche wollen aber auch die Nacht noch am Fluss verbringen. Natürlich müssen die Rafter auf öffentlichen Plätzen campen, Privatgrundstücke sind absolut tabu. Bisweilen winken sie uns zu, wenn sie vorbeifahren. Mehr nicht. Der Guadalupe zieht nur durch diesen Teil unserer Ranch eine Schleife.«

Sie liebte den beruhigenden Klang seiner Stimme und hätte ihm stundenlang zuhören können. Fast gewann sie den Eindruck, als wären ihre Animositäten beigelegt. Immerhin hatten sie ein unvergessliches Erlebnis miteinander geteilt und sich köstlich amüsiert. Darüber war ihre feindselige Haltung ganz allmählich in ein kameradschaftliches Miteinander umgeschwenkt. Eigentlich schade, dass sie sich in einer derart verfahrenen Situation hatten kennen lernen müssen, überlegte Andy. Wenn sie nicht aus beruflichen Gründen hier hätte sein müssen, hätte er ihren Motiven nicht misstrauen müssen. Und sie würde ihn nicht als lästigen Bremser und Hindernis, sondern vielmehr als attraktiven, intelligenten und bisweilen recht sympathischen Mann und Begleiter wahrnehmen können.

Die Morgendämmerung tauchte den Himmel in ein zartes Pastell. Die ersten Lichtstrahlen tasteten sich in den dunklen Korridor, so dass sie seine Züge deutlich erkennen konnte. Die scharfen Linien um seinen Mund wirkten weicher. Die Lachfältchen um seine Augen ausgeprägter als sonst. Ein haarfeines, helles Geäst in seine gesunde Gesichtsbräune zeichnend, hätte sie dieses liebend gern mit ihrem Finger berührt.

Sein Bizeps spannte sich an, als er die Arme vor der flaumig dunkel behaarten Brust verschränkte.

»Legst du dich jetzt noch hin?«, fragte er leise.

Betrachtete er etwa ihren Mund? »Nein. Wahrscheinlich nicht. Wenn ich nämlich einschlafe und gleich wieder aufstehen muss, bekomme ich bloß Kopfschmerzen. Und du?«

Seinen Blick von ihren Lippen losreißend, verlor er sich in den irisierenden Tiefen ihrer Augen. »Ich? Ähm ... nein. Ich stehe eigentlich immer um diese Zeit auf.«

Andy nickte, ließ den Blick nervös durch den Gang schweifen, auf den Boden und auf ihre nackten Füße. Unvermittelt wurde sie sich ihrer dürftigen Garderobe bewusst. Gütiger Himmel, sie waren jetzt seit über einer Stunde gemeinsam unterwegs, und sie trug nur einen Hauch von einem Nachthemd und darunter ein winziges Höschen! Sie schluckte schwer. »Mmh, danke für das Abenteuer«, meinte sie dann mit aufgesetzter Lockerheit. In ihrem Innern hingegen war ein unstillbares Verlangen entbrannt.

»War mir ein Vergnügen. Man sieht sich.«

»Ja.«

Vielleicht hätte sie nur zu sagen brauchen: »Möchtest du nicht noch kurz mit reinkommen?«, oder »Was hältst du davon, wenn wir in meinem Zimmer weiterplaudern?«, oder »Ich sehne mich nach dir. Bitte küss mich.« Gleichwohl kam ihr kein Ton über die Lippen. Sie glitt schweigend durch die schwere

Eichentür in ihr Zimmer und schloss sie geräuschlos hinter sich.

An das Holz gelehnt, lauschte sie auf seine Schritte, bis ihr einfiel, dass er ja auf Socken gelaufen war. Leise seufzend löste sie sich von der Tür. Da sie nicht recht wusste, was sie mit der verbleibenden Zeit bis zum Frühstück anfangen sollte, beschloss sie, zu duschen und ihr Haar zu waschen. Bis die Crew einträfe, würde sie sich anschließend noch einmal in ihre Notizen vertiefen.

Der prasselnde Duschstrahl auf ihrer Haut fühlte sich herrlich an. Nachher war sie erfrischt und hellwach. Nicht dass sie einen solchen Muntermacher gebraucht hätte! Ihre Sinne war hoch sensibilisiert, ihre Nervenenden vibrierten. Sie spürte ein seltsam wohliges Prickeln auf der Haut, als sie sich abtrocknete, sorgfältig Arme und Beine eincremte und ein zitrusfrisches Bodysplash großzügig auf ihren Körper aufsprühte.

Da sie keine Unterwäsche mit ins Bad genommen hatte, streifte sie kurzerhand das Batistnachthemd wieder über. Das duftige, hauchzarte Baumwollgewebe umhüllte sie wie eine Wolke. Weit ausgeschnitten und lediglich von zwei dünnen Spaghettiträgern gehalten, umschmeichelte es kühl ihren frisch duftenden Körper.

Andy ging zurück in ihr Schlafzimmer und setzte sich zum Haaretrocknen ans Fenster. Sie hatte die Hoffnung längst aufgegeben, dass sich ihre wilde

Mähne jemals würde bändigen, geschweige denn ordentlich frisieren lassen. Also fönte sie sie nur und bearbeitete sie dabei mit kräftigen Bürstenstrichen. Und lächelte dabei stillvergnügt, weil sie häufiger gefragt wurde, zu welchem Starfriseur sie denn ginge.

Die Sonne schob sich über den höchsten Gipfel und tauchte die Landschaft in ein roségoldenes Licht. Es war ein faszinierendes Szenario, andächtig und friedvoll. Dass Lyon diese traumhafte Gegend liebte, konnte sie nur allzu gut verstehen.

Ein leises Klopfen an der Tür lenkte sie von dem atemberaubenden Blick ab. »Ja?«

Lyon, der dies als Aufforderung verstand, schob behutsam die Tür auf. Er balancierte ein Tablett auf den Armen. »Ich hab Kaffee gemacht. Da dachte ich …«

Was für ein bezauberndes Geschöpf, schoss es ihm spontan durch den Kopf. Unbeschreiblich schön und feminin. Er konnte sich nicht entsinnen, eine Frau jemals so sehr begehrt zu haben wie Andy. Einen Arm grazil über dem Kopf angewinkelt, die Haarbürste in der Hand, saß sie da wie zur Statue erstarrt, erschreckt darüber, dass er unvermittelt in ihr Zimmer hereingeplatzt kam. Die morgendlichen Sonnenstrahlen zauberten goldene Reflexe auf ihr honigfarbenes Haar, dessen seidige Fülle ihr Gesicht umschmeichelte. Ihre opalisierende Haut wirkte durchschimmernd zart in dem weichen Licht. Die Konturen ihrer olivfarbenen Rispen zeichneten sich als aufreizende Schatten unter dem duftigen Nachtkleid ab.

Achtlos stellte er das Tablett auf einem Tischchen ab. Er schloss die Tür und durchquerte den Raum, sein Blick beschwörend auf sie geheftet: *Beweg dich nicht, sag jetzt nichts.* Er wusste nicht, was plötzlich in ihn gefahren war. So intensiv hatte er noch nie empfunden, trotz seiner reichlichen Erfahrung mit Frauen, die zu finden er nie Probleme gehabt hatte.

Nachdem Jerri ihm den Laufpass gegeben hatte, war er tief verletzt gewesen. Wie zur Rache an allen Frauen war er anschließend rücksichtslos egoistisch mit seinen Partnerinnen umgesprungen, hatte sich genommen, was ihm seiner Meinung nach zugestanden hatte. Mittlerweile hatte er sich jedoch gefangen, und seine neueren Gespielinnen hatten es durchaus zu schätzen gewusst, während ihrer kurzen, heißen Liebesaffären mit allen Sinnen von ihm verwöhnt zu werden. Sein männlicher Stolz war wiederhergestellt.

Momentan fühlte er sich allerdings wie ein unerfahrener Schuljunge. Hoffentlich merkte Andy nichts von dem Gefühlschaos, das in seinem Innern tobte. Unschlüssig trat er ans Fenster, wo er sich neben sie auf das kleine Sofa setzte.

»Ich wollte dich nicht stören.« Seine tiefe, raue Stimme klang noch kehliger als sonst.

»Hast du auch nicht.«

Zunächst verzehrte er sie mit seinen Blicken. Seine

graue Iris, die gelegentlich metallisch wie polierter Stahl glänzte, schimmerte gefühlvoll weich. Seine Augen klebten erwartungsvoll an ihren Lippen, bevor sie zu ihrem Hals und über ihr zartes Dekolleté wanderten. Verflixt, sie zeigte ihm mit keiner Regung, ob sie ihn begehrte.

»Du riechst gut.«

»Ich hab eben geduscht.«

Die beiläufige Unterhaltung war lediglich ein Vorwand, um die maßlose Anspannung zu mildern, die ihnen beiden die Luft abschnürte, sie zu ersticken drohte.

Er fasste in ihr Haar, glitt mit den Fingern durch die weichen Strähnen und fächerte sie mit einer hingebungsvollen Geste auf ihren Schultern.

Zärtlich zeichneten seine Fingerspitzen die Konturen ihres Gesichts nach, die schön geschwungenen Brauen, dicht bewimperten Lider, ihre schmale Nase, die hohen Wangenknochen. Mit den Zeigefingern malte er ihre Lippen, bis er sich deren üppigen Schwung und Weichheit eingeprägt hatte. Ein verlockendes Rot, das ihm signalisierte: *Küss mich. Schmeck mich.*

Andy verzehrte sich nach seinem Kuss, aber seine behutsam forschenden Hände glitten weiter, zu ihrem Hals, wo er spielerisch die sanfte Mulde zwischen Schlüsselbein und Schulterblatt streichelte. Und über ihr Dekolleté, wo sie vor dem gepaspelten Ausschnitt ihres Nachtkleides verharrten.

Er fixierte sie hypnotisierend, während sie gehorsam wie ein williges Medium die Augen schloss. Er schob seine Finger auf ihre Brustknospen, massierte sie sacht. Woraufhin sie sich unmittelbar verhärteten.

»Andy«, hauchte er. Er führte die Daumen unter die schmalen Spaghettiträger und schob ihr Nachthemd kurzerhand bis zur Taille hinunter. Sie schüttelte die Träger ab, schlang zärtlich die Arme um seinen Hals und kraulte seine kantige Kinnpartie.

Er betrachtete ihre Brüste. Umschloss sie, hob sie sanft an. Rieb mit dem Daumen ihre pfirsichfarbenen Spitzen. »Du hast noch nie ein Baby bekommen?«, fragte er dumpf.

»Nein«, antwortete sie wahrheitsgemäß.

»Und warum nicht?«

»Mein Mann wollte keine Kinder.« Sie mochte Robert nicht mit Namen erwähnen. Weil es ihr dann so vorgekommen wäre, als stünde er wie ein unbeteiligter Dritter störend im Raum.

»Schade.« Er senkte den Kopf, naschte an der perfekt gerundeten Wölbung, glitt mit den Lippen weiter, hauchte erotisierende Küsse auf die von winzigen Schweißperlen schimmernde Haut, bis er ihre Brustknospe fand. Andy vernahm ihr eigenes, lustvolles Stöhnen. Er brachte seinen Mund auf ihren. Versiegelte ihre Lippen mit einem drängenden Kuss, bezwang sie mit einem ungeahnt erotischen Zungenspiel.

»Lyon.« Halb seufzend, halb ekstatisch keuchend,

packte sie mit beiden Händen seinen Kopf und hielt ihn fest umschlungen.

»Du schmeckst himmlisch gut«, raunte er, sobald sein Mund erneut zu ihren Brüsten schweifte. Er verwöhnte sie, bis ihre Nervenenden vor Lust vibrierten. Wie die Saiten eines Instruments, das von Meisterhand gestimmt wurde.

Er hob den Kopf, gewahrte ihre glühende Haut, schimmernd vom Schweiß und von seinen Liebkosungen. Er lächelte stillvergnügt. Zog sie in seine innige Umarmung, woraufhin sich ihre spitzen Knospen in seinen weichen Brustflaum gruben.

Ihre Blicke fanden einander. Ihre Herzen schlugen im Gleichklang, wie sie beide himmlisch entrückt feststellten. »Du schmeckst wie Erdbeersorbet« – er senkte die Lippen auf ihre – »und Vanillesahneeis.«

Hungrig presste sich sein Mund auf ihren. Seine Zunge saugte und leckte, als schleckte sie tatsächlichen an einer kühlen, sahnig schmelzenden Süßigkeit.

Sie kuschelte sich ganz dicht an ihn. Und er konnte es kaum fassen, wie zart und seidenweich ihre Haut war, während seine Handflächen erneut von ihrer Schulter zu ihrer Taille kreisten. Einen Herzschlag lang verharrten seine Hände auf ihren grazilen Hüften und tauchten dann aus einem spontanen Impuls heraus unter das Nachthemd, das bauschig um ihre Taille drapiert war. Lyon umspannte ihr schmales Becken und zog sie hoch.

Beide standen auf. Dabei rutschte das Negligé in

einer weich fließenden Bewegung zu Boden. Lyon hob sie in seine Arme und trug sie durch den dämmrigen Raum zu dem einladend ungemachten Bett – mit seinen lasziv zerwühlten Laken eine stumme Provokation.

Er bettete sie auf die Kissen und glitt auf sie. Anders als Andy mit ihrer feminin-weichen Silhouette, war er kein Leichtgewicht, dafür kräftig und kantig. Und obwohl sie seine maskuline Dominanz genoss, sträubte sie sich gegen das impulsive Verlangen, das sie mit einem Mal überkam. »Es ist nicht richtig, was wir da tun, Lyon.«

»Grundgütiger, meinst du, das weiß ich nicht?« Er küsste sie heißblütig. Tastete hektisch nach den Verschlussknöpfen seiner Jeans. Riss seine Lippen von ihr. »Willst du es denn nicht? *Kannst* du es jetzt noch stoppen?«

Seine Hände erkundeten ihr nacktes, williges Fleisch, fanden erogene Zonen, von deren Existenz sie nichts geahnt hatte. *Nein, ich kann es nicht mehr stoppen,* sann sie unterschwellig, mit dem letzten Rest Vernunft. Sie kapitulierte vor seinen stimulierenden Zärtlichkeiten, die sie in einen wilden Strudel hemmungsloser Lust hinabzogen. »Es war aber doch nicht geplant, oder?«, stammelte sie hilflos. Entfesselt bäumte sie sich unter ihm auf. »Oder ... ah ... oh, Lyon, Lyon!«

Für die Ewigkeit eines Herzschlags hob er den Kopf, verlor sich in ihrer erregenden Schönheit.

»Weich. Und so verlockend. Schön wie ein Engel«, flüsterte er. »Mein wunderschöner Engel.«

Die Sekunden zogen sich quälend lang hin, während er mit den Knöpfen an seinem Hosenschlitz kämpfte. Halb frustriert, halb belustigt kichernd über diese erzwungene Unterbrechung, fuhren sie unvermittelt zusammen. Jemand trommelte hartnäckig an die Tür.

Abrupt schwiegen sie und erstarrten.

»Andy?«, drang Gracies Stimme gedämpft zu ihnen – gottlob waren die dicken Türpaneele relativ geräuschdämmend. »Andy, sind Sie schon wach, Kindchen?«

Andy räusperte sich. Und versuchte ganz normal zu klingen, als wäre sie eben erst aufgewacht. »Ja, Gracie. Was ist denn?« Ihr Blick blieb auf Lyon geheftet, der sich über ihr aufgerichtet hatte, die Arme auf das Laken gestemmt. Sein beeindruckender Brustkorb hob und senkte sich unter den kurzen, aufgewühlten Atemzügen.

»Ihre Jungs sind da. Die vier sind eben mit einem Van auf der Ranch eingetroffen. Ich hab ihnen Kaffee angeboten und sie gebeten, unten auf Sie zu warten.«

Ein leise gezischter, aber dennoch inbrünstiger Fluch von Lyon erklang Andy in den Ohren. »Sagen Sie ihnen doch bitte, ich komme gleich runter«, rief sie.

»Lassen Sie sich ruhig Zeit«, gab Gracie zurück. »Ich mach Ihren Kollegen inzwischen Frühstück.«

»Danke«, meinte Andy zerknirscht.

Für eine lange Weile rührten sie sich nicht, dann glitt Lyon von ihr. Er schwang sich aus dem Bett und knöpfte seine Jeans wieder zu, die er eben erst aufgemacht hatte. Andy tastete nach dem Laken, um ihre Blößen zu bedecken.

»Plötzliche Skrupel, Ms. Malone?«

Mit seiner sarkastischen Bemerkung holte er sie jählings auf den Boden der Tatsachen zurück. Ihre eben noch hemmungslose Erregtheit verpuffte wie ein Tautropfen in der Morgensonne. »Nein.« Sie warf das Laken beiseite, sprang aus dem Bett, durchquerte ihr Zimmer und warf sich einen leichten Morgenmantel über.

Er musterte sie provozierend. »Soso, du hast Gewissensbisse.«

Ihr flammender Blick schoss zu ihm. »Exakt. Du hast es erfasst. Ich könnte mich nämlich ohrfeigen. Ich hätte es nie so weit kommen lassen dürfen.«

»Das dachte ich mir«, gab er aufgebracht zurück. »Willst dir wohl nicht nachsagen lassen, dass du mit dem Feind kooperierst, was? Oder hast du Angst, Les könnte davon erfahren, dass du mit mir auf Tuchfühlung gegangen bist?«

»Ich hab dir schon einmal gesagt, dass Les und ich – ach, ist ja auch egal. Du glaubst doch sowieso nur, was du dir in den Kopf gesetzt hast. Wieso gehst du plötzlich auf mich los? Kann ich etwas dafür, dass meine Crew aus heiterem Himmel hier hereinschneit? Meinst du etwa, ich hätte es bewusst so arrangiert, um dein männliches Ego zu brüskieren?«

»Ich meine, dass die bekannte Fernsehjournalistin, Ms. Andrea Malone, schwer erleichtert ist, dass sie eben noch rechtzeitig den Kopf aus der Schlinge ziehen konnte.«

»Und der viel umschwärmte Cowboy Lyon Ratliff bestimmt auch«, fauchte sie zurück.

»Verdammt noch mal, das kannst du laut sagen. Das hier war an Dummheit kaum zu überbieten«, knurrte er. Wie zur Bekräftigung seiner Worte schlug er mit der geballten Faust in die andere Handfläche. »Ich hätte es wissen müssen, von Anfang an …«

Er lief im Raum auf und ab, grummelte leise, zu niemand Bestimmtem, nichtsdestotrotz tat ihr jedes Wort in der Seele weh. Jählings schnellte er herum und blitzte sie wütend an. »Was musst du auch so verdammt gut aussehen, wenn du doch kalt bist wie ein Eisschrank?« Er schien dermaßen zornig, dass Andy erschreckt zurückwich. »Du hast mich seit deiner Ankunft verrückt gemacht. Aber von jetzt an gehst du mir gefälligst aus dem Weg, ist das klar?«

»Wie bitte!?«, erregte sie sich und trat aus dem Schatten der Wand hervor, in den sie sich vorsichtshalber geflüchtet hatte. »*Ich*? Ich soll *dir* aus dem Weg gehen? Wie kommst du denn auf das schiefe Brett? Mir zu unterstellen, ich hätte es so eingefädelt! Darf ich dich höflich daran erinnern, dass *du* heute Morgen bei mir hereingeplatzt bist?«

»Und was war mit dir? Du spazierst mitten in der Nacht in mein Zimmer, lediglich mit diesem durchsichtigen Fummel bekleidet.«

»Du warst nackt!«

»In meinem eigenen Bett, ja. Aber nicht, als ich zu dir ins Zimmer kam.«

»Ich war ja bloß bei dir, weil ich etwas Verdächtiges gehört hatte. Und dachte, es wären Einbrecher. Entschuldige vielmals, dass ich dich gewarnt habe!«, brüllte sie.

»Du hättest dir vorher ruhig den Morgenmantel überziehen können!«, versetzte er ungnädig.

»Das hab ich in der Hektik vergessen.«

»Dann denk das nächste Mal dran.«

»Es wird kein nächstes Mal geben.«

»Du kapierst verdammt fix. Also, du lässt mich künftig in Ruhe – und umgekehrt, okay?«

»Okay!«, schnaubte sie. Aber das bekam er vermutlich gar nicht mehr mit, da die Tür krachend hinter ihm ins Schloss geknallt war.

Minutenlang stand sie mitten im Raum und starrte auf die verschlossene Tür, die Fäuste auf die Lippen gepresst. Ihr war, als hätte er ihr den Boden unter den Füßen entzogen. Innerlich aufgewühlt japste sie nach Luft. Wie sollte sie ihrer Crew bloß die verweinten Augen erklären?

6. Kapitel

Die Crew begrüßte sie überschwänglich, als sie eine gute halbe Stunde später in der Küche auftauchte. Andy hatte sich erst einmal von Lyons Verbalattacken erholen müssen.

»Bitte entschuldigt«, murmelte sie, derweil sie jeden Einzelnen umarmte, »aber ich hatte irgendwas im Auge. Es hat ewig gedauert, bis ich es herausgefummelt hatte.« Sie schienen es als Erklärung für ihre rot geäderten, verquollenen Augen zu schlucken. »Meinst du, du kannst das mit deinen Kameraeinstellungen entsprechend kaschieren, Jeff?«

»Du siehst klasse aus, Süße. Spitzenmäßig. Das mit deinen Augen fällt gar nicht auf.«

In diesem Moment schob sich Lyon durch einen Flügel der breiten Glastür. Andy machte ihn kurz mit der Runde bekannt, um Unbefangenheit bemüht, damit niemandem die unterschwelligen Spannungen zwischen ihr und dem jungen Rancher auffielen.

»Das ist Jeff, unser Starfotograf.« Jeffs Kompliment hatte sie nicht ernst genommen. Er war ein notorischer Frauenanbaggerer und seine Kamera die Lizenz zum Aufreißen. Andy tat seine hübsche, naive Frau leid, die brav zu Hause wartete, während er von einem Auftrag zum nächsten jettete. Und keine Gelegenheit zu einem Seitensprung ausließ. Andy hatte ihm freilich gleich gesteckt, dass er bei ihr nicht würde landen können. Daher war sein Flirten mit ihr nur Show.

Ob die Leute sie damals wohl auch bedauert hatten, als Robert ständig in der Weltgeschichte herumgedüst war, ähnlich wie Jeff? Ganz bestimmt, tippte Andy. Vor seinem Tod, im letzten Jahr ihrer Ehe, hatte ihr Mann zudem irgendetwas laufen gehabt – alle hatten von der Affäre gewusst, nur sie nicht!

»Jeff.« Lyon schüttelte dem Kameramann die Hand. »Lyon Ratliff.«

»Das ist Gil, unser Tontechniker.«

»Hallo, Mr. Ratliff.« Gil drückte Lyon freundlich die Hand. Er war ein umgänglicher Typ, der bei niemandem aneckte und seinen Job so kompetent machte, dass man ihn häufig gar nicht wahrnahm. Wegen seiner liebenswürdig zurückhaltenden Art hatte Andy ihn ins Herz geschlossen. Wenn sie ihn gebeten hätte, ihr den Mond vom Himmel zu holen, hätte er auch das versucht.

»Tony ist unser Beleuchter.« Andy machte ihn mit Lyon bekannt. Tony war häufig gereizt, vermutlich weil er sechs Kinder hatte, die ihm die Haare vom Kopf futterten. Gleichwohl war er ein Experte für ideale Lichtverhältnisse.

Ein Produktionsassistent machte das Team komplett. Er war quasi das Mädchen für alles und erledigte die Jobs, für die sich niemand zuständig fühlte, weil man keine Lust oder Zeit hatte. Warren sah aus wie ein Skelett mit Schonbezug, war aber stark wie ein Bär und drahtig wie ein Affe. Er kletterte auf Bäume, watete durch Flüsse, schlug sich durchs Gebüsch oder hangelte sich an schwindelerregend hohen Gerüsten hoch, damit die Spezialisten genau die Bildeinstellung und den Ton bekamen, die ihnen vorschwebten.

»Aha, Gracie hat Ihnen schon Frühstück gemacht«, sagte Lyon, und die vier stöhnten theatralisch auf. Er lachte. »War sicher mal wieder reichlich, was?«

Merkwürdig, bei ihren Leuten war er plötzlich die Freundlichkeit in Person, überlegte Andy verblüfft. Und ihr selbst gegenüber verhielt er sich wie ein Scheusal!

»Fühlen Sie sich wie zu Hause. Nachher wird Gracie im Gästehaus anrufen, damit man Sie mit Ihrem Gepäck abholt. Wenn Sie irgendetwas brauchen, sagen Sie es ruhig Ms. Malone. Sie wird es an mich weitergeben.«

Ms. Malone.

Die gesamte Crew einschließlich Jeff schien beeindruckt von Lyon Ratliff, und Andy kam sich vor wie im falschen Film. Aber von wegen gastfreundlich und umgänglich. Als er süffisant grinsend hinausglitt, schwante ihr, dass er sich aus reiner Berechnung so verhalten hatte. Er wollte ihr demonstrieren, dass er verdammt nett sein konnte – nur nicht zu ihr. Unvermittelt schmerzte ihre Kinnmuskulatur, und sie merkte, dass sie wütend die Zähne zusammenbiss.

Die erste Katastrophe passierte, als Gil feststellte, dass eines der Mikrofonkabel tot war. »Ich hab echt keine Ahnung, was mit dem Ding los ist, Jeff«, meinte er entschuldigend, als der temperamentvolle Kameramann ihn deswegen anpflaumte. »Da ist einfach kein Saft drauf.«

»Gil, meinst du, so was gibt es hier in Kerrville zu kaufen?«, versuchte Andy zwischen den beiden zu vermitteln.

»Null Ahnung. Ich kann versuchen, so was hier zu bekommen. Wenn nicht, muss ich nach San Antonio rüberfahren.«

Andy ignorierte Jeffs gedämpftes Fluchen.

»Dann nimm den Van. Inzwischen kümmern wir uns um die erste Einstellung. Sobald du wieder hier bist, fangen wir an.«

Schließlich klappte dann aber doch alles wie am Schnürchen, obwohl Andys größte Sorge nicht ihrem Aufnahmeteam, sondern dem General galt. Elegant in Anzug und Krawatte gekleidet, war er am Morgen zu den Interviews erschienen, pünktlich auf die Minute. Je eher sie starteten, desto besser, fand Andy. Dann blieben ihm die Nachmittage und Abende zum Ausruhen und zur Vorbereitung auf die nächste Sequenz. Das Projekt würde natürlich mehr Zeit beanspruchen, da sie immer nur eine Folge pro Tag filmten. Allerdings hatte sie sich fest vorgenommen, die Gesundheit des Generals nicht überzustrapazieren. Das hatte sie auch Lyon versprochen.

Sie war enttäuscht, dass er seine Militäruniform nicht trug, und als sie ihn darauf ansprach, wirkte er erkennbar betreten.

»Nach meinem Heeresabschied hab ich nie wieder eine neue bestellt. Die alten, die ich noch habe, sind über vierzig Jahre alt und mottenzerfressen. Die möchte ich nur ungern anziehen.«

Zwar leicht verstimmt, ließ Andy sich ihre Frustration jedoch nicht anmerken. Stattdessen tätschelte sie ihm lächelnd die Schulter. »Kein Problem, wenn Sie das nicht möchten. Nachher sehen Sie in Uniform noch so fantastisch aus, dass ich mich gar nicht mehr auf meine Fragen konzentrieren kann. Und das wollen wir schließlich auch nicht.«

Um die Mittagszeit kehrte Gil zurück. Gracie hatte ihnen eben eine Riesenplatte Sandwiches gebracht. Während Gil sich um die Einstellungen kümmerte, lief Andy nach oben, um ihr »Kamera«-Make-up aufzulegen. Sie steckte ihre Haare zu einem weichen Nackenknoten zusammen, zog ein cremeweißes Leinenkleid an und entschied sich für ein Paar Perlenohrstecker. Auf weiteren Schmuck verzichtete sie.

Unter den wie üblich begeisterten Pfiffen ihrer Crew kam sie die Treppe herunter, ihre Notizen in der Hand. Sie verbeugte sich kapriziös und drehte eine anmutige Pirouette. Mitten in der Bewegung gewahrte sie Lyon, der ihre übermütige Primadonneneinlage mit steinerner Miene und verächtlichem Blick verfolgte.

»Wie ich sehe, sind Sie in Ihrem Element, Ms. Malone.« Sein herablassender Tonfall ärgerte sie maßlos. Sie schluckte den Köder.

»Ja, das kann man wohl sagen.«

»Schön, schön. Ich fänd's auch schade, wenn es anders wäre.«

»Ich auch, Mr. Ratliff.«

»Aber das würde so schnell nicht passieren, oder?«

»Worauf Sie sich verlassen können«, versetzte sie patzig.

Er senkte die Stimme. »Wir reden hier über *Sie*, nicht über mich.« Nach einem vernichtenden Blick in ihre Richtung schlenderte er zu seinem Vater hinüber, um nach dessen Befinden zu sehen.

General Michael Ratliff thronte majestätisch in einem Sessel im Salon. An seinem Jackenaufschlag trug er ein winziges Mikrofon, das Gil geschickt so angebracht hatte, dass es kaum auffiel. Gottlob behandelte ihre Crew den alten Herrn wie ein rohes Ei, dachte Andy erleichtert. So viel Rücksicht und Respekt hätte sie ihren Jungs gar nicht zugetraut.

Sie nahm ihren Platz am Ende des Sofas ein, schräg gegenüber seinem Sessel, und ließ sich von Gil ein Mikrofon anstecken. Dabei beobachtete sie Lyon aus dem Augenwinkel, der genau verfolgte, wie Gil an ihrem Revers herumfummelte. In diesem Moment fand sie, dass Lyons Miene stark der eines hasserfüllten Despoten glich.

»Wir bräuchten einen Hauch mehr Rouge«, sagte Jeff sachlich, während er sie durch das Objektiv hindurch betrachtete. »Wieso hast du dich hier im schönen Texas nicht ein bisschen in die Sonne gelegt, Andy? Du siehst blass aus.«

»Leider hat es gestern geregnet«, gab sie abwesend zurück. Schon schleppte Warren ihr den Make-up-Koffer an, den sie von oben mitgebracht hatte. Unwillkürlich suchte sie Lyons Blick, und einen Herzschlag lang starrten sie sich über die technische Ausstattung hinweg an, die den normalerweise gemütlichen Wohnraum in ein Fernsehstudio verwandelt hatte. Sie zwang sich wegzusehen. Der Spiegel in ihrer Hand zitterte verräterisch, derweil sie mit einem weichen Pinsel Rouge auftrug.

»General Ratliffs Gesicht glänzt bei dem Lichteinfall durch dieses Fenster«, meinte Jeff mit einer entsprechenden Geste.

Worauf Warren eilends einen der beiden Vorhangschals zuzog.

»Okidoki, alles paletti. Bist du fertig, Andy?«, rief Jeff. »Gil, alle Mikros korrekt ausgesteuert?«

»Ja. Der Ton ist perfekt.«

»Okay. Andy?«

»Fertig.« Sie befeuchtete sich mit der Zungenspitze die Lippen.

»Film läuft!«

Sie verhaspelte sich einmal während der Einführungssequenz, und sie mussten noch einmal starten. Was sie schon hunderte Male routiniert durchgezogen hatte, machte sie diesmal unbegreiflicherweise nervös. Eigentlich war es gar nicht so unbegreiflich: Es lag an Lyon. Hätte er sich nicht mit ihnen im Raum aufgehalten, jedes Wort auf die Goldwaage gelegt und jede Geste kritisch beäugt, wäre sie völlig locker gewesen.

Michael Ratliff war ein begnadeter Interviewpartner. Er beantwortete ihre Fragen ausführlich, ohne dass sie ihn lange bitten oder nachhaken musste. Ihr persönliches Motto lautete nämlich vornehme Zurückhaltung, damit ihr Gesprächspartner die Chance hatte, offen und ungezwungen zu plaudern. Schließlich wollten die Zuschauer nicht sie, sondern ihren Gast auf dem Bildschirm erleben. Andy Malone war lediglich die Moderatorin, die die Berühmtheiten am Händchen nahm und in ihre Wohnzimmer führte.

Für das erste Interview beschränkte sie ihre Fragen auf den persönlichen Werdegang des Generals, seine Kindheit, Schulzeit, die ersten Jahre beim Militär.

»Sie sind kein gebürtiger Texaner, sondern leben erst seit Ihrem Ausscheiden aus dem Militärdienst hier, nicht wahr?«

»Ja, ich bin in Missouri geboren und aufgewachsen. Mein Vater war Eisverkäufer.« An dieser Stelle brachte er ein paar Anekdoten von seinen Eltern und seinem Bruder, der allerdings schon in den dreißiger Jahren gestorben war.

»Und wie kam es, dass Sie sich ausgerechnet für Texas entschieden haben?«

»Tja, das will ich Ihnen gern erzählen, Andy.« Die Kamera ließ ihn völlig kalt. Er plauderte mit ihr, als wären sie allein im Raum. Vermutlich, weil sie selbst die Aufnahmegeräte ebenfalls mit stoischer Gelassenheit ignorierte. Mit einem kaum merklichen Kopfnicken registrierte sie, dass Warren vielsagend auf seine Uhr tippte. Ihr Gegenüber bemerkte davon jedoch nichts.

Der General erzählte ihr die Geschichte, wie es ihn das erste Mal in diese Gegend verschlagen hatte. Er sei mit einem Freund auf Elchjagd gewesen. Und habe sich spontan in die felsgesäumten Anhöhen und die malerischen, von unterirdischen Quellen gespeisten Flüsse verliebt. Da sei in ihm der Entschluss gereift, nach seiner Pensionierung hier zu leben.

»Und, haben Sie einen Elch erlegt?«

Er lachte. »Nein, ich war immer schon ein lausiger Schütze. Fragen Sie meinen Sohn, Lyon. Beim Militär wurde ich gnadenlos damit aufgezogen. Meine Offiziere meinten, wenn die Soldaten unter meinem Kommando genauso mies geschossen hätten wie ich, hätten wir den Krieg niemals gewinnen können.«

An diesem Punkt beendete Andy die erste Interviewfolge.

»Ganz große Klasse!«, rief Jeff. Er schaltete die Kamera aus und wuchtete sie vom Stativ.

Währenddessen schob Lyon den Rollstuhl durch das Gewirr von Lampen und Kabeln zu seinem Vater. »Wir brauchen ihn noch ungefähr fünf Minuten«, meinte Andy. »Wir müssen den Fragenkatalog noch aufzeichnen.«

»Wie bitte? Wieso das?«

»Das ist obligatorisch, wenn wir nur eine Kamera im Einsatz haben.« Sie erklärte ihm, dass der Kameramann nach dem Interview seine Ausstattung hinter den Gesprächsgast fahren und sie, die Moderatorin, ins Visier nehmen würde. Dann würde sie einige der von ihr gestellten Fragen wiederholen, derweil der General schweigend daneben säße. Später müsste der Bearbeiter beim Schnitt die beiden Segmente auf einem Band zusammenmischen, also zunächst Andy zeigen, während sie die Frage stellte, und dann den General mit der Antwort, wie er sie im Interview gegeben hatte.

»Diesen Trick wenden wir an, damit es so aussieht, als wären mehrere Kameras an den Aufnahmen beteiligt gewesen. Das Ganze wird so sorgfältig zusammengeschnitten, dass die Zuschauer vor den Bildschirmen später nicht die Spur merken.«

Der General befolgte Jeffs Anweisungen, der die Kamera auf der Schulter trug und an Michael Ratliffs Kopf vorbei Andy fokussierte.

»Dad, alles in Ordnung mit dir?«

»Ja, mein Junge. Mir ist es schon lange nicht mehr so gut gegangen wie heute. Das macht richtig Spaß. Bei den Interviews im Krieg war ich von Reportern umlagert, die mich mit ihren Blitzlichtern traktierten. Ich hab mehrmals Interviews im Radio gegeben, aber das hier ist was ganz anderes.«

Andy freute sich für ihn, dass er sich wohl fühlte. Gleichwohl beobachtete sie sein hochrotes Gesicht mit Sorge. Genau wie Lyon. Mit professionellem Elan brachte sie die Aufzeichnung des Fragenteils hinter sich. Es war eine Sache von Minuten. Unmittelbar danach schaltete Tony die gleißenden Scheinwerfer aus.

»Du bist ein echter Profi, Süße«, rief Jeff begeistert. Er umarmte sie stürmisch und verpasste ihr einen Riesenschmatz auf die Wange. Inzwischen hatte Gil den General von seinem Mikrofon befreit und nestelte mit Hingabe nun an ihrem Kragen herum, offenbar, um ihr Kleid nicht zu ruinieren. Lyon, der seinem Vater in den Rollstuhl half, registrierte Jeffs anmacherisches Gehabe. Seine Augen nahmen einen stählernen Glanz an und bohrten sich in ihre.

Aus Rücksicht auf die angegriffene Gesundheit des Generals hatte die Crew nicht geraucht. Jetzt schwärmten alle nach draußen, um sich endlich den verdienten Sargnagel zu gönnen.

Andy bückte sich zu General Ratliff hinunter. Heftete den Blick auf sein faltiges, altersfleckiges Gesicht. »Danke. Sie waren großartig.«

»Keine Ursache. War mir ein Vergnügen. Ich hatte wohl ein bisschen Bedenken, dass Sie sich vor laufender Kamera als eine knallharte, rücksichtslose Reporterin entpuppen könnten. Obwohl ich hätte wissen müssen, dass Sie eine echte Dame sind, die viel Verständnis für ihre Gesprächspartner aufbringt.«

Sie beugte sich vor, küsste ihn auf die Wange. »Ruhen Sie sich aus, General. Wir machen morgen weiter.«

Da sie verspätet angefangen hatten, war es fast Abendessenszeit, als sie die Ausrüstung abgebaut hatten. Wie die meisten Fotografen hütete Jeff seine Kamera wie einen Schatz – er ließ niemanden an das Ungetüm heran. Tony verstaute die Scheinwerfer sicher in ihren Metallboxen. Gils Mikrofone lagen wieder in ihren samtgefütterten Etuis.

Sie freuten sich wie kleine Bengel darauf, gemeinsam mit echten Cowboys in einem Schlafsaal zu nächtigen, und verschwanden eilends in Richtung Gästehaus zum Abendessen. Der General ließ sich ein Tablett aufs Zimmer bringen. Woraufhin Andy ein ziemlich einsilbiges Mahl mit Lyon über sich ergehen lassen musste.

»Und, bist du zufrieden mit dem Verlauf des heutigen Interviews?«, wollte er wissen. Sie waren schon beim Hauptgang, als er das bedrückende Schweigen brach.

»Ja. Dein Vater ist ein echtes Naturtalent. Andere Interviewpartner habe ich nämlich häufig daran erinnern müssen, dass sie zu mir sehen sollen und nicht in die Kamera. Das macht man dummerweise ganz automatisch. Aber dein Vater hat Aufnahmegeräte und Scheinwerfer komplett ausgeblendet. Wie ein Profi.«

»Deine Crew scheint dich zu mögen.«

Andy war klar, dass seine Bemerkung mehr implizierte als eine bloße Feststellung. »Wir arbeiten schon seit Jahren super zusammen. Allerdings bekomme ich auch schon mal andere Techniker zugewiesen. Es sind nicht immer dieselben, aber das hier ist mein Lieblingsteam. Weil die Leute sehr professionell sind.«

»Hmm-mmh.«

Empört knallte sie ihr Glas auf den Tisch. Wasser schwappte über den Rand auf das edle weiße Leinentuch. »Was soll das jetzt wieder heißen?«

»Was meinst du?«, erkundigte er sich scheinheilig.

»Dieses ›Hmm-mmh‹ trieft doch vor Mehrdeutigkeit.«

»Das bildest du dir bloß ein«, meinte er wegwerfend. Sie hätte schreien mögen. »Wenn du da etwas hineininterpretierst, dann vermutlich nur, weil du ein schlechtes Gewissen hast.«

»Ich und ein schlechtes Gewissen! Du spinnst wohl!«

»Und wieso brüllst du mich dann plötzlich an?«, erkundigte er sich spitzfindig. Andy war auf hundertachtzig.

»Bitte sei so nett und sag Gracie, dass ich den Nachtisch heute Abend ausfallen lasse«, fauchte sie. Wütend schob sie ihren Stuhl zurück.

Auf dem Weg zur Tür erreichte sie seine einschmeichelnde Stimme: »Träum was Schönes, Andy.«

Seine spöttische Anspielung auf das, was sie Les am Telefon gewünscht hatte, entfachte ihren Ärger erneut. Sie wirbelte herum. »Geh zum Teufel, Lyon«, versetzte sie mit zuckersüßer Stimme. Damit stürmte sie aus dem Raum.

Der nächste Tag ließ sich relativ problemlos an, und die kleineren Krisen waren rasch bewältigt. Ihre Leute hatten sich nämlich einen hinter die Binde gekippt und litten unter einem Mordskater. Doch da kannte Andy kein Mitleid. Sie wusste, dass ihre Crew auch nach einer durchzechten Nacht Bestleistungen brachte.

General Ratliff war genauso entspannt und gesprächig wie am Vortag. Diesmal fand das Interview im Wintergarten statt, wo sie ihn seinerzeit kennen gelernt hatte. Jeff nutzte das natürliche Sonnenlicht für seine Aufnahmen, weshalb Tony nur gelegentlich mit seinen Scheinwerfern nachhelfen musste. Zudem ließ er den Deckenventilator laufen, damit die großblättrigen Pflanzen im Hintergrund sich dekorativ im Lufthauch wiegten. Andys Haare bauschten sich sanft in der leichten Brise.

Am späten Vormittag stellte Jeff seine Kamera aus.

»Mann, das war spitzenmäßig. Schade, dass die Folge nicht länger ist. Ihr beide macht glatt den Eindruck, als hättet ihr euch noch viel zu erzählen.«

»Wenn Sie möchten, können wir gern weitermachen, Andy«, schlug der General zu ihrer Überraschung vor.

»General Ratliff, Sie dürfen sich nicht überanstrengen.«

»Dad, du hörst besser auf, bevor es an deine Substanz geht.«

»Ich bin topfit, Lyon. Ehrenwort.« Der alte Herr drehte sich leicht in seinem Sessel und wandte sich an seinen Sohn, der auf der gegenüberliegenden Seite des Raums stand. »Lasst uns weitermachen.«

»Jeff?«, erkundigte sich Andy.

»Von mir aus gern. Ich bin dabei.«

Sie drehten eine weitere Folge ab und waren vor dem Mittagessen fertig.

Lyon hatte seinen Vater in dessen Zimmer begleitet, wo die beiden den Lunch einnahmen. Für Andy und ihre Mannschaft hatte Gracie im Esszimmer gedeckt. Bei einem Glas Eistee diskutierten sie den Drehplan für den nächsten Tag und die bereits fertig gestellten Tapes.

»Er ist besser drauf, als ich dachte«, sagte Jeff. Er spuckte einen Olivenkern aus. »Als Les mir erzählte, dass der alte Knabe an die neunzig ist, hab ich nur noch drei Kreuze gemacht. Und mir im Stillen überlegt: Herrje, was machen wir, wenn er uns bei den

Aufnahmen wegnickt oder 'ne Schnarchorgie zum Besten gibt?«

»Er ist nun wirklich nicht senil, Jeff!«, entrüstete sich Andy.

»Sei nicht gleich sauer, Andy. So war das doch nicht gemeint.«

»Er hat viel Sinn für Humor. Das hatte ich echt nicht erwartet. So wie gestern, als er einräumte, dass er ein lausiger Schütze gewesen sei«, meinte Gil diplomatisch.

»Verdammt heiß hier drinnen«, grummelte Tony. Seine Bemerkung wurde ignoriert.

»Ich wüsste ja gern, was der alte Herr uns verschweigt«, sagte Jeff völlig ohne Vorwarnung.

Das schlug bei Andy ein wie eine Bombe. Sie ging hoch. »Was meinst du damit?«, fuhr sie ihn ärgerlich an. »Wie kommst du darauf, dass er uns irgendwas verschweigt?«

Jeff zuckte wegwerfend mit den Achseln. »Les meinte, er würde ums Verrecken nicht über den Krieg reden wollen. Folglich wäre es gar nicht so abwegig, wenn er ein kleines Geheimnis hätte, das er niemandem auf die Nase binden will.«

»Les spinnt mal wieder rum. Er gibt sich nun mal für sein Leben gern irgendwelchen wilden Verschwörungsspekulationen hin.«

»Die sich für gewöhnlich bewahrheiten«, gab Jeff zu bedenken.

»Dieses Mal nicht.«

»Bist du sicher? Les meinte auch, du wolltest den Sohn anbaggern, um ein paar Infos aus ihm rauszubekommen. Wie steht's damit? Schon was Delikates erfahren?«

Ein Geräusch hinter ihnen ließ sie herumschnellen. Lyon stand in dem Durchgang, der in die Halle führte. Seine rauchgraue Iris fast schwarz, funkelte er Andy an. Mit beiden Händen hielt er seinen Strohhut umklammert. Dabei traten seine Fingerknöchel weiß hervor.

»Ich wollte Ihnen anbieten, dass Sie den Pool heute Nachmittag benutzen können«, presste er zwischen zusammengebissenen Kiefern hervor. »Auflagen für die Liegen, Handtücher und dergleichen finden Sie im Gartenpavillon.« Er setzte den Hut auf und zog ihn tief in die Stirn. Gottlob, seufzte Andy, blieb ihr sein vorwurfsvoller Blick damit bis auf Weiteres erspart. Die Absätze seiner Stiefel knallten wie Peitschenhiebe auf den Bodenfliesen, als er sich mit energischen Schritten entfernte.

Tony pfiff leise durch die Zähne.

Gil, der unbehaglich auf dem Stuhl herumrutschte, starrte auf seinen leeren Teller.

Warren räusperte sich.

Jeff wieherte los. »Holla. Ich glaube, wir haben den Cowboy böse vergrätzt.«

»Halt die Klappe, Jeff«, zischte Andy.

»Reg dich ab, Süße. Na, na, na, was ist denn zwischen euch beiden?«

Cool bleiben, Andy, und fang jetzt bloß nicht vor versammelter Mannschaft an zu heulen. Du ignorierst jetzt ganz locker Lyons hasserfüllten Blick, okay? Und hakst seine Küsse unter der Rubrik »Verzeihliches Malheur« ab, ja? Der hat sie doch nicht mehr alle. Weg mit Schaden!

»Er tut ja ganz freundlich«, meinte Gil. Dass Andy nicht auf Jeffs Frage geantwortet hatte, schien ihm nicht weiter aufzufallen. »Trotzdem sähe er uns am liebsten von hinten.«

»Am Anfang war er total gegen diese Idee. Aber inzwischen hat er sich wohl damit abgefunden.« Betont gleichmütig nippte sie an ihrem Teeglas.

»Und? Hast du irgendwas Konstruktives aus ihm herausbekommen?«

»Nöö. Und ich hab ihn auch nicht angebaggert. Diesmal ist Les verdammt auf dem Holzweg.«

»Ach ja?«

»Ja«, brüllte sie ihren Kollegen förmlich an. Zum zweiten Mal innerhalb weniger Stunden sprang sie ärgerlich vom Esstisch auf. »Wieso geht ihr nicht 'ne Runde schwimmen? Ich komm in einer Stunde nach, sobald ich meine Notizen für morgen durchgearbeitet hab. Warren, ist der Monitor irgendwo aufgebaut? Ich würde mir die Tapes gern noch mal anschauen?«

»Ja, Andy. Er steht im Wohnraum.«

»Danke. Man sieht sich.«

Statt ihre Unterlagen durchzugehen, saß sie brütend in ihrem Zimmer. Durch das geöffnete Fenster drang das Gelächter und Geplansche ihrer Crew. Gleichwohl hatte Andy keine Lust, sich an den Pool zu legen.

Lyon hatte Jeffs Kommentar aufgeschnappt. Und wähnte sich jetzt bestimmt in seinen schlimmsten Vorurteilen bestätigt: Dass sie sich nur deshalb auf seine Zärtlichkeiten eingelassen hatte, weil sie mehr über seinen Vater hatte herausbringen wollen. Er hatte ihren Beteuerungen schließlich nie getraut. Und Jeffs Äußerung war Wasser auf Lyons Mühlen. Für ihn war sie eine überehrgeizige Zicke, eine rücksichtslose Karrieristin, der es völlig egal war, ob sie mit ihren Reportagen jemandem schadete. Hauptsache, sie bekam ihre Story!

Einen Arm über den Augen angewinkelt, lag sie auf dem Bett. Sie stöhnte unwillig auf, als Gracie anklopfte und rief: »Andy, ein Mr. Trapper ist in der Leitung. Möchten Sie mit ihm sprechen?«

Nein, bloß nicht. »Ja. Sagen Sie ihm, ich bin gleich da. Kann ich das Gespräch im Flur annehmen?«

»Sicher. Ich hänge auf, sobald ich Sie in der Leitung höre.«

»Danke, Gracie.« Sie schwang sich vom Bett, bemüht, die quälenden Gedanken abzuschütteln, die sie bedrückten. Auf Strümpfen tappte sie in den Korridor und nahm den Hörer auf. »Hallo, Les.« Sie hörte ein Klicken, Gracie hatte sich ausgeklinkt.

»Hallo, Puppe. Wie klappt's denn so?«

»Super.«

»Crew problemlos eingelaufen?«

»Ja, schon gestern am frühen Morgen.« Zu früh. Hätten die Typen nicht eine Stunde später ankommen können? Vielleicht wären Lyon und sie dann ...

»Wie steht's mit den Aufnahmen?«

»Super. Wir haben drei Folgen im Kasten. Der General ist ein Naturtalent.«

»Keine Probleme mit der Technik?«

»Null. Gil hatte zwar gestern einen Kurzschluss in einem der Kabel, aber er konnte in San Antonio gottlob ein neues auftreiben. Jetzt läuft alles super.«

Eine längere Pause schloss sich an. Les schien mental zu verarbeiten, was sie ihm eben berichtete. Währenddessen fragte sie sich fieberhaft, wo Lyon sich aufhielt und was er wohl gerade tat.

»He, Andy-Maus, es macht mich scheißnervös, wenn ich dauernd höre *supi, supi, supi.*«

»Keine Ahnung, was du meinst.« Sie wusste genau, was er meinte. Für gewöhnlich sprudelte sie über vor Begeisterung, wenn sie von ihrer Arbeit erzählte. Oder schimpfte wie ein Rohrspatz über das Wetter, das ihnen einen Strich durch die Rechnung machte, oder griff technische Katastrophen auf oder irgendwelche lustigen Zwischenfälle oder, oder, oder. So einsilbig wie jetzt klang sie sonst jedenfalls nie.

»Ach nee? Kleine Katastrophen passieren nun mal. Das hält die Leute auf Trab. Kapierst du jetzt, was ich meine? Du klingst, als bräuchtest du dringend einen Motivationsschub. Wenn alles ›super‹ ist, werd ich skeptisch. Was in Himmelherrgottsnamen ist bloß los bei euch?«

Mr. Nice Guy, der verständnisvolle Boss, war mit einem Mal verschwunden. Vermutlich knallte er eben in hohem Bogen seine Brille auf den prallvollen Schreibtisch. Schwang die Beine mit einem energischen *Rumms* zu Boden. Raufte sich mit einer Hand die flammend roten Haare. Seine Augen bohrten ein Loch in die Bürotür, wie um sie mit Blicken zu töten – wenn sie ihm, wie sonst üblich, jetzt gegenübersäße, auf der anderen Seite seines Schreibtisches. Tausend Meilen von Les Trappers Wutausbruch entfernt zu sein hatte wahrlich entscheidende Vorteile.

»Les, komm wieder auf den Teppich, ja? Es ist nichts. Wir machen hier Interviews, und die laufen wider Erwarten gut. Die Crew ist genauso positiv überrascht von General Ratliff wie ich. Ich persönlich leide nur unter der Hitze. Deshalb bin ich vielleicht ein bisschen lethargisch und antriebslos.«

»Und was ist mit Cowboyheld Lyon?«

Unvermittelt waren ihre Handflächen schwitzig feucht. »Was soll mit ihm sein?«

»Konntest du ihm irgendwas entlocken?«

Sie seufzte entrüstet auf. Wenn sie ärgerlich aufmuckte, bekam er das Zittern in ihrer Stimme vielleicht nicht so mit. »Les, zum hundertsten Mal, da gibt es nichts zu entlocken!«

»Ich hab sein Foto gesehen.«

»Wessen Foto?«

»Lyon Ratliffs. Eine Aufnahme in Vietnam. Von irgendeiner Presseagentur geschossen. Traumtyp, der Bursche.«

»Ist mir echt nicht aufgefallen.«

»Wär ich eine Frau, hätte ich das bestimmt als Allererstes erkannt.«

»Bist du aber nicht! Im Gegenteil: Du tönst ständig damit rum, dass du ein wahrer Potenzprotz bist. Also ist dein Urteil in diesem Fall völlig irrelevant. Und, Les, wenn du weiter nichts auf dem Herzen hast, mach ich jetzt Schluss. Die Crew ruft andauernd hoch, dass ich an den Pool kommen soll.« Das war zwar gelogen, klang aber hinreichend schnippischschnoddrig, wie er es sonst von ihr gewohnt war. Zudem wollte sie ihn endlich loszuwerden!

»Die Jungs werden für ihren Job bezahlt und nicht fürs süße Nichtstun, ist das klar? Haben die nichts Besseres zu tun, als faul am Pool rumzuhängen?«

»Wir haben den ganzen Tag gearbeitet.«

»Okay«, lenkte er knurrend ein. »Andy, du würdest deinem guten, alten Kumpel Les doch nichts Wichtiges verschweigen, oder?«

Heimlich ertappt, giggelte sie los. Dabei sann sie krampfhaft auf irgendeine findige Retourkutsche. »Natürlich nicht. Du bist bloß sauer und ein bisschen beleidigt, weil wir hier so viel Spaß haben.« Wieder lachte sie, was allerdings ziemlich aufgesetzt wirkte. »Ich ruf dich morgen an, um dich auf dem Laufenden zu halten. In Ordnung?«

»Okay. Bye Baby. Ich lieb dich.«

Dann war die Leitung tot.

Les hätte bestimmt keine Skrupel, jemanden aus ihrem Team anzurufen, um sich nach ihr zu erkundigen. Und sich von einem Dritten bestätigen zu lassen, was sie ihm am Telefon erklärt hatte, überlegte Andy frustriert. Insofern war es keine gute Idee, dass sie auf ihrem Zimmer blieb und Krokodilstränen vergoss. Seufzend zog sie einen trägerlosen Einteiler an und schlenderte zum Pool. Dort setzte sie sich unter einen Sonnenschirm, der über einem schmiedeeisernen Gartentisch aufgespannt stand. Trug in regelmäßigen Abständen Sonnenmilch auf, schleppte Handtücher an und schwamm mit den anderen um die Wette.

Am Spätnachmittag servierte Gracie ihnen ein Tablett mit eisgekühlten Margaritas und eine Platte Nachos. Jeff, triefend nass, umarmte sie und küsste sie auf die Wange. Daraufhin verpasste die Haushälterin ihm einen geräuschvollen Klaps auf den Hintern. Er wurde knallrot im Gesicht – ein Phänomen, das Andy bislang noch nie erlebt hatte.

Lyon fuhr mit seinem klapprigen Jeep vor. Sprang geschmeidig aus dem Wagen und steuerte zu ihnen an den Pool. »Wie ist das Wasser?«

»Toll«, rief Jeff. »Leisten Sie uns doch ein bisschen Gesellschaft.«

»Geht nicht. Ich bin leider anderweitig verabredet.«

Andy hielt den Blick auf das Buch gesenkt, das sie mitgebracht hatte, allerdings verschwammen ihr die Buchstaben vor den Augen. Ihr Herz sank ins Bodenlose, und sie hatte mit einem Mal fürchterliches Magendrücken.

»Gracie wird Ihnen hier draußen im Patio mexikanisches Essen servieren. Lassen Sie es sich schmecken. Also dann – bis morgen früh.«

Alle wünschten ihm einen angenehmen Abend, auch Andy. Demonstrativ uninteressiert daran, dass er eine Verabredung hatte, spähte sie durch die riesigen Gläser ihrer Sonnenbrille hindurch zu ihm hinüber. Obwohl er den Hut tief in die Stirn gezogen hatte, war ihr bewusst, dass er sie taxierte. »Viel Vergnügen«, rief sie mit einem strahlenden Lächeln. Ihre Crew und Lyon sollten schließlich nicht merken, wie ihr zumute war.

»Das hab ich bestimmt«, bekräftigte er süffisant grinsend. Womit er auch den letzten Zweifel bei Andy ausräumte, welche Art von Vergnügungen er meinte. Dann kehrte er ihr schnöde den Rücken zu.

Das Engegefühl in ihrer Brust war schier erdrückend. Sie wagte kaum zu atmen. Erst als seine Schritte im Haus verhallten, schnappte sie energisch nach Luft.

Gracies Enchiladas, Tacos und die Guacamole waren köstlich, trotzdem verspürte Andy keinen Appetit. Bald nachdem die Crew alles verputzt hatte, wünschten die Jungs ihr eine gute Nacht und verschwanden schleunigst in Richtung Gästehaus, wo eine Runde Poker angesagt war. Woraufhin sie selbst ziellos im Haus umherstreifte, zumal Gracie ihr Hilfsangebot in der Küche abgelehnt hatte. Der General war schon Stunden zuvor schlafen gegangen. Sie versuchte krampfhaft, nicht an Lyon zu denken. Doch es war wie verhext: Ständig kreisten ihre Gedanken um ihn.

Mit wem war er wohl jetzt zusammen? Und was trieben die beiden gerade, mmh? Ging er regelmäßig aus? Stets mit derselben oder wechselte er seine Begleitung wie die Hemden? Hatte er heute irgendeine Flamme angerufen und für den Abend ein Date vereinbart? Würde eine Frau so kurzfristig mit ihm ausgehen? Ja, keine Frage. Andy hätte ihm gewiss auch keinen Korb gegeben. Mist, wieso hatte er nicht *sie* eingeladen?

Die Antwort darauf konnte sie sich spielend zusammenreimen. Er fand sie unsympathisch, hatte von Anfang an Ressentiments gegen sie gehabt, so einfach war das. Die Hingabe, mit der er sie am Morgen in ihrem Schlafzimmer geküsst und zärtlich verwöhnt hatte, war einer Laune des Augenblicks entsprungen. Einer erotisch aufgeheizten Stimmung, die sich bestimmt nie wieder ergeben würde, seufzte sie. Kaum dass ihm wieder bewusst geworden war, dass sie die unsägliche Reporterin war, die auf seiner

Ranch herumspionierte und seinen Vater mit Fragen löcherte, hatte er auf Ablehnung geschaltet. Aber gut, sie würde damit leben müssen, dass er sie für berechnend und krankhaft ehrgeizig hielt. Momentan fehlte ihr einfach die Energie, ihn vom Gegenteil zu überzeugen.

Gegen elf Uhr – sie hatte in den quälend einsamen Stunden Wunschfantasien nachgehangen, die nie Realität werden würden – ging sie missmutig zu Bett.

Und war um Mitternacht immer noch putzmunter. Sie beschloss, noch eine Runde im Pool zu drehen. Hoffentlich wäre sie dann nachher müde genug, um einzuschlafen.

In einem züchtigen Bikini, der an ihrer Superfigur trotzdem aufreizend wirkte, glitt sie die Stufen hinunter, durch die Hintertür und in den Pool. Ringsum war es stockdunkel, und sie machte kein Licht.

Das Wasser umschmeichelte ihre Fersen, Waden, Schenkel. Nach einem eleganten Hechtsprung tauchte sie eine ganze Länge durch das Becken. Prustend kam sie wieder hoch. Um dann mit ruhigen, gleichmäßigen Zügen dreimal durch den Pool zu schwimmen. Am Beckenrand warf sie ihre nassen Haare zurück, lehnte den Kopf an das Fliesenmosaik oberhalb der Wasserlinie und atmete tief durch.

In diesem Moment gewahrte sie Lyon. Ihr von der Anstrengung ohnehin aufgewühlter Puls begann plötzlich zu rasen. Er stand am anderen Ende des

Pools. Und warf das Sportsakko, das er lässig umgehängt hatte, in hohem Bogen auf einen Liegestuhl. Riss sich die Krawatte vom Hals und begann sein Hemd aufzuknöpfen.

»Was machst du denn da?«, fragte sie atemlos. Ihre Stimme überschlug sich fast.

7. Kapitel

Wonach sieht es denn aus?« Als wäre es das Natürlichste auf der Welt, zog er sich das aufgeknöpfte Hemd aus dem Hosenbund. Glitt aus den sportlich eleganten Mokassins und streifte die Socken von den Füßen. Der Ledergürtel wurde aus den Schlaufen gezerrt und zu dem Haufen geworfen, der sich mittlerweile auf dem Liegestuhl türmte. Dabei ließ er sie nicht eine Sekunde lang aus den Augen. Trotz der Dunkelheit fühlte Andy die enorme Anziehungskraft, die von seinem Blick ausging.

Mit einem Ruck öffnete er den Reißverschluss seiner Hose und zog sie aus. Andy, die das Schauspiel wie vom Donner gerührt verfolgte, zog leise zischend den Atem ein.

Er faltete die Hose und legte sie ordentlich über den Stuhlrücken. Schob die Daumen provozierend in den Bund seines Slips.

»Wenn du glaubst, dass ich jetzt loskreische, bist du schief gewickelt«, versetzte sie spitz. Bestimmt hatte er diesen Striptease nur aufgeführt, um sie zu verunsichern. »Ich hab schon andere Männer nackt gesehen, weißt du.«

Ungerührt gab er mit samtweichem Timbre in der Stimme zurück: »Mich hast du auch schon nackt gesehen. Und ich wette, ich hab dir gefallen. Einmal ist keinmal. Dieses Mal mache ich dich bestimmt noch mehr an.« Seelenruhig zog er den Slip aus.

Donnerwetter, ob er wohl wusste, wie sehr er damit Recht hatte? Er war ein echter Hingucker. Der trainierte Oberkörper mit den breiten Schultern und dem gut definierten Bizeps verjüngte sich über einem sexy Waschbrettbauch. Schmale Hüften deuteten auf einen knackigen Po. Seine Beine, mit dem gleichen dunklen Flaum bedeckt wie seine Brust, waren lang und muskulös von der harten Arbeit auf der Ranch.

Mit einem dynamischen Kopfsprung setzte er in den Pool und tauchte die ganze Länge hindurch, bis er wenige Zentimeter von ihr entfernt an die Oberfläche kam. Das Haar klebte ihm wie eine weiche, dunkle Kappe am Kopf.

Er verströmte eine gefährlich erotische Aura, die Andy unwiderstehlich anzog. Am liebsten wäre sie Hals über Kopf aus dem Pool geflohen. Sie stemmte die Füße gegen den Beckenrand, in dem festen Entschluss, sich abzustoßen und an ihm vorbeizuhechten. Aber weit gefehlt! Unvermittelt stützte er seine Arme rechts und links von ihr auf den Beckenrand, wodurch sie zwischen Pool und seinem unwiderstehlichen Luxuskörper gefangen war.

»Nein, nein, Andrea Malone. Wir beide werden jetzt ein bisschen plaudern.«

»Du bist früh zurück. Hat dein Date dich nicht mal auf einen Kaffee zu sich nach Hause eingeladen?«, fragte sie zuckrig.

»Doch, hat sie.«

»Logischerweise.«

»Aber ich hab die zweite Tasse abgelehnt.«

»Wie bedauerlich.«

»Nicht wirklich«, meinte er gedehnt. Seine Beine rückten unaufhaltsam näher. Sie spürte den Flaum, der sanft ihre Haut streifte, bevor seine Schenkel lasziv gegen ihre rieben. »Ich hab mir überlegt, dass auf der Ranch jemand wartet, mit dem ich mir genauso ein paar schöne Stunden machen kann. Was meinst du?«

Er sprach mit leiser, kehliger Stimme, ein gefährliches Glitzern in den Augen. Andy Malone konnte so leicht nichts erschüttern. Ihr ausgeprägtes Selbstbewusstsein ließ wenig Raum für schwache Momente. Sie brachte eine gesunde Portion Skepsis mit, okay. Aber Skrupel kannte sie bislang nicht. Jetzt, da sich Lyons nackter, sehniger Körper schamlos an sie presste, kamen ihr plötzlich jedoch Bedenken.

»Da bist du schwer im Irrtum. Such dir für deine schönen Stunden gefälligst eine andere.«

Er lachte freudlos. »O nein, kneifen gilt nicht.« Sein Blick glitt zu ihren Brüsten, die sich aufreizend aus dem Bikini-BH schoben. »Wer sich in Gefahr begibt, kommt darin um. Schon mal gehört? Du provozierst mich, seit du auf der Ranch bist. Wird Zeit, dass du dein sündiges Versprechen einlöst.« Ehe sie ihn stoppen konnte, fasste er mit der Hand in das knappe Oberteil und befreite ihre Brust von dem störenden Stoff.

»Lyon, nicht«, flehte sie leise.

»Doch.« Er brachte seine Lippen auf die ihren, küsste sie stürmisch, brutal. Seine Zunge gleichsam eine schlängelnde Peitsche, die ihren Mund ungestüm bezwang. Sie versuchte, sich zu befreien, doch er hielt sie an den nassen Haaren gepackt. Presste seine Lippen weiterhin gierig auf ihre, derweil seine Finger schamlos ihre Brust kneteten. Anders als am Morgen in ihrem Zimmer, wo er sie nahezu angebetet hatte wie eine Göttin, fiel er jetzt wollüstig über sie her.

Mit seinem muskelbepackten Körper stemmte er sie rücksichtslos an den gefliesten Beckenrand. Zwängte ihre Schenkel auseinander. Schmiegte sie lüstern an sich.

»Dir war doch klar, dass es irgendwann passieren musste, oder? Du möchtest meine intimsten Geheimnisse bestimmt auch erfahren, mmh? Komm, zier dich nicht so, sei ein bisschen lockerer, Andy Malone.«

Der Kuss wurde zunehmend fordernder. Er löste die Hand aus ihren Haaren und glitt mit spielerischen Fingern zu ihren Hüften. Umschlang ihre Taille, schmiegte seinen Waschbrettbauch an ihre vollendeten Rundungen. Sie spürte den weich gekrausten

Flaum auf ihrer seidenzarten Haut. Seinen Atem, aufgewühlt wie der ihre. Grundgütiger, und sie fühlte seine pulsierende Erektion. Hart und berauschend maskulin an dem weichen Vlies ihrer Scham.

Obwohl er Andys weibliches Schamgefühl mit seiner rücksichtslosen Begierde und seinem brutalen Egoismus tief verletzte, durchflutete sie unvermittelt eine Woge der Lust. Sie kämpfte dagegen an, schimpfte sich eine Närrin, hätte ihn auf der Stelle erwürgen mögen, dass er solche Emotionen in ihr weckte. Aber während sie sich mental gegen seine sexuellen Avancen sträubte, hatte ihr Körper heimlich bereits kapituliert.

Als er merkte, dass sie seinen fordernden Zärtlichkeiten nachgab, hob er den Kopf. Für eine endlos lange Weile beobachtete er sie, sein Blick eine stumme Frage, die sie mit einem kaum merklichen Zucken ihrer langen, tropfenverhangenen Wimpern beantwortete. Er ließ die Hände ins Wasser sinken, paddelte spielerisch mit den Armen, wie um ihr die Wahl zur Flucht zu lassen.

Sie entschied sich anders. Hatte all ihre Sinne auf ihn konzentriert. Behutsam senkte er das Gesicht auf ihres. Berührte ihre Lippen, versiegelte sie mit einem gehauchten Kuss. Seine triebhafte Brutalität war wie weggefegt – jetzt eroberte er sie mit zartfühlender Leidenschaft. Eine lustvolle Stimulanz, penetrierte seine Zunge symbolisch ihren Mund und entfachte das tief in ihr schwelende Feuer.

Ihre Hände tasteten sich zu seinem Gesicht vor. Wie eine Blinde malte sie die kantigen Linien nach, hoffte, die weichen Züge zu finden, die sie so ungemein anziehend fand. Für Momente schloss er die Augen, ließ ihre Fingerspitzen nach Herzenslust umherstreifen, erkunden, erforschen – liebkosen.

Sie zeichnete die geschwungenen schwarzen Brauen nach, den Nasenrücken, den sinnlichen Schwung seiner Oberlippe. Prompt öffnete er den Mund und schnappte spielerisch nach einer ihrer vorwitzigen Fingerspitzen. Knabberte daran, leckte sie. Andy stockte der Atem, als er mit der Zunge den gesamten Finger abschleckte bis zur Handwurzel, wo er die empfindliche Haut streichelte. Ein spitzer Schrei entfuhr ihr, reflexartig bog ihr Körper sich ihm entgegen. Da klappte er die Lider auf.

Lyon küsste sie erneut, mit einer Mischung aus Begehren und Zärtlichkeit. Er streichelte ihre Brüste, die er mit einer schnellen, zielsicheren Bewegung von dem Bikinitop befreite. Andys Spitzen wurden fest und hart unter seinen einfühlsamen Fingern, die zärtlich rieben und kneteten.

Sie protestierte nicht, als seine Hand in den Bikinislip glitt, ihn von ihren Hüften schob. Lasziv, anmutig rieb sie ihre langen Beine aneinander, bis sie sich das Höschen abgestreift hatte. Impulsiv riss er sie an sich. Einen endlosen Herzschlag lang berauschten sie sich an ihrer Nacktheit, gaben sie sich der Sinnenhaftigkeit ihrer Leiber hin.

Er gab sie frei, schwang sich über den Beckenrand. Dann reichte er ihr eine Hand und half ihr aus dem Wasser. Tropfnass liefen sie durch nachtschwarze Finsternis zu dem Gartenpavillon. Beide schwiegen, bemüht, niemanden auf ihr nächtliches Rendezvous aufmerksam zu machen. Nicht dass sie sich dessen schämten, es war nur einfach zu kostbar, zu intim, als dass sie ihr kleines Geheimnis mit einem Dritten hätten teilen mögen.

Lyon drückte ihre Hand und ließ sie dann los. Tastete sich durch das Dunkel voran zu der Anrichte mit den großen Badelaken. Er nahm eines heraus, breitete es über eine der breiten Liegen. Sie war ihm durch den dämmrigen Raum hindurch gefolgt. Er setzte sich auf die Liege, fasste abermals ihre Hand und zog sie neben sich.

Wie ein matt schimmerndes Gewand hüllte das Mondlicht sie ein, derweil Lyon sie verwöhnte. Ihre vollen Brüste, die spitzen Knospen andächtig bewundernd. Seine Hände kreisten über ihren Brustkorb, massierten mit den Daumen die Wölbungen zwischen ihren Rippen.

»Blinddarmentzündung?«, fragte er, als er die winzige Narbe auf ihrem Bauch berührte.

»Ja.«

Er drehte sie einmal um ihre Achse, verwöhnte sie dabei mit kleinen Liebesbissen in ihre Taille. Abermals wirbelte er sie herum und küsste sie mitten auf ihren Steiß. Glitt mit seinen Lippen tiefer, malte mit der Zunge die Grübchen auf ihrem wohlgeformten Po nach.

»Lyon«, hauchte sie.

Er drehte sie wieder frontal zu sich und beugte sich vor. Sein Mund verharrte sekundenlang über ihrem Nabel, ehe er mit der Zunge eintauchte und dort genüsslich ein paar Wassertropfen aufschlürfte.

Grinsend hob er den Kopf. »Ich wusste gar nicht, dass Chlorwasser so gut schmecken kann.«

Leise auflachend zauste sie ihm die Haare, die schon fast wieder trocken waren. Ihr Lachen verwandelte sich in ein kurzes, gehauchtes Stöhnen, als er mit federnden Küssen über ihren Bauch zu ihren Schenkeln streifte. Dass Lyon anscheinend gar keine Tabus kannte, war etwas völlig Neues für sie. Sicher, Robert hatte sie nackt gesehen, aber sie konnte sich nicht entsinnen, jemals so vor ihm gestanden zu haben, um sich im Evaskostüm von ihm anhimmeln zu lassen. Ihr Mann wäre nicht im Traum auf die Idee gekommen, sie an den Stellen zu küssen oder zu streicheln, wie Lyon es tat. Solche Intimitäten hätten ihr auch nicht behagt.

Grundgütiger, und jetzt stand sie bebend vor Erregung vor Lyon und ließ ihn gewähren? Wieso fühlte sie sich plötzlich als Frau bestätigt, wo sie doch immer mit ihrer Weiblichkeit gehadert hatte? Als er sich auf der Liege lang ausstreckte und sie mit sich zog, zögerte sie nicht, sondern legte sich neben ihn.

»Ich hab dir beim Schwimmen zugeschaut«, murmelte er. Sanft krabbelten seine Fingerspitzen über ihre Wirbelsäule.

»Ich hab dich gar nicht gesehen.« Sie schob die Handflächen auf seinen Brustkorb und ließ sie langsam kreisen.

»Solltest du auch nicht.« Er knabberte an ihrem Ohrläppchen, lutschte mit der Zunge daran. »Ich hab mich nicht bewegt, als ich dich aus dem Haus kommen sah.« Er stöhnte unwillkürlich, als ihr Fingernagel einen seiner flachen, dunklen Nippel kraulte. »Übrigens«, keuchte er rau, derweil sie ihre süße Folter ausdehnte, »du bist eine ausgezeichnete Schwimmerin.«

»Danke.«

Seine Hand glitt von ihrem Po zu ihrem Schenkel. Lyon küsste sie heiß und verlangend. Andys Lippen umschlossen seine Zunge und saugten behutsam daran. »Mein Gott, Andy«, stöhnte er scharf, derweil er ihre Mundwinkel mit winzigen Liebesbissen neckte.

Sie mochte das zwischen ihnen schwelende Verlangen nicht zerstören, war versucht, sämtliche Hemmungen abzustreifen, sich ihm bedingungslos hinzugeben. Sie wollte ihm vertrauen, gleichwohl galt es, noch einige Missverständnisse auszuräumen. »Lyon ... oh ... Was machst du da? Was ... Wo hast du ... aaah ...«

»Du fühlst dich so gut an«, murmelte er an ihrer Halsbeuge.

Das zärtliche Spiel seiner Finger bescherte ihr einen erotischen Genuss, der Andy bislang fremd gewesen war. Sie verwarf ihre Skrupel und schmiegte ihren Schoß an seine Hand. »Lyon, bitte ... warte. Ich muss dir etwas erklären ... ah, Lyon!«

»Später, Andy, das hat Zeit.« Seine Lippen rieben über ihre Brustspitze, lutschten sie mit seiner Zunge. Seine Hand streichelte erotisierend die verlockende Grotte ihrer Weiblichkeit, bis ihr Verlangen über die Vernunft triumphierte. »Ja, so ist es gut. Gib dich ganz deinen Gefühlen hin«, flüsterte er ihr ins Ohr, während er sich auf Andy schob.

Unmerklich erstarrte sie unter ihm, obwohl Lyons sanft gehauchte Beteuerungen sie beflügelten. Es war ungewohnt für sie, zumal Robert beim Liebesakt stets schamhaft geschwiegen hatte – und es war immer sehr schnell gegangen. Für einen kurzen Moment überkam sie Panik, dass sie Lyon genauso enttäuschen könnte wie früher ihren Mann. Heimlich seufzend gestand sie sich ein, dass sie noch nie einen richtigen Orgasmus gehabt hatte. Sie hatte zwar Gespräche mit Sexualtherapeuten geführt, die Ratschläge und Praktiken aber nie befolgt. In dieser Hinsicht besaß sie ohnehin starke Komplexe. Vielleicht war sie gar keine vollwertige Frau? Vielleicht konnte sie gar keinen ...

Aber als Lyon mit ihr verschmolz, sie ihn angespannt vor Erregung spürte, waren ihre Bedenken wie weggewischt.

»Andy«, stöhnte er, »du bist so sexy, so gut.« Sein Körper vollkommen bewegungslos, hob er den Kopf von ihrer Schulter, um sie anzuschauen. Wie so oft schweiften seine Augen andächtig bewundernd über ihr Gesicht. Auf einen Ellbogen gestützt, glitt seine Hand zwischen ihre Leiber und umschloss ihre Brust. »So gut für mich«, raunte er weich.

Dabei stimulierte er mit den Fingern ihre pulsierende Brustspitze, und sie warf entflammt vor Lust den Kopf zurück, als er die rosige Knospe mit feuchten Küssen verwöhnte. Sie erschauerte wohlig, und er begann behutsam, sich in ihr zu bewegen. Und verschaffte Andy unbeschreiblich sinnlich verheißungsvolle Empfindungen. Er verführte ihren Körper und gleichzeitig ihre Seele, und sie gab sich ihm bedingungslos hin.

Sie hatte schon eine ganze Weile geahnt, was ihr jetzt sonnenklar war: Ungeachtet der ungünstigen Startbedingungen für eine Beziehung, trotz seines Misstrauens, des Sarkasmus und der ständigen Querelen, die sie mit ihm hatte, liebte sie diesen Mann. Wäre es nämlich anders gewesen, hätte sie seine Kritik ignoriert, seine Anwürfe eiskalt lächelnd gekontert. Außerdem wären die Gespräche mit dem General viel routinierter vonstatten gegangen. Aber weil sie ihn liebte, schlugen seine permanenten Verdächtigungen tiefe Wunden in ihre Seele. Die Androhung juristischer Konsequenzen hätte er sich ebenfalls sparen können, weil sie es niemals übers Herz gebracht hätte, ihn auszutricksen. Es wäre für Andy selbst wie ein kleiner Tod gewesen.

Ohne ihre Liebe zu ihm wäre sie seinen Verführungskünsten nie erlegen. Les hatte sie oft gefragt, für wen sie sich eigentlich aufsparte. Jetzt wusste sie es. Nach Roberts Tod hatte sie hinreichend Gelegenheit zu One-Night-Stands mit irgendwelchen Kollegen gehabt. Womöglich wäre sogar mehr daraus geworden, aber sie hatte Verzicht geübt. Weil ein wesentlicher Aspekt dabei gefehlt hatte: die Liebe. Und die empfand sie für Lyon Ratliff.

Diese Erkenntnis beflügelte sie nun, wie seine harsche Kritik sie sonst jedes Mal in ein tiefes Loch stieß. Ja, es war Liebe, lächelte sie selig und gab sich zärtlich berauscht seinen wilden Stößen hin.

»Ja, ja, Schätzchen.« Sein Atem ging scharf, stoßweise. Sie umarmte ihn innig, schlang ihre Schenkel um seine. »Andy, Andy, ja … ja. Beweg dich … ja … o Gott … ja … Du bist gut.«

Ihre heiße Grotte sprudelte über wie ein Quell, dachte Andy. Dieses Gefühl war völlig neu und ungewohnt für sie. Augenblicklich wurde sie von einer Welle der Begierde erfasst, die ihr Herz flutete, ihre Seele, ihren Körper. Bevor sie vor ihrer Sinnlichkeit kapitulierte, hörte sie noch, wie Lyon ihren Namen keuchte. Gleich einer Ertrinkenden klammerte sie sich an ihn, und gemeinsam trieben sie an die Gestade wilder Sehnsucht, fanden Erfüllung ohne Tabu.

Eine lange Weile lagen sie weiterhin eng umschlungen da, lauschten ihren aufgewühlten Atemzügen.

»Andy …?«, hauchte er fragend.

»Ja, Lyon. Ja.« Und dieses Mal konnte sie die Frage reinen Gewissens beantworten.

»War es schön für dich?«

»Ja«, meinte sie verlegen und entriss ihm den soeben geretteten Bikini. Das Oberteil hatte Lyon direkt neben dem Poolfilter gefunden, das Höschen allerdings erst nach mehreren Tauchgängen. »Ich werde jetzt bestimmt gut schlafen.«

»Verlass dich nicht allzu sehr darauf«, schmunzelte er, packte sie und riss sie an seine Brust.

»Worauf?«, fragte sie provokativ. Spielerisch streiften ihre Finger seinen Brustkorb.

»Dass du gut schlafen wirst.« Nach einem feurigen Kuss schob er sie in Richtung Haus. »Komm, wir gehen rein. Du frierst ja.«

In flauschige Badetücher gehüllt, schlichen sie sich zur Treppe. Lyon hatte einen Arm um ihre nackten Schultern geschlungen, unter dem anderen trug er seine Sachen.

Im Obergeschoss blieb sie unschlüssig stehen, doch er schob sie einfach weiter, den Gang entlang zu seinem Zimmer. Er schloss die Tür hinter ihnen, steuerte auf das Bett zu und knipste die Nachttischlampe an.

»Wurde auch Zeit. Jetzt kann ich dich endlich bei Licht bewundern.«

Er glitt zu ihr und griff nach dem Badetuch, dessen Zipfel Andy zwischen ihre Brüste gestopft hatte. Hastig umklammerte sie seine Handgelenke. »Lyon, warte. Bitte.«

Inzwischen war sie sich ihrer bedingungslosen Liebe zu ihm sicher. Deshalb quälte es sie umso mehr, dass er ihr womöglich nicht vertraute. Dass er glauben könnte, sie habe ihm nur aus Kalkül nachgegeben oder aus purer Lust. Allein der Gedanke war ihr unerträglich! Nach dem erfüllenden Liebesakt in dem lauschigen Pavillon konnte sie sich zwar nicht vorstellen, dass er solches von ihr annahm, trotzdem wollte sie auf Nummer sicher gehen.

»Warum?«, fragte er leise.

»Weil ich mit dir reden möchte.« Sein argwöhnisches Stirnrunzeln bestätigte ihr, dass sie ihm immer noch nicht ganz geheuer war. Sie fasste seine Hand, zog ihn zu dem Bett, wo sie sich auf den Rand setzte. Die Knie fest zusammengepresst, den Kopf gesenkt, spähte sie auf ihre Hände, die nervös mit dem Handtuchsaum spielten. »Du täuschst dich.«

»Worin?« Er setzte sich ans Fußende, den Rücken an den Bettpfosten gelehnt.

»Na, in mir ... in dem, was du von mir denkst. Ich weiß, dass du mitbekommen hast, was Jeff heute Nachmittag getönt hat.«

»Du meinst, von wegen mich anmachen, um mich auszufragen und so?«

»Ja, genau. Aber das würde ich niemals tun.«

»Hat Les dich nicht vielleicht auch auf mich angesetzt?«

Sie schluckte schwer. Wagte einen Blick zu ihm und sah hastig wieder weg. »Doch. Das hat er. Aber der kann von mir aus sagen, was er will. Ich höre schon lange nicht mehr auf ihn. Jedenfalls nicht mehr so oft wie früher«, räumte sie mehr sich selbst gegenüber ein.

Sie hob die Lider und fixierte Lyon eindringlich. »Du kannst es mir jetzt glauben oder nicht, aber ich musste mich noch nie für eine Story prostituieren. Für so was bin ich mir ehrlich gesagt zu schade. Ich habe ausgeprägte Moralvorstellungen und würde meinen Körper niemals als Mittel zum Zweck einsetzen, um irgendetwas zu erreichen.

Ich bin ausgebildete Journalistin, ein Vollprofi, wenn du so willst. Sicher, manche Menschen haben Skrupel, mir im Angesicht der Kamera ihre Seele zu öffnen, aber für gewöhnlich hab ich es trotzdem immer geschafft, meine Gesprächspartner für mich zu gewinnen. Mit Überzeugungskraft und ohne Sex, wohlgemerkt.

Ich bin eine kompetente Interviewerin. Und ehrgeizig, wenn auch – ach, lassen wir das. Wie jeder Reporter bin ich natürlich auf eine Exklusivgeschichte aus, aber ich würde niemals bis zum Äußersten gehen. Anders als Les, der bei so was echt brutale Killerinstinkte entwickelt. Es ist verrückt, aber ich vertrete seit jeher den Grundsatz: Sekt oder Selters.

Soweit mir bekannt ist, habe ich noch keinen meiner Interviewpartner ernsthaft brüskiert. Geschweige denn das Privileg ausgenutzt, dass Menschen mir bedingungslos vertrauten.«

Schweigend wartete sie ab. Bevor sie ihren Monolog beendet hatte, war er aufgestanden und zerstreut am Fußteil des Bettes auf und ab gelaufen. Jetzt blieb er stehen und setzte sich wieder. »Du musst aber doch zugeben, dass es auf mich sehr stark den Eindruck macht, als hättest du Les' Ratschlag befolgt. Indem du dich an mich rangeschmissen hast.«

»Ich weiß. Aber das hatte nichts mit Les zu tun. Der einzige Anlass, dass ich mich überhaupt mit ihm auseinandersetzte, war, weil du wissen wolltest, wer er ist. Ansonsten war er für mich so weit weg wie der Mond.« Sie sah ihn beschwörend an. »Lyon, glaubst du ernsthaft, ich würde versuchen, dich zu instrumentalisieren und für meine Zwecke einzuspannen? Dass mir unser Zusammensein nicht mehr bedeutet hat als das?«

In ihren Augen schimmerten Tränen. »Ich weiß, dass du nach deinen Erfahrungen mit Jerri misstrauisch bist. Aber, bitte, sei deswegen nicht unfair zu mir. Du darfst mich nicht grundlos verurteilen. Okay, es war kindisch von mir, mich mit einem Trick auf der Ranch einzuschmuggeln. Das räume ich natürlich ein. Aber ich habe keine Spielchen mit dir gespielt, großes Ehrenwort.«

Er beobachtete eine Träne, die sich von ihrem Unterlid gelöst hatte und langsam über ihre Wange rollte. Er wischte sie behutsam mit der Fingerkuppe fort, brachte den Finger an seine Lippen und saugte genüsslich daran. »Wie wär's, wenn du dich jetzt endlich aus dem verdammten Badelaken wickeln würdest?«

Sie wusste nicht, ob sie lachen oder weinen sollte. Mit einem erleichterten Seufzen ließ sie sich an seine Schulter sinken. Lyon küsste sie stürmisch. Sie schälten sich aus den Handtuchungetümen, warfen die Bettdecke zurück und glitten zwischen die Laken.

Er schloss sie in seine starken Arme. Erneut beschleunigte sich ihr Puls, ging ihr Atem in kurzen, aufgewühlten Stößen. Sie fielen übereinander her wie zwei hungrige Raubkatzen. Wälzten sich auf dem Bett hin und her, ihre Lippen und Leiber lustvoll miteinander verschmolzen.

Nach einem weiteren Höhepunkt lösten sie sich voneinander. Während er erschlafft entspannte, überließ er Andy den aktiven Part. Ihr Mund presste glutvolle Küsse auf seine Halspartie. Verführerisch räkelte sie sich auf seinem Körper, bis sie in Höhe seiner Brustwarzen verharrte. Wo sie ihr Gesicht an seinem warmen, rauen Brustpelz rieb. Sie saugte zärtlich an seinem Schlüsselbein. Hob kaum merklich den Kopf, um sich dabei zuzusehen, wie sie mit den Fingerspitzen seine Brustwarze stimulierte. Die sie dann mit ihrer Zunge leckte, zunächst behutsam, dann zunehmend forscher.

»Andy«, keuchte er. Er umarmte sie, zog sie auf sich. Bahnte sich mit heißen Küssen einen sinnlichen Pfad von ihren spitzen Brüsten bis hin zu ihrem Mund. »Du machst ein Monster aus mir, Andy Malone«, hauchte er an ihrem Mund, derweil seine Lippen spielerisch ihrer verlockenden Zunge auswichen. »Ein sexbesessenes Monster.«

»Und was machen Sexmonster wie du?« Sie beugte sich vor, bog ihm ihre knospenden Rispen entgegen.

»Sie vernaschen begehrenswerte Frauen.« Seine Hände zeichneten den vollendeten Schwung ihrer Hüften nach, während sie zu ihren Schenkeln glitten.

»Bin ich begehrenswert?«

»O ja.«

»Und, worauf wartest du dann noch?«

Nach einer Weile schliefen sie befriedigt ein, tief und traumlos. Nur wenige Stunden später, als sich die ersten Sonnenstrahlen durch das Fenster stahlen und ihr mildes Licht auf das breite Bett warfen, weckte er sie wieder auf.

»Besser, du gehst jetzt in dein Zimmer. Wir sollten wenigstens nach außen hin den Schein wahren.«

»Puh, will ich aber nicht«, maulte sie. Sie kuschelte sich noch inniger an ihn, presste ihre Brüste verlockend an seine warm pulsierende Haut.

Er stöhnte unwillig. »Verdammt, Andy, hör auf damit.«

Giggelnd kämpfte sie mit ihren langen Beinen, eng umschlungen mit seinen. »Du alte Spaßbremse.«

Schwungvoll sprang sie aus dem Bett. Vorher verpasste er ihr noch einen kleinen Klaps auf den Po. »Wir sehen uns unten beim Frühstück, okay?«, fragte sie. Dabei hob sie den Bikini auf und wickelte sich abermals züchtig in das Badetuch.

»Falls ich überhaupt noch laufen kann.«

Sie zwinkerte ihm kokett zu und stakste mit aufreizend wiegenden Hüften zur Tür. Von dort aus hauchte sie ihm einen Handkuss zu. Glitt in den Gang und lief eilends zu ihrem Zimmer.

Sie ließ sich viel Zeit mit ihrer morgendlichen Verschönerungsaktion. Badete in duftendem Schaumbad, stylte ihre frisch gewaschenen Haare modischer als sonst. Für das Interview wollte sie sich später erst zurechtmachen. Zum Frühstück zog sie ein leuchtend bunt geblümtes Sommerkleid an. Sie fand sich megamäßig feminin und wollte Gott und aller Welt ihre Weiblichkeit demonstrieren, die erst durch Lyons zärtliche Zuwendung strahlend schön erblüht war.

Einen eingängigen Schlager vor sich hin summend, stürmte sie ausgelassen in den Gang, wo sie mit Lyon zusammenprallte. Ein Arm umschlang ihre Taille, sein Mund presste sich besitzergreifend auf ihre Lippen, raubte ihr den Atem.

»Auch auf dem Weg zum Frühstück?«, wollte sie wissen, als er sich widerstrebend von ihrem Mund löste.

»Du könntest mich glatt dazu überreden, es ausfallen zu lassen.«

»Tu ich aber nicht. Ich sterbe nämlich fast vor Hunger.«

Eng umschlungen, die Hüften aneinander geschmiegt, setzten sie die Stufen hinunter. Auf halber Treppe gewahrten sie, dass Gracie sich an der Küchentür mit jemandem unterhielt. Andys supergute Laune war wie weggewischt. Eben noch leichtfüßig, fühlte sie spontan eine bleierne Schwere in den Gliedern, die jeden Schritt zur Qual machte. Panik legte sich um ihr Herz, schnürte ihr die Kehle zu.

Sie konnte den Mann nicht sehen, da Gracies Leibesfülle ihn verdeckte, registrierte aber seinen Schopf. Andy kannte nur einen Menschen mit derart feuerrotem Haar: Les Trapper.

8. Kapitel

Sie stolperte gegen Lyon und umklammerte geistesgegenwärtig den Treppenlauf. Falls ihr Boss sie und Lyon in eindeutiger Pose erwischte, würde er schwer misstrauisch werden. Und für sich zu dem Schluss kommen, dass ihre journalistische Objektivität nicht mehr gewährleistet wäre. Das wäre zwar hirnrissig gewesen, aber wer hätte den guten, alten Les vom Gegenteil überzeugen können?

Grundgütiger, wie kam er dazu, sich dauernd in ihr Leben einzumischen? Über sie zu bestimmen, sie zu kritisieren. Was ging es Les an, wen sie liebte? Andererseits war ihre Liebesnacht mit Lyon eine heikle Angelegenheit. Sie würde Les Anlass geben, an ihrer Professionalität zu zweifeln. Schöner Mist! Um derartigen Mutmaßungen gar nicht erst Anlass zu bieten, blieb ihr mithin nichts anderes übrig, als die absolute Vollblutreporterin heraushängen zu lassen. Und zwar schleunigst. Lyon würde das sicherlich verstehen, auch ohne weitschweifige Erklärung.

Statt lange zu überlegen, schob sie seinen Arm weg und lief hastig die letzten Stufen hinunter. »Les!«, rief sie katzenfreundlich.

Er erspähte sie über Gracies fleischige Schulter

hinweg und trat einen Schritt neben die Haushälterin, um Andy zu begrüßen. Sie stürzte sich in seine ausgebreiteten Arme, woraufhin er sie kurzerhand auf den Mund küsste. *Würde er Lyon dort schmecken*, überlegte sie panisch.

»Andy-Maus, meine Güte, hab ich dich vermisst, Süße«, rief er. Er zog sie stürmisch in seine Arme.

»Ich dich auch.« In letzter Zeit schwindelte sie sich mehr oder weniger durchs Leben, seufzte sie insgeheim. Sie schälte sich aus seiner Umarmung. Hoffentlich stimmte ihn das nicht argwöhnisch! »Was machst du denn hier? Und schon so früh am Morgen?«

»Ich hab den letzten Flieger von Nashville genommen und bin heute Nacht in San Antonio gelandet. Von dort bin ich mit dem Wagen weitergefahren.«

»Und jetzt möchten Sie sicher alle Kaffee.« Gracie klang regelrecht patzig. Sie musterte Les unverhohlen abschätzig.

»Ja, bitte, Gracie«, drang von der Treppe her eine tiefe Stimme zu ihnen.

Les' Rotschopf schnellte hoch. Sein Blick schoss zu den Stufen, wo er den jungen Rancher erst jetzt bemerkte. Schwer beeindruckt verfolgte Andy, wie Lyon geschmeidig und selbstbewusst die Stufen hinuntersetzte. Er verströmte das gesunde Selbstvertrauen eines erfolgreichen Mannes, auch ohne Businessanzug, Weste und Krawatte. Stattdessen trug er ausgeblichene Jeans, hatte die Ärmel seines Baumwollhemds hochgekrempelt und entblößte seine starken Arme. Arme, die sie noch vor kurzem innig umschlungen hatten. Sein tiefdunkles Haar glänzte im Sonnenlicht, das durch die Fensterscheiben drang. Obschon frisch gebürstet, wellte es sich bereits wieder jungenhaft ungebändigt.

Andy hörte, wie Gracie in Richtung Kaffeemaschine schlurfte, ließ aber die beiden Männer nicht aus den Augen, die einander abwartend gegenüberstanden und sich gegenseitig mit feindseligen Blicken taxierten. Lyon war der Größere, sportlicher und trainierter, Les hingegen ein ausgebuffter, mit allen Wassern gewaschener Verbalstratege.

Sie waren sich auf Anhieb unsympathisch, stellte Andy fest. Zumal die Luft im Raum ob der Spannungen zu knistern schien. Sie räusperte sich unbehaglich, ehe sie anhob: »Ly... Mr. Ratliff, das ist Les Trapper, mein Producer. Les, Lyon Ratliff.«

Lyon stieg die letzte Stufe hinunter, gab dem Gast aber nicht die Hand. »Mr. Trapper«, meinte er statt einer förmlichen Begrüßung.

»Lyon.« Dass er seinen Gastgeber lässig locker mit dem Vornamen anredete, sollte ein Affront sein, und genau so fasste Lyon es auch auf. Andy sah, dass er innerlich tobte, jedoch mühsam versuchte, sich zu kontrollieren. »Danke, dass Sie auf meine Andy aufgepasst haben.« Les legte mit besitzergreifender Beschützergeste einen Arm um ihre Schultern. Als wäre sie sein persönliches Eigentum, dieser Aufschneider!

Lyons rauchgraue Augen bohrten sich wie Laser in die ihren. Am liebsten hätte sie laut aufgejault und protestiert: *Nein, nein, Lyon, das hat alles nichts mit letzter Nacht zu tun. Glaub das bloß nicht!*

»Ms. Malone macht auf mich den Eindruck, als könnte sie sehr gut auf sich selbst aufpassen.«

»Das kann sie«, bekräftigte Les grinsend. »Immerhin hat sie Sie und Ihren Vater davon überzeugt, dass sie ihr Interview bekommt. Das haben etliche versucht und sind gescheitert. Im Übrigen hab ich gute Nachrichten. Ein Sender hat Wind von dem Projekt bekommen und angeboten, unserem Kabelunternehmen die gesamte Reihe abzukaufen, mit allem Drum und Dran.«

Andy drehte sich verblüfft zu ihm um. »Du machst wohl Witze?«

»Nein.« Les lachte. Seine blauen Augen hinter den dicken Brillengläsern blitzten auf. »Natürlich möchte man zunächst die Interviews sehen, bevor ein verbindliches Angebot abgegeben wird, aber man ist *sehr* interessiert. Unser Management ist bereit zu dem Deal, sofern die Bedingungen stimmen.«

Und wieso führte sie dann nicht spontan einen Freudentanz auf, überlegte Andy ratlos. Es war immer ihr Traum gewesen, groß rauszukommen. Und jetzt sah es ganz so aus, als würde sich ihr Wunsch endlich erfüllen. Dafür hatte sie doch jahrelang geschuftet, gehofft und gezittert. Merkwürdig, dass sich ihre Begeisterung dermaßen in Grenzen hielt.

Les musterte sie forschend. *Spiel deine Rolle, Andy. Lass dir bloß nichts anmerken.* Sie warf die Arme um seinen Nacken und drückte ihn stürmisch. »Oh, Les, das ist genial!«, rief sie und hoffte, dass es für ihn überzeugender klang als für sie selbst.

»Wenn Sie mich bitte entschuldigen wollen«, warf Lyon mühsam kontrolliert ein. Hoch erhobenen Hauptes stapfte er durch die Küchentür zu Gracie. Andy war klar, dass Les sie unentwegt beobachtete. Folglich wähnte sie sich auf der sicheren Seite, wenn sie Lyon nicht betreten hinterherschaute. Zumal sie den starken Impuls niederkämpfen musste, ihm zu folgen. *Später, wenn das hier vorbei ist, werde ich ihm alles erklären. Er wird meinen Standpunkt verstehen, garantiert.*

Les schnippte mit den Fingern vor ihrer Nase herum. »Hey, schon vergessen, dass ich hier bin?«

Sie nötigte sich zu einem Lächeln und hatte dabei das Gefühl, als müsste ihr Gesicht jeden Augenblick zerspringen. »Wie wär's mit einem Kaffee?«, sagte sie strahlend. Lyons Beispiel folgend, drehte sie sich in Richtung Küchentür um.

»Nicht so schnell.« Les packte sie am Arm und wirbelte sie herum. »Was ist hier los?«

»W… was soll hier los sein? Wie meinst du das?« Hoffentlich wirkte ihre perplexe Miene halbwegs überzeugend auf ihn.

»Irgendwas stimmt doch hier nicht. Ich möchte wissen, was Sache ist.«

»Mensch, Les, du bildest dir bloß was ein«, gab sie alarmiert zurück. Er durfte unter gar keinen Umständen etwas merken oder Mutmaßungen anstellen. »Was soll denn nicht stimmen?«

»Keine Ahnung«, meinte er gedehnt. Und fixierte sie mit Röntgenblick. »Aber ich habe mir fest vorgenommen, es herauszufinden. Als du die Treppe herunterkamst, beispielsweise. Wieso hast du da plötzlich ein Gesicht gemacht, als hättest du einen Geist gesehen, hm? So ein Verhalten ist völlig untypisch für dich. Ich find's ja supertoll, wenn du sprachlos bist über unser unverhofftes Wiedersehen, aber irgendetwas ist da faul ...«

»Les, also hör mal, das geht echt zu weit. Seit wir hier stehen, erzählst du mir einen vom Pferd. Und ziehst irgendwelche haltlosen Schlüsse.«

»Verdammt noch mal, alles bloß Zufälle, stimmt's? Leide ich etwa unter Halluzinationen oder was?«

Die Antwort wurde ihr gottlob erspart, da Jeff sich durch die Küchentür schob. »He, Les! Gracie hat mir schon erzählt, dass du da bist. Muss echt 'ne Mordssache sein, wenn du dich von dem Müllhaufen abseilst, den du hochtrabend als Schreibtisch bezeichnest.«

Woraufhin Les ihm das Wie und Warum seines außerplanmäßigen Auftauchens darlegte. Andy war sonnenklar, dass er sich seine Argumentation aus den Fingern saugte. Er war nur aus einem einzigen Anlass hergekommen: um sie zu bespitzeln.

Sie war erleichtert, dass Lyon nicht mit ihnen zusammen frühstückte. Angeblich war er schon irgendwo auf der Ranch beschäftigt, als sie, Les und Jeff sich im Esszimmer zum Rest der Crew gesellten. Bei Gracies reichhaltigem Frühstück diskutierten sie ihr angepeiltes Tagespensum.

»Wenn alles reibungslos klappt, sind wir morgen Nachmittag fertig«, lautete Andys Einschätzung. »Das Interview am Fluss machen wir morgen früh. Das ist dann das letzte. Jeff, hast du genug Material auf der B-Rolle?«

Les, der konstruktive Vorschläge beisteuerte, bat darum, sich die Tapes bereits ungeschnitten anschauen zu dürfen. Während sie ihre letzte Tasse Kaffee leerten, rollte General Ratliff in den Raum. Er hatte auf seinem Zimmer gefrühstückt. Und war wie üblich tipptopp gekleidet, allerdings fand Andy seine kränkliche Gesichtsfarbe alarmierend. Seine blasse Haut machte ihr spontan Sorgen.

Sie stellte ihn Les vor, der sich wider Erwarten in höflicher Zurückhaltung übte. Während die Crew die technische Ausstattung im Wohnraum aufbaute, ließ sie die beiden allein. Und lief nach oben, weil sie sich noch umziehen und ihr Make-up auffrischen musste.

Eine halbe Stunde später konnten die Aufnahmen beginnen. Sie war mitten in der Einführungssequenz, als Les sie unterbrach. »Wart mal kurz. Eine Minute«, mischte er sich ein. Jeff fluchte und hob den Kopf vom Sucher seiner Kamera. »General Ratliff, verzeihen Sie, wenn ich das anmerke. Aber auf mich wirken Sie so gar nicht wie ein Mann des Militärs«, gab er zu bedenken. »Besitzen Sie denn gar keine Uniform oder irgendwas Vergleichbares?«

»Das Thema haben wir bereits mit dem General diskutiert, Les«, sagte Andy glatt. »Er möchte keine tragen.«

»Wieso denn nicht?« Unverblümtheit war eine von Les' Stärken – oder Schwächen, wenn man so wollte.

»Weil die, die er noch hat, vierzig Jahre alt sind. Außerdem hat er seit seiner Pensionierung keine mehr getragen.«

»Kann er sich denn nicht wenigstens so ein Jackett umhängen? Wir könnten auch eine Uniform hinter ihm an der Wand drapieren oder so. Was meint ihr?«

»General Ratliff?«, fragte Andy milde. »Hätten Sie etwas dagegen?«

»Aber nein, natürlich nicht«, antwortete er. Er lächelte zunehmend erschöpft und tätschelte ihr die Hand. »Wenn Sie hinter mir eine Uniform aufhängen wollen, können Sie das gern machen.«

»Ausgezeichnet!« Les klatschte in die Hände. »Wo ist Gracie?«

»Ich besorge Ihnen eine Uniform«, meldete sich Lyon zu Wort.« Andy hatte innerlich aufgeatmet, nachdem er sich zu Beginn der Aufzeichnungen nicht hatte blicken lassen. Und heimlich schon geglaubt, er käme nicht mehr. Jetzt registrierte sie erst, dass er zwischenzeitlich zu ihnen gestoßen war. Skeptisch sah sie ihm nach, als er aus dem Raum stapfte, um eine Uniform aufzutreiben. Dieser unsägliche Les, schimpfte sie im Stillen. Wieso hatte er überhaupt davon anfangen müssen?

Gil nutzte die Pause, um dem General das Mikrofon etwas höher am Revers zu befestigen. Der alte Gentleman sprach heute leiser als sonst. Gerade als Gil zurücktrat, kehrte Lyon mit der gewünschten Uniform zurück, die akkurat gebügelt und in einem guten Zustand war. Allerdings verströmte sie einen leichten Geruch nach Mottenkugeln.

Sie fing Lyons Blick auf, als er den Kleiderbügel hinter ihnen aufhängte. Les gab ihm entsprechend Anweisung. Heimlich flehte sie, Lyon möge bitte, bitte Verständnis haben für ihre Kurzschlussreaktion. Wie töricht von ihr, sich aus seiner Umarmung zu lösen und sich hast-du-nicht-gesehen auf Les zu stürzen. Indes mutete die Iris des jungen Ranchers wie ein rauchgrauer, geschliffener Spiegel an. Andy gewahrte lediglich eine Momentaufnahme ihrer eigenen Silhouette, erhaschte aber keinen Blick in die Seele des Mannes, den sie liebte.

Wusste er eigentlich um ihre tiefen Gefühle für ihn? Hatte sie ihm letzte Nacht im Rausch ihrer Leidenschaft ein Bekenntnis ihrer Liebe abgelegt? Bestimmt nicht. Hätte sie ihm nämlich anvertraut, was ihr Herz bewegte, würde er sie jetzt gewiss nicht so vernichtend anfunkeln.

»Er soll Dad künftig mit solchem Firlefanz in Ruhe lassen. Haben wir uns verstanden, Ms. Malone?«, schnaubte Lyon unvermittelt. Und drehte ruckartig den Kopf zu Les. Damit zog er sich zurück. Worauf Les seine eigene Idee über den grünen Klee lobte. Ihm gefiele die Szene mitsamt Uniform weitaus besser, tönte er. Andy, mittlerweile völlig aufgelöst, gelang es dann doch noch, das Interview halbwegs passabel hinter sich zu bringen.

Sobald die Aufnahmen im Kasten waren, lief sie nach oben in ihr Zimmer, um sich umzuziehen. Der Hosenanzug aus kühlem Leinen, den sie für den Dreh gewählt hatte, klebte ihr am Körper. Engte sie ein, als hätte sie in einer Zwangsjacke gesteckt. Doch nachdem sie wieder in ihr Sommerkleid geschlüpft war, merkte sie, dass ihre Anspannung durchaus nicht mit ihrer Garderobe zusammenhing, sondern mit ihrer körperlichen Befindlichkeit. Sie spürte einen glühenden Schmerz, als würde ihr eine wilde Bestie sämtliche Organe aus dem Brustkorb herausreißen, ihr langsam, aber unaufhaltsam das Leben abpressen.

Sie stellte sich ans Fenster, von wo aus sie die atemberaubende Landschaft betrachtete. Und eigentümlicherweise keinerlei Ähnlichkeit mehr mit der Frau empfand, die vor ein paar Tagen hierher gekommen war und das erste Mal aus diesem Fenster geschaut hatte. Diese Frau existierte nicht mehr.

Die neue Andy Malone gab es erst seit wenigen

Stunden. Und die mochte nicht mehr in ihr früheres Leben zurück. In die Einsamkeit, die tristen Motelzimmer, in die leere Wohnung mit den hastigen, lieblos zubereiteten Mahlzeiten. Ihr Bild von der gefeierten Starmoderatorin, die sich zur besten Sendezeit im Rampenlicht der TV-Shows sonnte, verblasste gegen das glutvolle Feuer von Lyons Zärtlichkeiten. Zum ersten Mal in ihrer Karriere fand sie ihren beruflichen Ehrgeiz nicht beflügelnd, sondern maßlos störend. Eine bedrückende Last, die sie liebend gern abgeschüttelt hätte.

»Ich würd was dafür geben, wenn ich deine Gedanken wüsste.« Ohne vorheriges Klopfen betrat Les den Raum, steuerte auf das Fenster zu, fasste ihre Hand und führte sie zu dem breiten Bett. Sie setzte sich auf den Rand und sträubte sich nicht dagegen, als er ihr mit seinen feingliedrigen Fingern den Nacken massierte. »Also, was sind sie dir wert?«

»Eine ganze Menge.«

»Dann müssen sie positiv sein.«

»Nein, nicht unbedingt positiv.«

»Möchtest du darüber reden?«

»Vielleicht später. Jetzt noch nicht.«

»Es bricht mir das Herz, weißt du das?«

Sie drehte den Kopf zu ihm, musterte ihn skeptisch. Offen gestanden vermochte sie sich nicht vorzustellen, dass ihr unsensibler Boss jemals an einem gebrochenen Herzen leiden könnte. »Was bricht dir das Herz?«

»Dass du mir nicht mehr vertraust. Himmel, Andy, ich hab echt geglaubt, wir wären ein Team. Nach dem, was wir zusammen durchgemacht haben. Roberts tragischer Tod. Und das alles.« Er knetete ihr manipulativ den Nacken, und sie ließ das Kinn auf die Brust sinken und schloss die Augen. »Hat es mit Robert zu tun? Vermisst du ihn immer noch so sehr?«

Sie schüttelte den Kopf. »Nein, das ist es nicht, Les.« Unvermittelt stellte sie ihm die Frage, die ihr seit Jahren auf den Lippen brannte: »Wusstest du, dass er fremdgegangen ist?«

Für eine lange Weile blieben seine Hände reglos auf ihren Schultern liegen. Dann setzte er die Massage fort. »Ja. Allerdings hatte ich null Ahnung, dass du davon wusstest. Das war das Einzige, worüber Robert und ich uns jemals gefetzt haben. Ich hab ihn mächtig zusammengestaucht, als ich davon Wind bekam.«

»Besser, du hättest es auf sich beruhen lassen. Es lag sicher nicht nur an ihm. Es« – sie schluckte – »es war nie besonders toll für uns beide.«

»Vielleicht war er der Falsche für dich.« Wieder verharrten die Hände.

Andy hob die Lider und traf auf seinen hartnäckig forschenden Blick. Seine Augen stellten die hinlänglich bekannte Frage, und sie schüttelte den Kopf.

»Nein, Les.«

Er zuckte wegwerfend mit den Achseln und fuhr

fort, mit den Daumen ihre Halsmuskulatur zu kneten. »War ja bloß ein Versuch. Ich hatte schon immer eine Schwäche für dich, Süße. Na wenn schon, vielleicht bist du im Bett ja grottenschlecht.«

Sie lachte befreit. »Danke für das Kompliment, Kumpel.«

»*Du* würdest jedenfalls nicht enttäuscht. Nicht, wenn wir vorher die Wackelpudding-Nummer durchgezogen hätten.«

Sie giggelte los, heilfroh, dass sie wieder sicheres Terrain unter den Füßen hatte. Seine blöden Späße konnte sie parieren. Damit kam sie klar. Anders als mit ihren persönlichen Problemen, die sich eindeutig um Lyon drehten.

»Die Wackelpudding-Nummer?«

»Sag bloß nicht, dass du die noch nie ausprobiert hast!« Dabei umschlossen seine Hände warm ihre Schultern, und er beugte sich zu ihr hinunter, kitzelte mit seinem Atemhauch ihren Nacken. »Ich erklär dir gern, wie's geht.«

»Das dachte ich mir«, versetzte sie trocken.

»Also, alles zieht sich nackt aus, okay? Dann füllst du die Badewanne mit glibbrig-geiler Götterspeise.« Sie prustete los, zum einen über sein Wortspiel, und zum anderen, weil er hingebungsvoll an ihrem Schlüsselbein herumknabberte. »Ich persönlich fahre voll auf Waldmeister ab, weil die grüne Farbe so schön schrill wirkt bei meinen roten Haaren, aber manche stehen mehr auf ...«

Er stockte abrupt, seine Hände hielten in der Bewegung inne. Andys Lachen erstarb auf ihren Lippen. Verwirrt hob sie die Lider, suchte seinen Blick. Folgte seinem gebannten Starren in Richtung Tür, auf deren Schwelle sich Lyon aufgebaut hatte, bedrohlich wie ein gereizter Gigant.

Jeder Muskel seines Körpers war angespannt, er tänzelte kaum merklich vor und zurück, wie ein wildes Tier an einer Kette, das sich jeden Augenblick losreißen konnte. Seine Hände, die sich zwischen die Türrahmen stemmten, drohten das Holz zu sprengen.

»Pardon, wenn ich störe«, meinte er scharf. »Gracie hat das Mittagessen fertig. Ich hole die anderen.« Damit war er wieder weg, und Andy starrte entgeistert auf die leere Türöffnung.

Les glitt um das Bettende herum und hob mit seinem Zeigefinger ihr Kinn an, so dass sie ihn anschauen musste. »Aha, also daher weht der Wind«, sagte er. »Der Cowboy ist scharf auf unsere kleine Andy, die jedes Mal puddingweiche Knie bekommt, wenn er sie nur anschaut.«

»Nein!«

»O doch, Andrea Malone. Mir brauchst du nun wirklich nichts vorzumachen. Ich hab Augen im Kopf und kann sehen, verdammt noch mal. Der Typ ist höllisch eifersüchtig. Ich dachte echt, jetzt murkst er mich ab. Und sah mich schon mausetot vor dir liegen.« Er begann, gedankenvoll im Raum auf und ab zu schreiten. Das machte er immer, wenn er scharf überlegte. Die Kollegen nannten das scherzhaft Les' Problemlösungsroutine. »Ich Riesenrindvieh, hätte mir gleich einleuchten müssen, dass da was im Busch ist. Die Tapes, die ich mir heute Morgen reingezogen habe, waren zwar ganz gut, aber irgendwie auch ziemlich wischiwaschi.«

»Ich weiß gar nicht, was du hast! Die Interviews sind total in Ordnung«, verteidigte sie sich entrüstet.

»Sie haben null Pfiff, nichts, was einen auch nur irgendwie vom Hocker reißen würde«, fuhr er sie an. »Die Informationen, die wir über Ratliffs Militärkarriere haben, sind dermaßen Käse – grrr – weichgespülter Mist. Du hast deinen Biss verloren, Andy, deine Objektivität. Und das nur, weil du mit diesem Lyon in die Kiste springen willst.«

Immerhin tröstlich, dachte sie mit einer gewissen Genugtuung, dass er noch nicht geschnallt hatte, dass sie und Lyon bereits intim miteinander gewesen waren. »Ist mir echt schleierhaft, wie du darauf kommst. Seit ich hier bin, fliegen zwischen ihm und mir die Fetzen. Er kann mich nämlich nicht ausstehen.«

»Dann überzeug mich vom Gegenteil. Morgen früh möchte ich, dass du den alten Knacker auf Herz und Nieren prüfst. Ihm gehörig auf den Zahn fühlst von wegen nichts zu verbergen und so. Verflucht, Andy, ich weiß, dass du es draufhast. Ich hab es doch schon zigmal erlebt.«

»Der General ist krank, Les ...«

»Und er hat irgendwo Dreck am Stecken. Das hab ich im Urin. Was war mit dem ganzen Zirkus, dass er keine Uniform tragen wollte? Hmmm? Das ist nicht normal, und wenn was nicht normal ist, dann raste ich förmlich aus.«

»Ich werde ihn jedenfalls nicht bedrängen«, versetzte sie unter heftigem Kopfschütteln.

Les rüttelte sie schmerzhaft an den Schultern. »Dann tu ich es, Andy. Ich krieg ihn. General Ratliffs Enthüllung, warum er vorzeitig in den Ruhestand ging und seit Jahren in dieser Abgeschiedenheit lebt, wird unsere Fahrkarte zu den ganz großen Sendern. Überleg es dir: Entweder du kommst mit der Story des Jahres groß raus oder ich.«

Von unten drangen Geräusche zu ihnen herauf. Die anderen liefen durch den Flur ins Esszimmer. Les ließ sie los, den Blick indes weiterhin starr auf sie gerichtet. Sie gingen die Treppe hinunter und nahmen ihre Plätze ein. Lyon saß an einem Ende des Tisches, das andere Ende blieb frei. Anscheinend aß der General in seinem Zimmer.

Gracie schleppte Platten und Schüsseln an, über die sich die Crew begeistert hermachte. Lustlos schob Andy sich eine gefüllte Gabel in den Mund – ihr war der Appetit gründlich vergangen.

»Ihr Vater ist vorzeitig in den Ruhestand gegangen, nicht, Lyon?«, fragte Les zwischen zwei Gabeln Geflügelsalat.

Lyon kaute und schluckte. »Ja.«

»Gab es dafür einen besonderen Grund?«

Andy warf Les einen mordlustigen Blick zu, den er jedoch ignorierte. Er und Lyon starrten sich an wie zwei Boxer im Ring, die kampflustig den nächsten Angriff anpeilten.

»Das hat Ms. Malone ihn schon gefragt«, gab Lyon beiläufig zurück. »Und die Antwort meines Vaters lautete, dass er lange genug beim Militär gewesen sei und eine andere Lebensweise angestrebt habe. Er wollte weniger Stress und mehr Zeit für meine Mutter haben.«

»Damals war er aber doch noch verhältnismäßig jung«, argumentierte Les.

Die Gespräche am Tisch verstummten. Alle lauschten der Diskussion, in der eine ganze Reihe unausgesprochener Mutmaßungen mitschwangen. Die Crew wusste, dass Les seine Gesprächspartner auf einer Frage festnageln und bis zur Weißglut reizen konnte. Dieses Mal schien er sich allerdings einen harten Brocken vorgeknöpft zu haben. Nach ihrer Einschätzung war Lyon Ratliff bestimmt nicht der Typ, der sich gerne provozieren ließ.

»Kann gut sein, dass er es gerade deswegen gemacht hat. Er wollte sich endlich viel Zeit für die Arbeit auf der Ranch gönnen.« Seelenruhig schob Lyon sich einen weiteren Bissen in den Mund, als wäre Les' Frage absolut bedeutungslos für ihn.

»Möglich«, meinte Les. Aus seiner Stimme klang

hörbar Skepsis. Andy gewahrte, wie Lyons Hand sich um das Wasserglas krampfte. »Es könnte aber auch eine völlig andere Erwägung gewesen sein. Vielleicht war da irgendetwas, von dem er nicht wollte, dass es an die Öffentlichkeit drang. Ein Problem mit Ihrer Mutter beispielsweise oder irgendein Vorfall im Krieg ...«

Impulsiv schob Lyon den Stuhl zurück, sprang unvermittelt auf, worauf das Möbel mit einem lauten Krachen auf die Bodenfliesen kippte. Das gute Silberbesteck, Kristallgläser und Porzellan klirrten bedrohlich, als er dabei mit dem Knie unter den Tisch stieß. Andy vernahm Jeffs leise gemurmeltes »Heiliger Strohsack«. Gracie kam aus der Küche geschossen.

Lyon hatte wirklich gigantisches Temperament, das musste man ihm lassen. Er glich einem zürnenden Rachegott, der auf Vergeltung aus war, verströmte eine geradezu Furcht einflößende Aura. Seine Augen sprühten Blitze. »Ich erwarte, dass Sie dieses Anwesen bis heute Abend verlassen haben. Haben wir uns verstanden? Verschwinden Sie endlich.« Seine Augen schwenkten zu Andy herüber. »Das gilt für alle. Plant das letzte Interview für heute Nachmittag ein, wenn mein Vater ausgeruht ist von seinem Mittagsschlaf. Und dann packt ihr euren Kram zusammen.« Er trat zu dem umgestürzten Stuhl und hob ihn auf. »Entschuldige, Gracie, war keine Absicht.« Damit stürmte er aus dem Raum.

Alle schwiegen, selbst noch nachdem Gracie sich taktvoll in die Küche zurückgezogen hatte.

Jeff räusperte sich unbehaglich. Sein sonst ausgeprägtes Selbstbewusstsein schien merklich angeschlagen. »Ich wollte heute Abend die Batterien für die Kamera aufladen, Andy. Ich weiß nicht, ob auf den Dingern noch so viel Saft ist, um ein Interview ...«

»Versuch es halt«, meinte sie lapidar.

»Logo. Klar, dass ich euch nicht hängen lasse.« Er stand auf, die anderen folgten seinem Beispiel. »Wir gehen schon mal vor und richten die Technik ein. Unten am Fluss. An der Stelle, die du uns gezeigt hast.« Die Techniker brachen auf.

Andy faltete umständlich ihre Serviette. Als wäre es essenziell wichtig, sie perfekt gefaltet auf dem kaum angerührten Teller zurückzulassen. Dann stand sie auf.

»Andy ...«

»Halt die Klappe, Les. Du hast echt genug Mist verzapft.«

Für die Außenszenen schwebte ihr ein bequemeres, lässigeres Outfit vor als bei den vorangegangenen Gesprächen. Andy hatte auch den General gebeten, sich nicht formell in Sakko und Krawatte zu werfen wie sonst. Wenn sie ehrlich mit sich selber war – und das war sie in letzter Zeit leider viel zu selten –, hatte sie sich auf dieses Interview am meisten gefreut.

Die Flussaue bot eine traumhafte Kulisse für die Aufnahmen.

Außerdem war es das Schlussinterview, was dem Ganzen einen Hauch von Abschiedsmelancholie verlieh. Eigentlich hatte sie sich nie groß Gedanken über ihren Abreisetermin gemacht. Ihr war natürlich bewusst, dass die Interviews irgendwann abgeschlossen wären, sie hatte den Zeitpunkt aber stets offen gelassen.

»Gib's zu, Andy«, sagte sie zu ihrem Spiegelbild. »Du hast heimlich gehofft, du könntest dich auch weiterhin mit Lyon treffen, stimmt's?«

Jetzt dämmerte ihr, dass es reines Wunschdenken gewesen war. Er hatte sein Leben. Sie ihres. Und beide verliefen nicht parallel, sondern kontinuierlich in verschiedene Richtungen. Vielleicht war es wirklich das Beste, wenn sie in dieser Situation abreiste, wo er das Schlimmste von ihr annahm. Andernfalls wäre es ihr noch erheblich schwerer gefallen, ihn zu verlassen.

Sie entschied sich für eine toffeebraune Siebenachtelhose und eine vanillegelbe Bluse mit feminin weitem Kragen und gebauschten Ärmeln. Band ihr Haar am Hinterkopf zu einem weichen Nackenzopf zusammen, was den Romantiklook noch unterstrich.

Die anderen erwarteten sie schon im Patio. General Ratliff saß in seinem Rollstuhl neben dem Schatten spendenden Pavillon. Sie riss den Blick von dem hübschen kleinen Haus. Zu viele aufwühlende Erinnerungen waren damit verknüpft. Und Andy wusste sehr genau, dass Les sie nicht aus den Augen lassen würde. Jetzt musste sie Professionalität beweisen. Sie war den Tränen nahe. Musste ihre letzte Selbstkontrolle aufbringen, um Lyon nicht verzweifelt um den Hals zu fallen. Der junge Rancher stand etwas abseits und beobachtete sie schweigend mit versteinerter Miene.

»Wie wär's, wenn ich auf dem B-Band aufzeichne, wie ihr über den Pfad zum Fluss schlendert. Die Landschaftsaufnahmen machen sich bestimmt toll«, schlug Jeff vor.

»Klasse Idee«, gab Andy mit gespielter Begeisterung zurück. »Wie sollen wir uns dabei verhalten? Schwebt dir etwas Bestimmtes vor?«

»Nöö, schlendere doch einfach neben General Ratliffs Rollstuhl her, und plaudert angeregt miteinander. Alles andere erledige ich schon.«

»In Ordnung.«

Der General hatte Jeffs Regieanweisungen aufgeschnappt und steuerte den Rollstuhl pflichtschuldig auf den geteerten Weg. Andy lief zu ihm. Worüber sie jetzt plauderten, würde nicht mit aufgezeichnet, so viel stand fest. Trotzdem überlegte sie krampfhaft, wie sie das Gespräch beginnen sollte, doch der alte Herr überraschte sie, indem er den Auftakt machte.

»Andy, Sie sehen gar nicht gut aus.«

»Zum Glück läuft der Ton nicht mit«, strahlte sie ihn an. Hoffentlich fiel es später niemandem auf, dachte sie dabei im Stillen, wie unsicher und aufgesetzt ihr Lächeln wirkte.

»Ich meine damit nicht Ihre optische Ausstrahlung«, fuhr Michael Ratliff unbeirrt fort. »Sie wissen, dass ich Sie für eine wunderschöne Frau halte. Aber Sie sind unglücklich, das sehe ich Ihnen an. Lyon erzählte mir, dass Sie heute Nachmittag abreisen.«

Aus dem Augenwinkel heraus gewahrte sie, wie Jeff sich durch die Bäume schlug, derweil er ihren Spaziergang aufnahm. Als alter Profi schaute sie nicht in die Kamera, die er sich mitsamt dem Rekorder auf die Schulter gepackt hatte. Der kleine Abstecher durch den Wald sollte spontan und ungeplant wirken. Ihre Unterhaltung mit dem General war es jedenfalls, sann sie frustriert.

»Hat er Ihnen auch erzählt, dass er es war, der uns förmlich dazu drängte, die Interviews abzuschließen und die Zelte abzubrechen?«

»Hmmm, so wie ich meinen Sohn einschätze, kann er diesen Mr. Trapper nicht sonderlich leiden.«

»Ich würde sagen, das ist noch maßlos untertrieben. Er mag keinen von uns.«

»Doch, er mag Sie.« Andy stolperte und fing sich gerade noch rechtzeitig, bevor sie der Länge nach hinschlug. Ungeachtet ihrer verblüfften Reaktion und der filmenden Kamera fuhr der General unbeirrt fort: »Lyon verhält sich in letzter Zeit richtig merkwürdig. Wir bekommen ihn kaum noch zu Gesicht.

Morgens steht er mit den Hühnern auf und lässt sich für gewöhnlich erst beim Abendessen blicken. Oft auch dann nicht. Aber seit Ihrer Ankunft scharwenzelt er um das Haus herum wie ein Hund, der einen Knochen wittert.«

»Das macht er nur Ihretwegen. Damit er ein Auge auf Sie haben kann. Mich hat er ausdrücklich gewarnt, ich solle Ihnen nur ja nicht zu sehr zusetzen oder in Ihrer Privatsphäre herumstöbern.«

»Sehen Sie, das ist es ja gerade. Lyon kümmert sich viel zu viel um mein Leben und nicht genug um seines. Meiner Einschätzung nach ist seine Lebenssituation wesentlich trostloser als meine.«

Inzwischen hatten sie die Lichtung erreicht, wo Tony und Warren mit Gil zusammenstanden, der wie eine Glucke über die batteriebetriebenen Mikrofone wachte. Für Andy wurde ein Hocker neben den Rollstuhl gestellt. Sobald die Mikros korrekt ausgesteuert waren und das Flussrauschen ausgefiltert war, machte Jeff sich daran, das letzte Interview auf einem Videoband aufzunehmen.

Auf einen Baumstumpf gekauert, döste Tony ein, zumal er sich vorübergehend nicht um die Beleuchtung kümmern musste. Warren kritzelte hastig Andys Fragen auf eine Tafel. Diese würden später noch gebraucht, für die nachträglichen Einstellungen. Gil, der im Schneidersitz auf dem Boden hockte, verfolgte das Interview über Kopfhörer. Les stand hinter Jeff und tippte sich mit dem Daumennagel gegen die

Zähne, während er konzentriert zuhörte. Die Arme vor der Brust verschränkt, die Beine lässig übereinandergeschlagen, lehnte Lyon an einer Zypresse und versah die anderen mit vernichtenden Blicken.

An welchem Punkt Andy die Kontrolle über die Gesprächsführung verlor, hätte sie später nicht zu sagen vermocht. Jedenfalls stellte sie zunächst Fragen über den Krieg, die sie so allgemein hielt, wie der General es sich erbeten hatte. Irgendwann ertappte sie sich dabei, dass sie über eine Geschichte schmunzelte, die er über einen französischen Bauern und dessen Frau zum Besten gab. Die beiden hätten allen Ernstes ein ganzes Regiment amerikanischer Soldaten in ihrem Heuschober versteckt gehalten, so berichtete er.

Ab da gab es für General Michael Ratliff kein Halten mehr. Er schilderte lebhaft, würzte seine Kriegserinnerungen mit Ausführungen wie »Ike sagte dann das und das« und »George entschied sich so oder so«. Tony schreckte aus seinem Nickerchen hoch und lauschte fasziniert. Schon nach kurzer Zeit amüsierten sich alle köstlich. Gil machte sich nicht einmal mehr die Mühe, das Gelächter auszublenden. Selbst Lyon grinste über die eine oder andere Anekdote seines Vaters.

Michael Ratliff war in seinem Element und schien sich sichtlich wohl zu fühlen. Als Warren bezeichnend auf seine Armbanduhr tippte, griff Andy charmant in den Redefluss des Generals ein, bevor dieser zu einer weiteren Story ausholte. Der Zeitrahmen für das Interview war ausgereizt.

»Oh, General Ratliff, das war wundervoll«, lobte Andy begeistert. Sie nahm ihr Mikro ab und gab es Gil zurück. Dann beugte sie sich über den alten Gentleman, löste das Mikrofon von seinem Jackenaufschlag und umarmte ihn überschwänglich.

»Ich glaube, meine Erinnerungen sind mit mir durchgegangen. Verzeihen Sie vielmals.«

»Sie waren großartig.«

»Was meinst du dazu, Les?«, brüllte Jeff begeistert.

»Es war okay.«

»Schätze, wir brauchen den Dreh mit den Fragen nicht gesondert zu wiederholen«, konstatierte Jeff.

»Das überlasse ich voll und ganz deinem Ermessen«, meinte Les gnädig.

»Dad, alles in Ordnung mit dir?« Lyon war hinter Andy getreten.

»Ich hab seit Jahren nicht mehr so viel Spaß gehabt, mein Junge. Einige dieser Geschichten hatte ich völlig verdrängt. Sie kamen mir erst wieder beim Erzählen. Stell dir das bloß vor.« Er schmunzelte gedankenverloren. Unvermittelt nahmen seinen Augen einen verklärten Ausdruck an, und er umklammerte Lyons Hände. Den Blick auf seinen Sohn geheftet, sagte er milde: »Es gab nicht nur Negatives, Lyon. Jetzt, wo ich darüber nachdenke, kann ich das guten Gewissens sagen.«

»Wir kehren besser zum Haus zurück«, schlug Lyon vor. Er startete den Motor des Rollstuhls und schlenderte daneben her, eine Hand fürsorglich auf die eingesunkene Schulter seines Vaters gelegt.

»Wie hat er das wohl gemeint?«, wollte Les von Andy wissen. Die beiden folgten den anderen mit einigem Abstand.

»Was gemeint?«

»Meine Güte, stell dich nicht dümmer, als die Polizei erlaubt, Andy. Was hat er mit ›Es gab nicht nur Negatives‹ gemeint?«

»Na, das, was er gesagt hat. Er hat lustige Begebenheiten erzählt. Was bedeutet, dass seine Kriegserinnerungen nicht generell schockierend waren.«

»Da steckt mehr dahinter, hundertprozentig. Und das weißt du auch«, zischte er gereizt.

»Ich weiß nur, dass du zu deinem Glück bluttriefende, abgründige Storys brauchst. Anders als ich. Ich bin mit mir zufrieden, die Interviews sind nämlich super. Wenn du auf irgendwelche infamen Enthüllungen aus bist, die den einwandfreien Ruf eines alten Mannes beschädigen, dann muss ich dich leider enttäuschen. Diesmal hast du Pech auf der ganzen Linie.«

Ärgerlich beschleunigte sie ihre Schritte und erreichte den Patio zeitgleich mit dem im Rollstuhl sitzenden General. Lyon hielt ihm die Tür auf, doch sein Vater winkte ab. »Einen Moment noch, Lyon. Ich möchte kurz mit Andy sprechen. Vielleicht haben wir vor ihrer Abreise sonst keine Gelegenheit mehr dazu.«

Sie sandte Lyon einen Blick zu, in dem die stumme Bitte um Erlaubnis lag, woraufhin er widerstrebend zurücktrat. Ein scharfer, verächtlicher Zug legte sich um seinen Mund. Es war einfach niederschmetternd! Trotzdem konnte er lange warten, dass sie ihm die Unterstellung verzieh, Verrat begangen zu haben.

Sie hockte sich neben Michael Ratliff. Er nahm ihre Hand in seine beiden Hände und drückte sie fest. »Ich weiß, was Sie denken. Sie halten das, was ich Ihnen jetzt anvertraue, gewiss für die absurde Spinnerei eines alten Mannes. Aber ich hatte gleich so eine unbestimmte Ahnung, als Sie an jenem Tag auf der Ranch auftauchten. Und dieses Gefühl verstärkte sich noch, als Lyon an besagten Abend kein gutes Haar an Ihnen ließ. Aber trotz seines Ärgers und seiner Abneigung Ihnen gegenüber wird mir zunehmend bewusst, dass Sie schwer Eindruck auf ihn machen, Andy. Ich denke, es war ein Wink des Schicksals, dass Sie in unser Leben getreten sind.

Verzeihen Sie, aber Männern wie mir bleibt nicht mehr viel Zeit für Takt und Feingefühl. Ich möchte Sie deshalb ganz offen etwas fragen: Lieben Sie meinen Sohn?«

Sie legte ihren Kopf auf sein knochiges Knie und presste die Lider fest zusammen. Kämpfte gegen die Tränen an, die ihr unaufhaltsam in die Augen schossen. Sie nickte stumm, dann hob sie den Kopf zu ihm. »Ja. Ja, ich liebe ihn.«

Seine zitternde Hand streichelte über ihr Haar, über ihre Wange. »Das war mir ein Herzensanliegen. Ich habe es mir so gewünscht. Sie sind genau die Richtige für ihn. Machen Sie sich nicht zu viele Gedanken um das Hier und Jetzt. Malen Sie sich lieber eine schöne Zukunft aus. Wenn Ihre Liebe Bestand hat, steht dem nichts im Wege. Das verspreche ich Ihnen.«

Sie wusste es zwar besser, mochte seinen Optimismus aber nicht enttäuschen. Stattdessen stand sie auf, lehnte sich über ihn und küsste ihn behutsam auf die Wange. Sie sagten nicht Lebewohl, sondern fixierten einander nur in einvernehmlichem Schweigen, bis Lyon vortrat und ihm ins Haus half.

Es war abgesprochen, dass die Crew den Van vor das Gästehaus fahren und dort beladen sollte. Nachher würden sie vor Les herfahren und ihn zum Haven in the Hills lotsen. Andy würde später in ihrem Mietwagen nachkommen.

Sie warf einen letzten, flüchtigen Blick durch den Raum, überprüfte, ob sie nicht noch irgendetwas Wichtiges liegen gelassen hatte. Sie mochte nicht darüber nachdenken, was diese Abreise für sie bedeutete. Es war die reinste Hölle. Inbrünstig seufzend entschied sie, die Beschäftigung mit ihren Problemen auf später zu verschieben, wenn sie allein wäre.

Dann würde sie sich den zweifelhaften Luxus gönnen, sich ausgiebig in ihrem Elend zu suhlen.

Sie war sich dessen bewusst, dass sie ihre Abreise unnötig lange hinauszögerte. Also ging sie schweren Herzens zur Tür, riss sie kurz entschlossen auf. Und prallte fast mit Lyon zusammen, der auf der Schwelle stand. Sein Gesicht völlig emotionslos. Nicht Ärger. Nicht Triumph. Keine Zuneigung. Dumpf und leer, wie sie selbst sich innerlich fühlte.

»Ich hab fertig gepackt. Und wollte gerade runterkommen«, sagte sie hastig, in der Annahme, dass er gekommen wäre, um ihre Koffer zu holen.

Er erwiderte nichts, sondern schob sie zurück in den Raum und schloss die Tür hinter ihnen. Sie wich zwei weitere Schritte zurück. »Wie ... wie geht es deinem Vater?«

»Er ist sehr erschöpft. Ich hab den Arzt gebeten, zu uns herauszukommen und ihn zu untersuchen. Er ist jetzt bei ihm.«

»Ich hoffe nur, der heutige Tag war nicht zu anstrengend für ihn, aber ...« Ihr versagte die Stimme. Warum nur? Fiel ihr nichts Geistreicheres ein? Aber wenn sie Lyon vorgeworfen hätte, dass er ja unbedingt auf das Interview am Nachmittag hatte bestehen müssen, wäre er vermutlich stocksauer auf sie geworden. Und im Streit mochte sie auch nicht Abschied nehmen.

Er kam unaufhaltsam auf sie zu, bis sie nur noch Zentimeter voneinander getrennt standen. Fasste ihre Handgelenke, schob sie mit dem Rücken zur Tür. Stemmte ihre Hände rechts und links von ihrem Gesicht in Schulterhöhe gegen die Wand.

»Sieht mächtig danach aus, als wären Sie auf dem besten Weg zu einer steilen Karriere, Ms. Malone. Schade nur, dass Sie nicht die Sensationsstory bekommen haben, auf die Sie doch sooo gehofft hatten. Tut mir echt leid für Sie, dass Sie die ganze Mühe auf sich genommen haben und dann leer ausgehen. Aber ich hab noch was für Sie.«

Sie hätte erwartet, dass sein Mund unnachgiebig und hemmungslos sein würde, stattdessen jedoch war er weich und verführerisch. Lyon bediente sich einer der ältesten Taktiken des erfahrenen Strategen: dem Kontrahenten Sand in die Augen streuen, vordergründig Verhandlungsbereitschaft zeigen und ihm dann das Messer auf die Brust setzen. Obwohl sie genau wusste, was er vorhatte, war sie wie paralysiert. Sich gegen ihn aufzulehnen, dazu fehlte ihr die Kraft.

Ihr Mund öffnete sich für ihn wie eine verlockende Blüte, und seine Lippen verschmolzen mit den ihren. Witterten den süßen Nektar. Er lockerte die schraubstockfeste Umklammerung ihrer Gelenke, ließ seine Handflächen über ihre kreisen. Tastende Finger verschränkten sich mit ihren.

Seine Zunge drängte zwischen weiche, sehnsuchtsvolle Lippen. Seine Hüften schmiegten sich an ihr Becken, derweil er Andy unnachgiebig gegen die Tür stemmte. In dieser Position rieb er seine Lenden wollüstig an ihrem Unterleib, während seine Zunge unerbittlich in ihren Mund stieß.

Er hatte ihr bewusst wehtun, sie in ihrer Weiblichkeit brüskieren und mit seinen schamlosen Intimitäten demütigen wollen. Gleichwohl kehrte sich sein Vorhaben unversehens ins Gegenteil um. Die Verachtung wich Verlangen. Die brutale Provokation seines Körpers erlahmte, wurde sanfter, sinnlicher. Er hauchte ihren Namen.

Andy durchlebte ein Wechselbad der Gefühle: Sie hasste ihn dafür, dass er sie auf ein willenloses Sexobjekt reduzierte, sobald er sie nur anfasste. Und begehrte ihn trotzdem, verzehrte sich nach ihm, sehnte sich nach seiner Liebe. Er war ihr Traummann. In ihrem Leben gab es nur noch den einen – Lyon. Lyon. Lyon. Lyon.

Ebenso spontan, wie er sie gepackt hatte, stieß er sie von sich. Ließ sie los, als hätte er sich empfindlich die Finger verbrannt. Sein Atem ging so aufgewühlt, als hätte er eben einen Marathonlauf absolviert. »So, und jetzt kannst du Les alles brühwarm und in sämtlichen Einzelheiten verklickern. Bestimmt wartet er schon sehnsüchtig auf einen abschließenden Bericht.«

Seine Äußerung brachte sie vollends aus dem Konzept. Sie schäumte vor Wut und Empörung. »Du …« Sie schnappte nach Luft. »Du verlogener, arroganter Idiot. Denkst du etwa …«

»Lyon! Lyon!«

Sie hörten die Panik in Gracies Stimme und stürzten hinaus auf die Empore. Die Haushälterin stampfte ächzend die Treppe hinauf. »Lyon, Dr. Baker sagt, es ist dringend. Der General ...«

9. Kapitel

Der Wind riss an ihren Haaren und trocknete die Tränen, die unaufhaltsam über ihre Wangen rollten. Sie fuhr mit geöffnetem Seitenfenster und wünschte sich, es gäbe ein wirksames Heilmittel für ihren Herzschmerz.

Nachdem sie wieder halbwegs klar denken konnte, ließ Andy den Schmerz und die Resignation der vergangenen Stunde noch einmal vor ihrem geistigen Auge vorüberziehen.

Sie und Lyon waren im Eiltempo die Treppe hinuntergerannt. Er war im Schlafzimmer seines Vaters verschwunden, währenddessen hatte sie die aufgelöste Gracie getröstet. Als der Arzt endlich aus dem Zimmer trat, hatte er auf ihren fragenden Blick hin nur bedauernd den Kopf geschüttelt. Nach etwa einer halben Stunde war Lyon aus dem Raum gekommen, gefasst, aber sichtlich erschüttert. Er würdigte Andy keines Blickes, derweil er sich leise mit dem Arzt austauschte. Kurze Zeit später war die Ambulanz eingetroffen, und Andy hatte mit schreckensgeweiteten Augen verfolgt, wie die Sanitäter den verhüllten Leichnam von General Michael Ratliff in den Wagenfond geladen hatten. Sie sah Lyon nach, als er dem Krankenwagen mit seinem Pkw über die gewundene Auffahrt folgte.

Sie hatte Gracie in ihrer tiefen Trauer zurücklassen müssen. Die Haushälterin würde alle Hände voll mit den Vorbereitungen für die Beerdigung zu tun haben – das lenkte sie gewiss von ihrem ersten Schmerz ab. Und sie würde Lyon mit liebevollem Verständnis zur Seite stehen. Immerhin gut, das zu wissen, seufzte Andy.

Als sie vor dem Motel anhielt, war der Himmel in ein tiefes Indigoblau getaucht. Demnach war ihre Crew bestimmt schon gemeinsam mit Les zum Abendessen gegangen, tippte sie. Kurz entschlossen bezog sie das für sie reservierte Zimmer, dessen Einrichtung und Bad an Geschmacklosigkeit kaum zu überbieten waren.

Sie schloss von innen ab, legte den Hörer neben das Telefon und kuschelte sich ins Bett. Die nächsten acht Stunden zwang sie sich zu schlafen, was nicht recht klappen wollte.

»General Ratliff, der letzte noch lebende Fünfsternegeneral aus dem Zweiten Weltkrieg, lebte nach seinem frühzeitigen Ausscheiden aus der Armee seit 1946 auf seiner Ranch in Kerrville, Texas. Der General verstarb nach langer Krankheit friedlich in seinem Haus. Private Beileidsbekundungen werden morgen auf der Ranch entgegengenommen.«

Andy beobachtete den Moderator im Frühstücksfernsehen, der völlig unbeteiligt die Todesnachricht herunterleierte. Und fragte sich, wann Lyon die Medien offiziell vom Tod seines Vater informiert hatte.

»Nachdem der Präsident von General Ratliffs Ableben erfuhr, hielt er die folgende Ansprache.«

Andy lauschte dem US-Präsidenten, der den General im Ruhestand würdigte. Gleichwohl hatte der Mann, den er als hoch dekorierten Kriegshelden hervorhob, keine Ähnlichkeit mit dem betagten Gentleman, den sie hatte kennen lernen dürfen. Noch am Vortag hatte sie mit ihm geplaudert, über seinen Sohn und ihre tiefen Gefühle, die sie für Lyon empfand. Er hatte ihre Finger genommen und sie gedrückt, sie zwischen seine altersschwachen, zitternden Hände gepresst. Ihr mit einem beschwörenden Blick signalisiert, dass er ihre Liebe zu Lyon von ganzem Herzen unterstützte.

»Lass mich rein.« Les trommelte wie ein Irrer gegen die Tür, und Andy schrak zusammen.

»Eine ... eine Minute noch.«

Es hatte ohnehin keinen Zweck, die unangenehme Enthüllung noch länger hinauszuschieben. Sie angelte sich ihren Bademantel vom Fußende und streifte ihn über. In diesem Moment wäre ihr eine Eisenrüstung mit Stacheln verdammt lieber gewesen, überlegte sie. Sie glitt zur Tür und öffnete ihrem Boss.

»Seit wann weißt du es?«, fuhr er sie unumwunden an.

»Seit gestern Abend.« Wozu sollte sie ihn belügen?
»Er starb kurz vor meiner Abfahrt.«

»Und du hast es nicht für nötig gehalten, mich darüber zu informieren?«, brüllte Les.

»Was hätte dir das gebracht?«

»Was mir das gebracht hätte? Verflucht noch mal, tickst du nicht mehr richtig im Oberstübchen, oder bist du jetzt völlig durchgeknallt?«

Sie ignorierte seine Beleidigung. Lief zu einem der Sessel, warf sich hinein und stemmte die Stirn vor die angezogenen Knie. Sie sah es noch genau vor sich, wie General Ratliff sie das letzte Mal angeschaut hatte. Er hatte gewusst, dass er sterben würde. Schweigend hatte er Abschied von ihr genommen.

»Andy, was zum Teufel ist mit dir los?«

Als sie Les' pampige, dämliche Frage registrierte, musterte sie ihn abwesend, mit umwölkten Augen. Nach ein paar Sekunden fokussierte sie sein Gesicht. »Les, ein Mann, den ich sehr bewundert habe, ist tot. Wie kannst du da noch fragen, was mit mir los ist?«

Sein Blick schweifte zu dem Fenster mit den geschlossenen Vorhängen, die kein Sonnenstrahl durchdrang. »Ich weiß, dass du ihn bewundert hast, trotzdem war und bleibt er eine Person des öffentlichen Lebens, und wir sind Journalisten, okay? Der TV-Moderator vorhin hat auch nicht geheult, als er die Nachricht verlas, Andy. Ist dir eigentlich nicht klar, dass wir auf einer Goldmine sitzen?«

Sie schüttelte den Kopf. Les trat ans Fenster und öffnete die Vorhänge. Das Sonnenlicht traf schmerzhaft hell auf ihr Gesicht. Sie beschattete mit der flachen Hand ihre Augen. »Wie ... was ... eine Goldmine?«

»Überleg doch mal, Andrea. Los, streng deine grauen Zellen an! Wir besitzen die einzigen Interviews, die General Ratliff je gegeben hat, seit er sich in diesem Kuhkaff eingebunkert hatte. Jetzt ist er tot, und wir verfügen über stundenlange Gespräche mit ihm. Weißt du, was das bedeutet?«

Sie nahm die Füße vom Sessel und stand auf. Schlenderte zum Fenster, spähte hinaus in einen traumhaften Tag. Für Lyon war er alles andere als traumhaft. Er würde Formalitäten erledigen, sich um eine Beerdigung kümmern müssen.

»*Andy?*«

»Was?«

»Hörst du mir überhaupt zu?«

Sie kämmte sich mit den Fingern durch die vom Schlaf zerwühlten Haare. »Du hast mich eben gefragt, ob ich mir im Klaren darüber bin, welche Bedeutung die Tapes von General Ratliff haben.«

Les zischte einen gedämpften Fluch. »Also gut, dann lass mich mal Klartext reden. Du hast dich aus irgendwelchen persönlichen Sympathien für den General nicht getraut, ihm gehörig auf den Zahn zu fühlen, was ich dir vermutlich nie ganz verzeihen werde. Trotzdem, ich habe die Interviews und plane, die Bänder an den Sender zu verkaufen. Und zwar für schweinemäßig viel mehr als die Peanuts, die wir seinerzeit dafür ausgehandelt hatten. Mensch, Andy, mit der Story haben wir das große Los gezogen. Das öffnet uns die Türen zu einer steilen Karriere, und wenn du nicht mitmachst, zieh ich die Sache allein durch.«

»Moment mal, Les.« Sie hielt beschwörend eine Hand hoch, rieb sich mit der anderen den verspannten Nacken. Wieso kam er ihr jetzt damit? »Die Tapes sind noch gar nicht bearbeitet. Keine Musik und so ...«

»Mensch, Andy, was interessiert uns das? Sollen sie doch damit machen, was sie wollen. Das Fernsehen wird sie logischerweise im heutigen Abendprogramm bringen wollen. Ich habe bereits Kontakt zu einem Producer aufgenommen. Der Typ hat sich fast in die Hose gepinkelt vor lauter Aufregung. Wir werden die Tapes per Luftexpress nach New York schicken, und zwar *pronto*. Schätze, dafür müssen wir bestimmt zum Flughafen nach San Antonio fahren. Also, beeil dich.« Er hatte die Klinke schon in der Hand.

»Les, bitte, mach mal halblang. Ich muss das erst kopfmäßig auf die Reihe bringen.« Sie lief zurück zum Bett und sank auf die Matratze. »Ich hab mir nie großartig überlegt, dass wir die Interviews nach Ratliffs Tod vermarkten könnten. Zumal nie geplant war, sie als Nachruf auf den General zu verwenden.«

»Das weiß ich auch.« Sie merkte Les' ungnädigem Ton an, dass ihm allmählich der Geduldsfaden riss. Andererseits wollte er am Drücker bleiben, und das bedeutete, dass er sie nicht vergrätzen durfte. »Jetzt ist es eben, wie es ist, Andy. Dir war doch auch bewusst, dass der Alte ... ähm ... der General nicht mehr lange leben würde.«

»Das schon. Aber doch nicht, dass er direkt nach den Interviews stirbt. Und ich war dabei.« Betroffen warf sie die Hände vors Gesicht. »Ich finde es ungeheuer kaltherzig und respektlos, sie jetzt zu vermarkten.«

»Ich glaub's einfach nicht«, brüllte Les und schlug sich mit der flachen Hand auf den Schenkel. »Was ist denn mit dir passiert?«

Lyon. Lyon. Sie war ihrem Traummann begegnet, das war ihr passiert. Und sie hatte seinen Vater, General Ratliff, kennen und schätzen gelernt. Die Story, die sie mit journalistischem Ehrgeiz verfolgt hatte, hatte darüber an Bedeutung verloren. Durch das Charisma der beiden Männer war diese mehr oder weniger in den Hintergrund getreten. Würden sich die Interviews denn in irgendeiner Weise nachteilig für den General und das Gedenken an ihn auswirken? Nein, ganz bestimmt nicht. Sie waren in jeder Hinsicht positiv. Wenn sie Les beipflichtete, dann ließ er sie wenigstens für eine Weile in Ruhe.

»In Ordnung«, sagte sie matt. »Mach damit, was du willst. Aber ich fahre erst später nach San Antonio. Ich möchte noch eine Weile hierbleiben.«

»Das trifft sich gut. Ich *möchte* nämlich, dass du einen Bericht über die Stimmung auf der Ranch machst. Wir haben die Crew hier. Und bei den Ratliffs ist bestimmt der Bär los. Bis zum Nachmittag tummelt sich da die gesamte Presse, da bekommen wir alles vors Mikro, was Rang und Namen hat. Ich düse nach San Antonio und geb die Tapes mit dem nächsten Flieger auf. In der Zwischenzeit fährst du mit den Jungs zurück nach Kerrville ...«

»O nein, das kannst du dir getrost abschminken«, fauchte sie mit einer abwehrenden Geste. »Ich bin mit dem Verkauf der Bänder einverstanden, weil ich möchte, dass die amerikanische Bevölkerung eine gewisse Vorstellung davon bekommt, wie der General in seinen letzten Lebenstagen war. Aber du kannst nicht von mir verlangen, dass ich mich wie eine Harpyie auf die Trauergäste stürze.«

»Andy, mach keinen Sch...«

»Nein, Les. Das ist mein letztes Wort in dieser Sache.«

»O Mann, es wär vermutlich besser gewesen, du hättest anständig mit dem Cowboy gevögelt und ihn dann auf Eis gelegt. Vielleicht würdest du dann jetzt so vernunftgesteuert agieren wie die Andy Malone, die ich seit vielen Jahren kenne. Ich versichere dir, der Typ ist genauso bestückt wie alle anderen auch.«

»Du gehst entschieden zu weit, Les.« Sie stand auf, drückte das Rückgrat durch und stemmte die Fäuste in die Taille. Funkelte ihn aus gold gesprenkelten Tiefen an wie eine Löwin, die ihr Junges verteidigt. Die Botschaft verstand Les, definitiv und deutlich.

»Okay, okay.« Er schlenderte zur Tür. »Dann schick ich eben die Crew hin, um ein Video zu drehen. Den Ton können wir später unterlegen. Jeff sagte, du hättest die Bänder mit den Interviews. Wo sind sie?«

Die Tapes waren beschriftet und in schwarze Plastikhüllen einsortiert. Andy hatte sie in eine Segeltuchtasche gepackt, die sie Les widerstrebend hinhielt. »Ist die Einverständniserklärung auch dabei?«, wollte er wissen.

Ihr Verstand raste. Wann und wo hatte sie General Ratliff bloß den Revers zur Unterschrift vorgelegt, zermarterte sie sich das Hirn. Sie brauchten seine Einwilligung, damit die Interviews im Fernsehen ausgestrahlt werden konnten. Ihr fiel es partout nicht ein. Eine Hand umklammerte den Canvasbeutel, mit der anderen bedeckte sie konsterniert ihren Mund. »Oh, Les«, hauchte sie.

»Was ist denn?«

»Die ... die Einwilligungserklärung. Ich hab Michael Ratliff nie eine unterzeichnen lassen.«

Sie schrak zurück, als sie das mordlustige Glitzern in Les' kalten, blauen Augen gewahrte. »Das kann nicht dein Ernst sein, Andy. Versuch dich zu erinnern. Du hast in deiner Karriere noch kein einziges Interview gemacht, ohne vorher die Genehmigung einzuholen. Also, verdammt noch mal, wo ist der blöde Wisch Papier?« Er war zunehmend lauter geworden und tobte mittlerweile wie ein Irrer.

»Ich hab keinen«, brüllte sie zurück. »Ich weiß noch, dass ich zu Beginn der Aufnahmen darauf gedrängt habe voranzumachen, weil der General schnell ermüdete. Gil hatte blöderweise Probleme mit dem Kabel, du entsinnst dich? Deshalb verzögerte sich das Ganze. Nachher dachte ich, stör den alten Herrn jetzt nicht. Das mit dem Revers kannst du auch später noch erledigen. Dabei ist es leider geblieben.«

Er schlug mit der Faust auf seinen Handteller, und Andy hörte Wörter, die sie noch nie von ihm gehört hatte. Dabei war sie überzeugt gewesen, sein gesamtes Repertoire bereits zu kennen. Er baute sich vor ihr auf. »Du lügst mich doch nicht an, oder? Wenn das ein Trick ist oder so ...«

»Nein, großes Ehrenwort, Les. Ich hab nichts Schriftliches.«

»Typisch Lyon. Der Bursche ist ein gewiefter Hund. Der weiß, dass er uns am Arsch kriegen kann, wenn wir die Interviews senden. Und selbst wenn er nicht den entsprechenden Einfluss hätte, würde der Sender sich die Finger an der Sache nicht verbrennen wollen und dankend ablehnen. Dir bleibt also nichts anderes übrig, als noch mal hinzufahren und ihn den Schrieb unterzeichnen zu lassen.«

»Nein.«

»Was heißt hier nein?«

»Nein heißt nein. Jedenfalls nicht mehr vor der Beerdigung.«

»Die ist morgen«, brüllte Les.

»Stimmt. Meinetwegen fahre ich danach hin. Gut möglich, dass Lyon mich nicht mal mehr reinlässt.«

Les fixierte die Tasche in ihrer Hand. Nachdenklich zog er die Unterlippe in den Mund und bog seine Finger, bis die Gelenke knackten. »Falls du mit dem Gedanken spielst, ob du dir diese Tapes gewaltsam aneignen und einen Revers fälschen sollst, vergiss es ganz schnell. Ich würde dann nämlich umgehend beim Sender anrufen.«

»Auf die Idee bin ich noch gar nicht gekommen«, meinte er mit einem teuflischen Grinsen.

»O doch, das seh ich dir an der Nasenspitze an«, versetzte sie spitz. »Los, ruf deinen Kontakt an und erklär ihm, dass er die Interviews erst nach der Beerdigung haben kann. Und dann nerv mich gefälligst nicht länger.«

Er stand an der Tür, die Hände locker auf den Hüften, und musterte sie für eine lange Weile. Schüttelte ratlos den Kopf. »Du hast dich verändert, Andy. Ich begreif nicht, was mit dir los ist.«

»Stimmt, Les. Das kannst du auch nicht begreifen.«

Sie verbrachte den ganzen Tag im Bett, eine kalte Kompresse auf der Stirn. Vorher schloss sie noch die Tapes in ihren Koffer ein und versteckte den Schlüssel. Außerdem verriegelte sie ihre Zimmertür von innen. Natürlich vertraute sie Les, beschwor sie sich, aber Vorsicht ist die Mutter der Porzellankiste.

Da sie in der Nacht zuvor kaum geschlafen hatte, döste sie immer wieder ein. In diesem Dämmerzustand zwischen Schlafen und Wachen hatte sie Wachträume. Glühende Fantasien, in denen sie und Lyon die Hauptakteure waren.

Am frühen Abend sah sie sich im Fernsehen die Berichte an, die aus Anlass von General Ratliffs Tod ausgestrahlt wurden. Wie Les prognostiziert hatte, war die Zufahrt zur Ranch von Reportern und Fotografen umlagert. Die Polizei hatte sogar Absperrbarrikaden aufgestellt, um die Schaulustigen zurückzuhalten. Mit Ausnahme der Nachbarn und der Veteranen, die im Zweiten Weltkrieg unter Ratliffs Kommando gedient hatten, durfte niemand die Tore passieren. Viele legten Blumensträuße ab.

Andys Herz krampfte sich zusammen, als Lyons Gesicht über den Bildschirm flimmerte. Er kam ans Tor, um vor der Presse ein Statement abzugeben. Im Gespräch mit den Trauernden, die gekommen waren, um seinem Vater die Reverenz zu erweisen, zeigte er sich verständnisvoll, mitfühlend, ernst.

Er trug einen dunklen Anzug mit weißem Hemd und schwarzem Binder. So hatte Andy ihn noch nie zu Gesicht bekommen. Seine Haltung, seine Gefasstheit und die Ausstrahlung waren ungemein beeindruckend. Sie schluckte, zumal sich ihre Kehle schmerzhaft zusammenzog. Vor der Öffentlichkeit gab er eine gute Figur ab, aber wie stand es um sein Privatleben? *Ist Jerri etwa zurückgekommen, um den armen Lyon über diese schwere Zeit hinwegzutrösten*, schoss es ihr automatisch durch den Kopf. Spontan bereute sie ihre Gehässigkeit. Gleichwohl war die Vorstellung, dass er Trost in den Armen einer anderen Frau finden könnte, doch gar nicht so abwegig, oder? Der Gedanke quälte sie.

Am nächsten Morgen wussten die Nachrichten wenig über das Begräbnis zu berichten, mit Ausnahme der Tatsache, dass der Präsident mit dem Hubschrauber von der Lackland Air Force Base zum Friedhof geflogen würde, damit er um zehn Uhr den Trauerfeierlichkeiten beiwohnen könne. Der General sollte seine letzte Ruhestätte auf der Ranch finden.

Andy schlüpfte in ein schlammfarbenes Polokleid und streifte passende hochhackige Sandaletten über. Sie steckte ihr Haar zu einem weichen Dutt zusammen und befestigte kleine goldene Kreolen in den Ohren.

Um die Mittagszeit hatte sie alles gepackt und in ihren Mietwagen geladen. Sobald sie Les den unterzeichneten Revers ausgehändigt hätte, würde sie Kerrville auf Nimmerwiedersehen verlassen, überlegte sie. Ihre Crew, die während der Trauerfeier vor den Toren der Ranch gefilmt hatte, war am Nachmittag weiter nach San Antonio gefahren. Von dort wollten ihre Leute das nächste Flugzeug zurück nach Nashville nehmen. Obwohl keiner von ihnen es offen angesprochen hatte, war ihnen der Tod des Generals doch ziemlich an die Nieren gegangen.

Gegen drei kam Les in ihr Motelzimmer. Und machte ihr Vorwürfe, dass sie nicht schon eher losgefahren sei. Sie zuckte nur wegwerfend mit den Schultern.

»Wann bist du zurück?«, wollte er wissen.

»Sobald ich die unterschriebene Einverständniserklärung von ihm habe, ist doch logo, oder?«, meinte sie lapidar. Vermutlich sträubten sich Les' Nackenhaare jetzt vor Ärger, dachte sie dabei hämisch. Um es auf die Spitze zu treiben, setzte sie hinzu: »Immerhin habe ich nicht den Schimmer einer Ahnung, was da draußen los ist. Möglich, dass die Polizei noch dort herumturnt. Und die Beamten mich nicht durchlassen. Verlass dich drauf, ich komm so schnell wie möglich zurück.«

Er warf ihr wutblitzende Blicke zu, derweil sie aus dem Parkplatz rangierte. Und dabei angestrengt das Lenkrad umklammerte, weil ihre Finger nass von Schweiß waren. Was sie Les erklärt hatte, war durchaus zutreffend. Sie hatte wirklich keine Ahnung, was auf der Ranch los wäre. Allerdings wünschte sie sich insgeheim, dass die Polizei sie die Absperrung nicht passieren ließe. Zumal sie schon allein bei der Vorstellung weiche Knie bekam, Lyon wiederzusehen.

Die Absperrung war bereits entfernt worden, nur der Wachmann, den sie auch am Tag ihrer Ankunft gesehen hatte, tat Dienst. Hunderte von Blumengebinden welkten in der gleißenden Sommersonne. Sie fuhr mit dem kleinen Wagen vor dem Wächterhäuschen vor und kurbelte die Scheibe herunter.

»Hallo.«

»Hi«, sagte der Mann. Seine Augen waren rot gerändert vom Weinen. Andys Herz krampfte sich mitfühlend zusammen.

»Ich bin Mrs. Malone. Ich war bei ...«

»Ja Ma'am. Ich weiß, wer Sie sind.«

»Können Sie mich bitte durchlassen? Ich habe noch etwas zu erledigen auf der Ranch. Es dauert auch nicht lange.«

Er nahm seine Kappe ab und kratzte sich den Kopf. »Ich weiß nicht so recht. Mr. Ratliff sagte, er möchte niemanden sehen.«

»Geht es vielleicht, dass Sie im Haus für mich anrufen? Und ihm sagen, es sei sehr dringend, dass ich ihn kurz sehe.«

»Schätze, das lässt sich machen.«

Er kehrte in das Häuschen zurück, und Andy beobachtete, wie er die Nummer wählte und kurz darauf in den Hörer sprach.

Als er wieder herauskam, drückte er auf den Knopf, der das elektronisch gesteuerte Tor öffnete. »Ich hab nicht mit Mr. Ratliff gesprochen, aber Gracie meinte, es sei in Ordnung. Sie können hochfahren.«

»Vielen Dank.« Sie legte den Gang ein und fuhr weiter. Das Haus und die Außengebäude wirkten verlassen, da die Rancharbeiter bei dem schönen

Wetter sicher auf den Feldern waren. Ringsherum auf den sanften Anhöhen weidete das Vieh, graste friedlich oder döste still vor sich hin.

Bevor sie klingeln konnte, wurde die Eingangstür aufgerissen. Gracie stürzte hinaus und umarmte Andy stürmisch. »Sie hat der Himmel geschickt, Andy. Ich weiß nicht, was ich sonst mit ihm angestellt hätte. Er sitzt in seinem Büro, und ich bin sicher, dass er sich betrinkt. Er war die ganze Zeit über so gefasst. Dann plötzlich, als alle fort waren, rastete er förmlich aus. Er isst nicht mehr und warf mir quasi das Tablett hinterher, als ich ihm sein Essen hochbrachte. Wenn er nicht schon erwachsen wäre, würde ich ihm eine ordentliche Tracht Prügel verabreichen, das können Sie mir glauben. Gehen Sie zu ihm, und reden mit ihm, ja?«

Andy spähte skeptisch zu der Tür, hinter der Lyons Arbeitszimmer lag. »Ich weiß nicht, ob das so glücklich ist, Gracie. Mich will er bestimmt am allerwenigsten sehen.«

»Wenn Sie sich da mal nicht täuschen. Ich glaube eher, er benimmt sich so merkwürdig, *weil* Sie abgereist sind.«

Andy musterte die Haushälterin schockiert. »Er hat gerade seinen Vater verloren.«

»Allerdings, aber damit war jeden Tag zu rechnen. Er trauert um seinen Vater, keine Frage. Es ist aber doch nicht normal für einen Mann, sich dann so zu verhalten, oder? Er leidet an Herzschmerz, und das

gewiss nicht nur, weil der General gestorben ist.«
Ihre Unterlippe bebte verräterisch, und Andy nahm Gracie tröstend in die Arme.

»Mein tief empfundenes Beileid, Gracie. Sie haben General Ratliff sicher sehr geschätzt, nicht wahr?«

»O ja. Und er fehlt mir. Aber ich bin froh, dass er nicht mehr leiden muss. Bitte gehen Sie doch rein und schauen nach Lyon. Um ihn mache ich mir jetzt allergrößte Sorgen.«

Andy legte ihre Tasche und das unsägliche Formular auf die Anrichte in der Diele. »Sie meinen, er betrinkt sich? Seit wann hat er denn nicht mehr gegessen?«

»Seit zwei Tagen oder so ... keine Ahnung. Jedenfalls rührt er keinen Bissen mehr an.«

»Okay, eins nach dem anderen. Bringen Sie mir das Tablett, das Sie für ihn vorbereitet hatten.«

Innerhalb von Minuten kehrte Gracie mit einem Tablett zurück, auf dem kalte Brathuhnstreifen, Kartoffelsalat, Sülze und gebutterte Weißbrotscheiben angerichtet waren. Andy nahm es ihr ab und trug es in Richtung Bürotür. »Machen Sie mir bitte auf, ja?« Gracie gehorchte und trat hastig ein paar Schritte zurück, als fürchtete sie, jeden Moment von einem Ungeheuer angefallen zu werden.

Andy betrat den dämmrigen Raum, woraufhin Gracie geräuschlos die Tür hinter ihr schloss. Die Vorhänge vor den breiten Panoramafenstern waren zugezogen und ließen nicht den kleinsten Streifen

Sonnenlicht hinein. Die ledergepolsterten Sessel, der schwere Eichensekretär und die wandhohen, dicht gefüllten Bücherregale trugen nicht unmaßgeblich zu der bedrückenden Atmosphäre bei. Ein leichter Whiskeydunst hing im Zimmer. Lyon, der vornübergebeugt am Schreibtisch hing, hatte das Gesicht in seinem angewinkelten Arm vergraben, die geöffnete Schnapsflasche neben sich.

Mit energischen Schritten durchschritt sie den Raum. Als ihre Absätze den weichen Orientteppich überquert hatten und auf dem Parkett klackerten, fuhr er zusammen und hob den Kopf.

Keine Frage, er stand vor einem mittleren Wutausbruch. Er klappte den Mund auf und verblüfft wieder zu. Starrte sie fassungslos, mit glasigen Augen an. »Was willst du denn noch hier?«

Ihr erster Impuls war, das Tablett fallen zu lassen und zu ihm zu stürzen. Ihm von ganzem Herzen ihr tiefes Beileid zu bekunden. Aber ihr war klar, dass er es ablehnen würde, da ihm Sentimentalität in jeder Form zuwider war. Also würde sie ihm mit dem nötigen Selbstbewusstsein und auf Augenhöhe begegnen müssen. »Das sieht doch wohl ein Blinder. Ich bring dir was zu essen.«

»Ich will nichts. Und dich will ich schon gar nicht sehen. Also verschwinde. Da ist die Tür.«

»Terrorisier meinetwegen deine Haushälterin, aber bei mir zieht die Masche nicht. Ich lass mich von dir nicht schikanieren. Benimm dich gefälligst wie ein zivilisierter Mensch und iss endlich etwas. Gracie ist halb krank vor Sorge um dich. Mir persönlich ist es herzlich egal, ob du verhungerst oder dich zu Tode säufst, aber ihr nicht. Und dass du es weißt: Gracie bedeutet mir eine ganze Menge. Wo soll ich dir das Tablett hinstellen?« Ohne seine Antwort abzuwarten, knallte sie es ihm vor die Nase.

»Heute Morgen, bei der Beerdigung, hab ich dich und diese anderen Schmarotzer vermisst. Verschlafen?«

»Okay, nur zu, beleidige mich ruhig, wenn du dich dann besser fühlst, Lyon Ratliff. Darin bist du echt spitze, das muss man dir neidlos zugestehen. Du bist ein arroganter, borniter Chauvi. Aber dass du dazu auch noch selbstzerstörerisch veranlagt bist, wusste ich bislang nicht.«

Er erhob sich schwankend aus dem Sessel und musste sich dabei an der Schreibtischplatte festhalten. »Selbstzerstörerisch?«

»Ja. Das bist du. Du meinst wohl, du bist voll auf Pechsträhne programmiert. Dass du vom Schicksal ungerecht behandelt wirst, hmmm? Aber weißt du was, Lyon Ratliff, du hast überhaupt keine Ahnung! Ich habe einmal einen schwerstbehinderten Mann interviewt, der weder Hände noch Füße hatte. Und weißt du, was er macht? Er ist Marathonläufer.

Ich habe mit einer Frau gesprochen, die an Polio erkrankte und seither vom Halswirbel an gelähmt ist. Sie ist dermaßen gehandikapt, dass sie an eine eiserne Lunge angeschlossen ist, die das Atmen für sie übernimmt. Sie lächelte während des gesamten Interviews, denn sie war stolz auf ihre Gemälde. Bilder. Ja, du hast richtig gehört! Sie malt mit dem Pinsel zwischen den Zähnen.«

»Moment mal! Von wem stammt denn die grandiose Idee, dass du mir ins Gewissen redest?«

»Von mir selbst!«

»Okay, das kannst du vergessen. Ich hab nie behauptet, dass es anderen besser geht als mir.« Er ließ sich wieder in den Sessel fallen.

»Das nicht, aber du spielst die Rolle des schwer gebeutelten Märtyrers, weil deine Frau dich verlassen hat. Nur ihretwegen hast du einen Mordshass auf Gott und die Welt.« Sie stützte die Arme auf den Schreibtisch und beugte sich zu ihm vor. »Lyon, dass du um deinen Vater trauerst, ist verständlich«, meinte sie sanft. »Aber du darfst dich nicht hier einschließen und deine Wunden lecken. Dafür bist du ein zu wertvoller Mensch.«

»Wertvoll?«, wiederholte er mit einem verbitterten Auflachen. »Das sah Jerri aber ganz anders. Sie hat mich nach Strich und Faden betrogen.«

»Meinst du, Robert wäre auch nur einen Hauch besser gewesen?«

Sein Kopf schnellte hoch, blutunterlaufene Augen musterten sie eine lange Weile. Dann warf er die Hände vors Gesicht und rieb sich fahrig die dunklen Bartstoppeln. Schließlich griff er nach der Whiskeyflasche. Andy atmete hörbar erleichtert auf, als er die Flasche lediglich zuschraubte und in ein Schubfach des Schreibtischs stellte.

Jungenhaft ertappt grinste er. »Was hast du denn Leckeres für mich?«

Die Anspannung wich von ihr. Ihre Schultern entkrampften sich, und sie schob das Tablett näher zu ihm hin. Er lachte. »Und wer soll das alles essen?«

»Gracie meinte, du hättest seit Tagen nichts mehr gegessen und sicher einen Mordshunger.«

»Isst du etwas mit?«

»Es ist nur ein Teller da.«

»Kein Problem, wir benutzen ihn gemeinsam.«

Als Andy mit dem leeren Tablett zurückkehrte, sprang Gracie hektisch auf und hätte dabei fast ihre Kaffeetasse vom Küchentisch gefegt.

»Was ist mit ihm?«, fragte die Haushälterin besorgt.

»Er ist satt«, gab Andy kichernd zurück. »Ich hab einen Happen mitgegessen, den Rest hat er verputzt. Er möchte etwas trinken. Aber keinen Kaffee. Ich glaube, er wird nachher gut schlafen.«

»Ich mache Ihnen eine Kanne Eistee fertig.«

»Ja, gute Idee. Gracie ...« Sie stockte, bevor sie ihre Bitte formulierte. »Könnten Sie mir einen kleinen Gefallen tun?«

»Aber selbstverständlich, nach allem, was Sie für Lyon getan haben.«

»Rufen Sie im Haven in the Hills an und hinterlassen Sie beim Portier eine Nachricht für Mr. Trapper. Ich möchte nicht, dass Sie persönlich mit ihm sprechen, zumal er wütend sein wird. Seine Verbalinjurien will ich Ihnen ersparen. Lassen Sie ihm lediglich ausrichten, dass er das, worauf er händeringend wartet, morgen bekommt.«

»Er bekommt morgen, worauf er händeringend wartet. Hab ich Sie richtig verstanden?«

»Ja.« Sie hatte für sich entschieden, Lyon von dem Revers zunächst nichts zu erzählen. Er hatte eingelenkt, und sie waren sich ein wenig näher gekommen. Und in dieser Stimmung mochte sie nicht riskieren, das zarte Pflänzchen Vertrauen zu zerstören, das allmählich zwischen ihnen spross. »Ich halte es für das Beste, wenn Sie den Pförtner unten am Tor informieren, dass er heute niemanden mehr durchlassen soll.«

»Mach ich«, bekräftigte Gracie.

»Ich denke, das ist alles. Hoffen wir, dass Lyon nachher gut schlafen kann.«

»Danke, Andy. Ich wusste doch gleich, dass Sie genau die Richtige für ihn sind.«

Andy nickte kurz, sagte aber nichts. Schweigend trug sie das Tablett mit dem Teekrug und zwei hohen Gläsern in sein Arbeitszimmer. Lyon saß nicht mehr hinter seinem Schreibtisch, sondern lag lang ausgestreckt auf dem Ledersofa. Er hatte die Augen geschlossen, die Hemdsärmel hochgerollt und die

Arme vor der Brust verschränkt. Weste, Sakko und Krawatte hingen über einem Sessel.

Leise schlich sich Andy zu ihm. Wenige Zentimeter von ihm entfernt klappte er die Lider auf. »Ich dachte, du würdest schlafen.«

»Ich ruhe mich ein bisschen aus.«

»Möchtest du ein Glas Eistee?«

»Ja.«

»Nimmst du Zucker?«

»Ja, zwei Löffel.« Sie schauderte intuitiv. »Ich nehme an, du trinkst deinen Tee ungesüßt.«

»Ich dachte nur gerade an das widerlich süße Gebräu, das ich im Gabe's trinken musste. Da waren bestimmt drei oder vier Löffel Zucker in jedem Glas Tee.«

»Wieso hast du ihn dann getrunken?«

»Ich musste mich mit irgendetwas ablenken, bevor ich den Mut fand, dich anzusprechen.«

»Hatte das in irgendeiner Weise mit Robert zu tun?«

Der Themenwechsel war so abrupt, dass Andys Gesicht unversehens einen schockierten Ausdruck annahm. Genau wie damals, als ihr ein »Freund« gesteckt hatte, dass ihr Mann fremdginge. »Ja.«

Lyon seufzte. »Ich hab mit vielen Frauen geschlafen. Und meistens hat es beiden Spaß gemacht. Aber nicht während meiner Ehe. Ich erwarte nämlich absolute Treue von beiden Partnern. So sollte es meiner Meinung nach auch sein.«

»Vermutlich hast du das von deinem Vater übernommen. Gracie meinte, er hätte deine Mutter so sehr geliebt, dass er selbst nach ihrem Tod kein Interesse an anderen Frauen hatte.«

»Er liebte sie bis ... bis zu seinem Tod.«

Damit war das Eis gebrochen, und er erzählte ihr von seinen Eltern, vor allem von seinem Vater, den er geliebt und respektiert hatte. »Es war nicht einfach für mich als Sohn einer lebenden Legende. Manchmal hab ich es gehasst, dass man die Messlatte bei mir so hoch anlegte, bloß weil mein Vater ein Held war. Sein selbst gewähltes Exil hat meine Jugend stark beeinflusst. So haben Vater, Mutter und ich beispielsweise nie zusammen Urlaub gemacht. Später, als ich älter war, durfte ich dann mit meinen Freunden und deren Familien in Ferien fahren.«

Er erzählte von dem Begräbnis, dem mit der US-Flagge bedeckten Sarg, dem Präsidenten und seiner sympathischen Ausstrahlung.

»Stehst du ihm politisch nahe?«, wollte sie wissen.

»Nicht unbedingt, trotzdem ist er ein schrecklich netter Mann.« Als Andy lachte, fragte er sie nach dem Vorgänger des Präsidenten, den sie seinerzeit interviewt hatte.

Sie schilderte ihm, wie das Interview zustande gekommen war, merkte aber schon nach wenigen Sätzen, dass ihm immer wieder die Augen zufielen. Er lehnte den Kopf an den ledergepolsterten Sofarücken. Sie nahm ihm das halbvolle Glas aus der Hand und stellte es mit ihrem auf den Couchtisch. Wartete ein paar Minuten, bis er tief und gleichmäßig atmete. Dann kuschelte sie sich gemütlich in eine Ecke des Sofas, legte ihm die Hände auf die Schultern und zog seinen Kopf auf ihre Brust.

Er streckte sich behaglich neben ihr aus und schlief weiter. Sie spürte seinen Atem, der wie ein sanfter Hauch ihre Haut streifte. Kämmte ihm durch die dichten, schwarzen Haare, die sich wie seidige Tentakel um ihre Finger schlangen. Streichelte zärtlich sein Gesicht. Ihre Hand glitt über seine breiten Schultern.

Irgendwann schmiegte er sich wohlig entspannt an ihren Busen. Möglich, dass er ihren Namen murmelte, vielleicht bildete sie es sich auch nur ein. Sie hielt ihn fest und gestand ihm unter leise gehauchten Zärtlichkeiten ihre Liebe ein. Wäre er wach gewesen, hätte sie dazu sicher niemals den Mut gefunden. Schließlich schlief sie ebenfalls ein.

Als sie erwachte, küsste er ihre Brüste durch das kühle Leinengewebe ihres Kleides hindurch. Seine Hand streichelte über ihren Bauch zu dem Dreieck ihrer Scham, glitt zwischen ihre Schenkel.

»Lyon?«, flüsterte sie.

»Bitte, Andy«, stöhnte er. »Ich möchte mit dir schlafen.«

10. Kapitel

Ich brauche dich. Ich begehre dich. Ob du es richtig findest oder nicht, ich will dich, Andy.«
Sie krallte die Finger in sein Haar. Und sträubte sich nicht dagegen, als er ihr das Kleid aufknöpfte, ihren BH öffnete. Wie ein schutzbedürftiges Kind vergrub er das Gesicht in der weichen Wölbung ihrer vollen Brüste. Und bedeckte die seidenzarte Haut mit glutvollen Küssen.

Der sonst so kontrollierte und distanzierte Mann schob ihr leidenschaftlich entflammt das Kleid über die Schenkel bis zu den Hüften. Sie half ihm dabei, als er ihr erregt den Slip herunterstreifte. Und dann hektisch mit dem Reißverschluss seiner Hose kämpfte.

Er kam zu ihr ohne Vorspiel, gleichwohl war ihr Körper bereit für ihn. Sie schenkte sich ihm, nahm ihn ganz in ihre feuchte Spalte auf, linderte seinen Schmerz und seine Trauer. Mit jedem Stoß verlor sich ein wenig von seiner Verbitterung und seinem Selbstmitleid. Sie akzeptierte es. Wenn ihr Körper ihm diesen Trost spendete, dann war sie gern Balsam für seine geschundene Seele. Das hatte nichts mit Sex zu tun, das war Liebe. Und nachher war sie dankbar für die Chance, dass sie ihn bedingungslos hatte lieben dürfen. Sie hatte ihm alles gegeben und im Gegenzug nichts dafür erwartet.

Reglos, schweigend hielt sie ihn umschlungen, derweil sein Kopf gleichsam einer himmlischen Last an ihrer Schulter ruhte. Hingerissen lauschte sie seinen aufgewühlten Atemzügen. Spürte das Pulsieren seines Herzens, das mit ihrem im Gleichtakt schlug.

Er hob den Kopf. Dabei entdeckte er die Tränen, die aus ihren Augenwinkeln in ihr Haar rollten, und er hatte plötzlich ein schlechtes Gewissen. »Gute Güte, Andy. Es tut mir leid. Es tut mir wahnsinnig leid«, sagte er kopfschüttelnd. Er richtete sich auf und versuchte verschämt, ihr den Rock hinunterzuziehen. Die Geste war einfach süß, fand Andy. Dann kuschelte er ihren Kopf an seine Brust und strich ihr die Haare zurück.

»Ich weiß nicht, was plötzlich in mich gefahren ist. Ich hab dich nicht mal geküsst, bevor ... Mann, bin ich ein Idiot. Jetzt weinst du, und das alles nur meinetwegen. Klar, dass du dich total überrumpelt fühlst. Und missbraucht. Großer Gott, ich komm mir so schäbig vor«, presste er hervor.

Sie hob den Kopf und umschloss sein Gesicht zärtlich mit beiden Händen. »Ssst, hör auf damit. Ich weine doch nur, weil ich glücklich bin, dass du mich brauchst.«

»Ja. Ich brauche dich. Jetzt weiß ich, was mir in den letzten beiden Tagen gefehlt hat.«

Milde lächelnd zeichnete sie mit dem Finger seine dunklen Brauen nach. »Du warst völlig beansprucht von dem Gedanken an den Tod und dem ganzen Drumherum. Irgendwie brauchtest du die Gewissheit, dass du selbst noch lebst. Wie schön und erfüllend das Leben sein kann.«

In seinen graphitgrauen Augen erkannte sie ein schwelendes Feuer. »Kann es sein«, grinste er spitzbübisch, »dass ich mich trotz allem, was zwischen uns gewesen ist, den Empfindlichkeiten, dem ganzen Ärger, dem Misstrauen, in dich verliebt habe, Andy Malone?«

»Keine Ahnung. Möglich wär's. Ich hoffe es jedenfalls. Weil ich dich nämlich wahnsinnig liebe, Lyon.«

»Andy.« Ihr Name war ein gehauchtes Flüstern, derweil seine Daumen ihre Lippen kosten. Dann schmunzelte er. »Andy. Offen gestanden hätte ich nie gedacht, dass ich mal eine Frau lieben könnte, die so heißt. Andererseits würde ich verrückt vor Sehnsucht, wenn ich diese Andy hier nicht auf der Stelle küssen würde.«

Er brachte seine sinnlich geöffneten Lippen auf die ihren. Übte sich in Wiedergutmachung für den leidenschaftlich enthemmten Quickie, indem er seine tiefe Zärtlichkeit in diesen einen Kuss legte.

Mit seiner Zungenspitze glitt er lasziv über ihre Lippen, schmeckte die Süße ihrer Haut. Er küsste ihre Mundwinkel, bis sie sich ihm bebend vor Verlangen öffneten. Seine Zunge schob sich zwischen ihre Zähne, spielte mit ihrer, lockte sie in seinen Mund. Ihr Zungenspiel war derart erotisierend, dass sie sich wie eine Ertrinkende an Lyon klammerte.

Sie saugten sich aneinander fest, probierten den köstlichen Nektar, bis er sich behutsam von ihren Lippen löste. Er hauchte federnde Küsse auf ihren Hals, ihre Schulter und schweifte schließlich zielsicher zu ihrem Ohrläppchen.

»Wann hast du denn so küssen gelernt?« Sie stöhnte leise auf, da seine Zähne hingebungsvoll an ihrem Ohrläppchen knabberten.

»Gerade eben. Küssen schien mir früher nie so wichtig.«

»Aber inzwischen schon?«

»Sehr sogar.«

»Wieso?«

»Damit du weißt, wie sehr du begehrt wirst.«

Er küsste sie erneut. Diesmal eroberte er ihren Mund, indem seine Zunge sich besitzergreifend zwischen ihre Lippen drängte und dann tief in der feuchten Höhle verharrte. Er hielt sie fest an sich geschmiegt, und sie fühlte das Pulsieren in seinen Lenden, worauf ihr Becken mit einem lustvollen Ziehen reagierte.

»Kannst du mir noch einmal verzeihen, dass ich so egoistisch und unsensibel war? Kommst du mit mir nach oben?«

Sie nickte, und gemeinsam erhoben sie sich von

dem Ledersofa. Schweigend sammelten sie ihre verstreuten Sachen ein, strichen das Wenige glatt, das sie noch am Leib hatten, und verließen das Arbeitszimmer.

Inzwischen war es Abend geworden, die Sonne längst untergegangen. Draußen war es schon dunkel. Sie blieben stehen und lauschten, vernahmen aber kein Geräusch aus der Küche. Auch nicht aus Gracies Zimmer.

»Hast du Hunger?«, fragte er höflich, worauf Andy ihn schalkhaft anstrahlte.

»Und wenn ich jetzt ja sage, was machst du dann?«, zog sie ihn auf.

»Ein dummes Gesicht und einen guten Eindruck.«

Sie fasste seine Hand und zog ihn die Treppe hoch. Überzeugt, dass er sie mit in sein Zimmer nehmen würde. Er verharrte jedoch vor der Tür zu dem Raum, den sie vorher bewohnt hatte.

»Komm mit.«

»Warum?«

»Das wirst du gleich sehen.«

Sie betraten den in weiches Mondlicht getauchten Raum. Und hielten es nicht für nötig, das Licht einzuschalten, so silbrig hell war es.

»Beweg dich nicht«, wies er sie an. Er begann, sich aus seinen Sachen zu schälen.

Gnädig setzte sie sich auf den Bettrand und verfolgte gespannt, wie er zunächst sein Hemd, dann die Hose und schließlich seinen Slip auszog. Er war ungelogen ein traumhaftes Exemplar der männlichen Spezies, und Andy hätte ihn am liebsten überall herumgezeigt. Andererseits war sie spontan krankhaft eifersüchtig auf jede Frau, mit der er jemals zusammengewesen war.

»Komm her.« Lyon streckte die Hand aus.

Sie stand auf und glitt zu ihm. Er stellte sich hinter sie, legte seine Hände um ihre Taille und schob sie zu dem fast zwei Meter hohen Ankleidespiegel, der in einer Ecke in Fensternähe stand. Das antike Möbelstück war ihr sofort aufgefallen, als sie zum ersten Mal dieses Zimmer betreten hatte. Der ovale Rahmen war aus kostbarem Rosenholz geschnitzt. Er wirkte stabil und trotzdem filigran. Das alte Schätzchen war mit Sicherheit über hundert Jahre alt und kunstvoll restauriert worden. Ihr Spiegelbild spiegelte sich makellos auf der glatten Fläche, als Lyon sie direkt davor manövrierte.

An ihren Rücken gepresst, griffen seine Hände über ihre Schultern, um ihr das Kleid zu öffnen, dessen Knopfleiste er kurz zuvor noch sorgfältig geschlossen hatte. Einer nach dem anderen kapitulierten die winzigen Knöpfe vor seinen geschickten Fingern. Behutsam löste er die Schnalle an ihrem Gürtel. Glitt unter die Träger ihres BHs und schob sie nach unten. Dabei streiften seine Fingerspitzen ihre Brüste, und sie erschauerte wohlig. Schwindlig vor Lust schmiegte sie sich an ihn, schloss jedoch nicht die Augen.

Laue Abendluft koste ihre Haut, als er ihr das Kleid von den Schultern zog. Verheißungsvoll raschelte das kühle Leinen über ihre Arme. Behutsam schob er den Stoff über ihre Hüften, bis er sich knisternd am Boden bauschte. Lyon bückte sich und hob das Kleidungsstück auf.

»Ganz schön zerknittert«, grinste er schuldbewusst, als er sich wieder aufrichtete. Sein Blick erhaschte ihr Spiegelbild. Sie spürte, wie sich seine Muskulatur anspannte und er scharf den Atem einzog.

»Ist mir gleich«, seufzte sie, gefangen in der Stimmung des Augenblicks und einem Kokon der Sinnlichkeit, den er ganz allmählich um sie zu spinnen begonnen hatte und sie damit zu seiner willenlosen Gespielin machte.

Behutsam löste er die Spange aus ihren Haaren, dass sie ungebändigt ihre Schultern umfächerten. Er griff mit den Händen hinein, vergrub sein Gesicht in der duftigen Fülle. Berauschte sich an dem betörenden Duft. Er schlang die goldenen Strähnen um seine Finger und küsste ihren Nacken, koste ihn mit seiner Zunge.

Als er den Kopf hob und ihr Haar losließ, trafen sich ihre Blicke im Spiegel, und sie lächelten einander an.

Seine Hände glitten von ihren Schultern zu ihren Brüsten. Vorhin, in seinem Arbeitszimmer, hatte Andy den Clip des BHs hastig geschlossen, nachdem

Lyon sie im Sturm erobert hatte. Daher quollen die üppigen Rundungen frivol über den spitzenbesetzten Rand. Sanft wie ein zärtlicher Hauch streiften seine Daumen die rosigen Knospen. Dabei sah sie ihm fasziniert zu. Sonst hätte sie womöglich noch geglaubt, dass seine Berührung ihrer Fantasie entsprungen wäre oder von einem Luftzug herrührte, der auf ihrer Haut prickelte wie kühler Champagner.

Die Reaktion blieb nicht aus. Ein erotisierender Schauer lief über ihr Rückgrat, wohlige Wärme durchflutete ihren Unterleib. Er brachte seine Lippen an ihr Ohr, hauchte mit männlicher Genugtuung: »Ich hab dir schon in deinem Motelzimmer erklärt, dass dein BH kein Hindernis ist.« Prompt öffnete er den Clip zwischen ihren Brüsten und streifte ihr den sexy Push-up von den Schultern. Langsam sank das winzige Etwas zu Boden.

»Atemberaubend«, flüsterte er.

Im Spiegel gewahrte sie, dass seine Hände ihre Brüste umschlossen. Sie hingebungsvoll streichelten, behutsam hochschoben. Silbriges Mondlicht badete die dunklen Spitzen, die er mit zärtlichen Fingern massierte. Sie langsam, erregend umkreiste, worauf Andy sich ihm willig entgegenbog. Sie hatte plötzlich Schmetterlinge im Bauch, nannte stöhnend seinen Namen. Es war himmlisch, ein Wunder.

»Ich weiß nicht, wie lange ich das durchhalte«, keuchte er an ihrem Ohr. »Diese erotische Fantasie von mir wollte ich schon immer mal ausprobieren. Aber Grundgütiger, du bist wunderschön.«

Seine Hände glitten über ihre Schultern, malten ihren Rippenbogen nach. Ertasteten ihren Spitzentanga. Er beugte sich vor, bog ihr den Kopf zurück, bis ihre Lippen einander fanden. Er küsste sie stürmisch, derweil seine Handflächen über ihre Taille glitten. Andy ahnte bereits, dass er es auf ihr Höschen abgesehen hatte – das Letzte, was sie noch am Leib trug.

Ohne sich aus seiner Umarmung zu lösen, streifte sie sich kurzerhand den Slip herunter. Hart und verlangend drängte er gegen ihren Steiß, gleichwohl kontrollierte er sich, um die Herrlichkeit ihrer Nacktheit mit lüsternen Blicken zu verschlingen.

Fasziniert betrachteten sie die Reflexion ihrer eng umschlungenen Leiber in dem kühl glänzenden Spiegel. Eine Hand über ihren Bauch gespreizt, zog er sie an seine fordernde Männlichkeit. Mit der anderen Hand streichelte er ihre Schenkel, stimulierte das goldene Dreieck verheißungsvoll mit den Spitzen seiner Finger.

»Du verwirrst mich, Andy Malone. Du siehst zwar aus wie ein Engel, bist aber eine verlockende Versuchung. Dein kehliges Seufzen klingt nicht wie ein himmlischer Chor, sondern wie geballte Lust. Mit deinen goldschimmernden Haaren und dem opalisierenden Teint verströmst du kühle Distanz, gleich einer unantastbaren Göttin, trotzdem schmilzt du unter meinen Zärtlichkeiten dahin wie Eiskristalle in der Sonne. Was mach ich bloß mit dir, mmh? Soll ich dich anbeten oder verführen?«

»Verführe mich. Jetzt. Bitte, Lyon, tu's.« Sie drehte sich in seiner Umarmung, rieb sich lasziv an seiner Erektion. Ließ keinen Zweifel daran, was sie von ihm wollte.

Mit seinen Händen umschloss Lyon ihre wohlgeformten Hüften und trug sie zum Bett. Er legte sie behutsam auf das Laken, fest entschlossen, sie nie wieder so stürmisch zu nehmen wie vorhin. Das war nicht sein Stil.

Er glitt neben sie, und als sie sich auf ihn rollen wollte, legte er beschwörend eine Hand auf ihren Busen. »Wir haben Zeit, viel Zeit«, flüsterte er an den verführerischen Rundungen, die er hingebungsvoll vernaschte. Hungrig knabberten seine Lippen an ihren Rispen.

»Bitte, Lyon.«

»Ich verspreche dir, ich werde nie wieder egoistisch sein. Stattdessen möchte ich dich nach allen Regeln der Kunst verführen.«

Hemmungslos wanderten seine Hände über ihren Körper. Seine vollen Lippen verwöhnten sie mit verschwenderischen Küssen. Er betete sie an, streichelte sie, als wäre jede ihrer erogenen Zonen eigens für ihn erschaffen. Sein Mund entdeckte die sensible Haut ihrer Arminnenseiten, schweifte von ihren Schultern zu ihren Brüsten und zu ihrem flachen Bauch. Eine vorwitzige Zungenspitze tauchte besitzergreifend in ihren Nabel ein. Er verführte sie mit allen Sinnen, bis sie stöhnend vor Lust kapitulierte.

Ganz allmählich schlugen die Wellen der Ekstase höher, dennoch passte er auf, dass Andy sich nicht ohne ihn in dem Strudel der Sinnenlust verlor. Als beide haltlos vor Begehren erbebten, warf er sich auf sie und drängte in die feucht pulsierende Grotte ihrer Lust.

Er stieß sie sanft, hob ihre Lenden mit seinen Handflächen an, damit sie ihn tief in sich fühlte. Ihre Körper harmonierten perfekt, ihre rhythmischen Bewegungen so synchron wie eine rauschhafte Choreographie.

Unter leise gehauchten Liebesschwüren entführte er sie zu einem gemeinsamen Höhepunkt.

» ... es fühlt sich so gut an, wenn ich ...«

» ... tief in dir bin ...«

» ... ja ...«

» ... dachte, dass du mich beschwindelst, als du sagtest ...«

»Nein, es gab keinen Mann mehr nach Robert.«

»Les?«

»Niemals, Lyon. Ich schwöre es.«

»Ah, Andy, es ist so gut.«

»Für mich auch. Und Lyon, so schön war es noch nie für mich.«

»Du meinst ...?«

»Ja. Noch nie.«

»Küss mich.«

»Ist es zu heiß?«

»Nein.«

»Zu kalt?«

»Nein, gerade richtig. Wo ist die Seife?«, wollte Andy wissen.

»Ich bin zuerst dran«, versetzte er.

»Nein, ich.«

Sie fand die Seife und schäumte damit seine behaarte Brustpartie ein. Spielte mit ihrer Zungenspitze an seinem Ohrläppchen. Ihre Finger verharrten auf seinem Waschbrettbauch.

»Andy?«

»Ja?«

»Was hast du?«

»Skrupel.«

»Skrupel, mich anzufassen? Du brauchst keine Angst zu haben. Berühr mich, Andy. Streichle mich.«

Zurückhaltend tasteten sich ihre Fingerspitzen weiter. Bis sie den Mut hatte, seine Erektion zu berühren. Zunächst zögernd, begann sie, ihn zu stimulieren.

»O Gott, Andy.« Er bedeckte ihre Hand mit seiner. »Ja, Schätzchen, so ist es gut. Ah, mach weiter!« Er stemmte sie gegen die nassen Wandfliesen der Dusche.

»Jetzt bist du dran«, hauchte sie schließlich atemlos.

»Sorry, aber dieses Mal muss ich kapitulieren.«

Erschöpft und befriedigt lagen sie im Bett, ein ineinander verknäultes Gewirr aus Armen und Beinen. Lasziv glitt seine Fingerspitze über ihre Wirbelsäule, derweil sie ihr Gesicht in seinen Brustflaum kuschelte.

»Wie fandest du eigentlich meinen Vater, Andy?«
»Warum fragst du mich das jetzt?«
Sie spürte, wie er mit den Achseln zuckte. »Weiß nicht. Vielleicht, weil er immer in Sorge war, ob die Leute seine Leistungen positiv sahen und wie er in den Geschichtsbüchern wegkommen würde.«
»Er war ein großartiger Mann, Lyon. Je mehr ich über ihn lese, umso mehr bewundere ich ihn als Soldaten. Aber das ist es bestimmt nicht, woran ich in erster Linie denke. Ich werde ihn stets als den sympathischen alten Herrn in Erinnerung behalten, der seinen Sohn und seine Ehefrau von ganzem Herzen liebte, der seine Mitmenschen respektierte und seine Privatsphäre schätzte. Sehe ich das richtig?«
»Hmm ... ja.« Er rutschte ein Stück höher und lehnte sich mit dem Rücken gegen das Kopfende des Bettes. Winkelte ein Knie an und zog sie neben sich.
»Les hatte Recht, weißt du«, sagte er leise.
Sie drehte den Kopf zu ihm, gewahrte seine ernste Miene. »Inwiefern?« Sie wollte es gar nicht wissen, trotzdem hakte sie nach, weil Lyon erkennbar darauf brannte, es ihr zu erzählen.
»Dass es definitiv einen Grund gab, weshalb mein Vater vorzeitig aus der Armee ausschied und die Ab-

geschiedenheit der Ranch wählte. Dass er sich völlig aus dem gesellschaftlichen Leben zurückzog.«

Sie lag ganz still, wagte kaum zu atmen.

»Er kam als Held zurück, aber er fühlte sich weiß Gott nicht so. Verstehst du das? Hast du schon mal was von der Schlacht an der Aisne gehört?«

»Ja. Es war ein entscheidender Sieg für die Truppen deines Vaters. Tausende von Feinden fielen.«

»Tausende von amerikanischen Soldaten auch.«

»Bedauerlicherweise ist das der Preis für den Sieg.«

»In den Augen meines Vaters war der Preis zu hoch, der ihm dafür abverlangt wurde.«

»Wie meinst du das?«

Seufzend verlagerte Lyon sein Gewicht. »Er hatte einen fatalen Fehler bei der Beurteilung der Lage gemacht und ein ganzes Bataillon im wahrsten Sinne des Wortes in den sicheren Tod geschickt. Es passiert häufiger, dass hochrangige Militärs zum eigenen Ruhm das Leben ihrer Soldaten aufs Spiel setzen. Aber da war mein Vater anders. Er respektierte die Person jedes einzelnen Mannes, der unter seinem Kommando stand, egal ob Offizier oder Rekrut. Als er seinen taktischen Irrtum realisierte, war er am Boden zerstört. Er hatte es sich nie verzeihen können, dass aufgrund seiner Fehleinschätzung so viele Männer sterben mussten, die Witwen und Waisen zurückließen ...« Ihm versagte die Stimme.

»Aber Lyon, wenn man berücksichtigt, welche

Verdienste er sich ansonsten erworben hat, ist dieser eine Fehler doch verzeihlich.«

»Für uns schon. Für ihn nicht. Er ärgerte sich maßlos, dass die Schlacht zu einem der Wendepunkte jenes Krieges erklärt wurde. Und er dafür hoch dekoriert wurde. Sie wurde als entscheidender Sieg gewertet, gleichwohl glaubte er, als Soldat und als Mensch versagt zu haben.

Nach seiner Heimkehr wurde er als Held gefeiert, aber ihn quälten zermürbende Selbstvorwürfe. Er fühlte sich nämlich nicht als Held. Sondern als Verräter.«

»Das kann nicht sein!«

»Nicht als Landesverräter, wenn du das meinst, aber als Verräter an den Leuten, die seinen Führungsqualitäten vertraut hatten. Dieser Konflikt war für ihn unerträglich, folglich nahm er seinen Abschied von der Armee und zog sich hierher zurück aufs Land, wo er all das ausblendete, was ihn an den Fehler erinnerte, mit dem er leben musste.«

Sie schwiegen einen kurzen Augenblick, bevor Andy anhob: »Niemand hätte anklagend mit dem Finger auf ihn gezeigt, Lyon. Er war ein geachteter Mann, ein Held, Militärführer in einer Zeit, als Amerika Helden und Führer brauchte. Das Schlachtfeld war riesig, überall wurde gekämpft. Bei den chaotischen Bedingungen glaubte er vielleicht, einen taktischen Fehler gemacht zu haben, was freilich überhaupt nicht stimmte.«

»Du und ich, wir wissen das, Andy«, seufzte er bekümmert, »trotzdem habe ich ihn nie davon überzeugen können. Noch in der Stunde seines Todes bereute er diesen einen Tag in seinem Leben – als hätte er nur diesen einen Tag gelebt und nicht auch die vielen anderen. Für ihn war es unwesentlich, was die Öffentlichkeit dachte. Er war sich selbst ein viel strengerer Richter, als seine Umwelt es je hätte sein können.«

»Wie tragisch für ihn. Er war ein reizender Mensch, Lyon. So liebenswürdig und einfühlsam.«

»Er hielt große Stücke auf dich«, schmunzelte er und strich ihr übers Haar.

Sie bog den Kopf zurück und blinzelte ihn schelmisch an. »Ach, tatsächlich?«

»Ja, er fand, du hättest eine Klassefigur.«

»Typisch für euch Männer: Der Apfel fällt nicht weit vom Stamm.«

»Und«, fuhr er fort, ihre spitze Bemerkung übergehend, »er erklärte mir noch kurz vor seinem Tod, dass ich ein Riesenrindvieh wäre, wenn ich dich gehen ließe. Dann hätte ich es nicht besser verdient, als dich zu verlieren.«

»Worauf du natürlich geantwortet hast ...«

»Das tut nichts zur Sache. Außerdem war ich ziemlich mies gelaunt in dem Moment.«

»Und jetzt?«

»Jetzt bin ich müde und möchte eigentlich schlafen. Andererseits fallen mir noch viele schöne Dinge ein, die wir noch nicht ausprobiert haben. Zumal wenn ich mir überlege, dass du nackt neben mir liegst, dann ist Schlafen reine Zeitverschwendung.«

»Und wenn ich offen zugebe, dass ich auch müde bin?«

Er grinste und trotzte ihr einen Kuss ab. Dann lehnte er sich zurück und kuschelte sie eng an sich.

Sie räusperte sich vernehmlich. »Mr. Ratliff, weißt du eigentlich, wo deine Hand ist?«

»Na, logo, aber ich dachte, du merkst es nicht.«

»Würdest du die Freundlichkeit besitzen und sie wegnehmen?«

»Nein. Ich schlafe schon fast.«

Am nächsten Morgen fiel strahlender Sonnenschein ins Zimmer. Sie blinzelte in den hohen Spiegel, derweil sie ihre Ohrstecker befestigte. Und überdachte die vergangene Nacht, als Lyon sie in seine erotischen Fantasien eingeweiht hatte. Ihre Hand zitterte leicht, und sie erkannte ihr Spiegelbild fast nicht wieder. So glücklich hatte sie sich schon lange nicht mehr gefühlt.

Dass sie sich ihre gemeinsame Liebesnacht nicht nur eingebildet hatte, bewiesen die verräterischen Spuren an ihrem Körper. Die Brüste waren leicht gerötet von Lyons Bartansatz, ihre Knospen prickelten, sobald sie nur daran dachte, wie er sie mit Lippen und Zunge verwöhnt hatte. Wann immer sie daran dachte, wie sie einander geliebt hatten, spürte sie ein lustvolles Ziehen im Unterleib.

In vollen Zügen hatte sie das himmlische Gefühl genossen, zu lieben und geliebt zu werden. Mit jedem Mal hatte sich der Liebesakt erfüllender gestaltet. Es war mehr als eine nur körperliche Erfahrung, es war die Verschmelzung ihrer Sinne gewesen. Seine sexuelle Aktivität hatte die schlummernde Leidenschaft in ihr geweckt, weibliche Urinstinkte, geheime Wünsche, von denen sie nicht einmal ahnte, dass sie existierten. Aber das war nur ein Grund, warum sie ihn liebte. Sie liebte diesen Mann, die Verletzlichkeit, die sich in der tief empfundenen Trauer um seinen Vater geoffenbart hatte, seine Verve, seinen Witz. Und nicht zuletzt sogar sein enormes Temperament, das sie schon mehrfach gereizt hatte.

Lyon. Sie liebte Lyon.

Kurz nachdem sie aufgewacht waren, hatte er sich ins Bad zurückgezogen, damit sie sich beide anziehen konnten. Hatte ihr noch den Koffer aus ihrem Leihwagen geholt, bevor er in seinem eigenen Zimmer verschwunden war.

Während sie sich ankleidete, überlegte sie krampfhaft, wie sie ihm das mit der Unterschrift schonend beibringen könnte. Außerdem wollte sie ihm die Entscheidung mitteilen, die sie getroffen hatte, kurz bevor sie in seinen Armen eingeschlummert war. Sie hatte keine Ahnung, was die Zukunft für sie bereithielt. Darüber hatten sie kein Wort verloren. Letzte Nacht hatten sie nur für den Augenblick gelebt. Ganz gleich, wie die Dinge zwischen ihnen lagen –

und eigentlich mochte sie sich eine Zukunft ohne ihn nicht mehr vorstellen –, sie wusste, dass sich etwas ändern musste in ihrem Leben. So wie bisher konnte es nicht weitergehen. Bis zu diesem Entschluss hatte sie gar nicht gemerkt, wie sehr sie unter Druck stand. Sie war verkrampft und gestresst gewesen. Aber jetzt fühlte sie sich frei und unbeschwert.

Sie hörte, wie er im Laufschritt die Treppe nahm, und ihr Herzschlag beschleunigte sich. Nach einem letzten kritischen Blick in den Spiegel wirbelte sie herum, in Richtung Tür, um ihn stürmisch zu begrüßen.

»Endlich! Mein geliebter ...« Die Worte blieben ihr in der Kehle stecken, als sie seine wütend-verächtliche Miene erkannte. Seine Augen sprühten Blitze. Er hatte die Lippen zu einer schmalen Linie zusammengepresst und schnaubte verächtlich.

»Du verlogenes, hinterhältiges ...«

»Lyon«, unterbrach sie ihn. »Was ist denn passiert?«

»Ich sag dir, was passiert ist. Eine kleine Schlampe namens Andy Malone hat mich wieder mal reingelegt.«

»Reingelegt ...«

»Dieses Theater von wegen keine Ahnung und so kannst du dir sparen, okay?«, brüllte er. »Ich weiß jetzt, weshalb du hier bist.«

»Lyon«, murmelte sie. Sie ließ sich auf das Bett sinken und starrte ihn fassungslos an. »Ich weiß nicht, wovon du redest.«

»Ach nein?« Er stampfte zum Fenster und blickte hinaus, über die Anhöhen, die in morgendliches Sonnenlicht getaucht waren. »Okay, ich höre zu. Dann erklär mir mal, wieso du gestern hergekommen bist.«

»Ich wollte dich sehen.« Das war die Wahrheit. Les hatte ihr lediglich einen willkommenen Vorwand geliefert, um auf die Ranch zurückzukehren. Hätte der Revers nicht unterschrieben werden müssen, wäre ihr mit Sicherheit etwas anderes eingefallen, um Lyon wiederzusehen.

»Du wolltest mich sehen«, wiederholte er zynisch und drehte sich zu ihr um. »Wie rührend. Bestimmt wolltest du mich in meiner Trauer trösten.«

»Ja«, schluchzte sie. Der Sarkasmus in seiner Stimme war ekelhaft.

»Gab es da nicht vielleicht noch einen anderen Grund?«, fragte er ölig.

»Doch, ja. Ich brauchte ... Da war noch ... dieser ...«

»Spuck's aus, verdammt noch mal!«, brüllte er.

Sie sprang vom Bett auf und fixierte ihn todesmutig. »Ich brauchte deine Unterschrift auf einem Revers, deine Einwilligung, dass die Interviews mit deinem Vater im Fernsehen ausgestrahlt werden können. So, jetzt ist es raus! Wolltest du das von mir hören, oder was?«

»Und dann hast du mich völlig neben der Spur, betrunken und depressiv aufgefunden, und ich hab an deine mütterlichen Instinkte appelliert. Herzensgut, wie du bist, hast du beschlossen, hierzubleiben und wieder einen ganzen Kerl aus mir zu machen.«

»Nein«, erwiderte sie kopfschüttelnd. »Das eine hatte mit dem anderen nichts zu tun. Ich wollte dir bloß helfen. Den Revers hab ich dabei schlicht verdrängt.«

»Aber natürlich. Du wolltest mir bloß helfen. Hast mir deinen Körper geschenkt, ohne den Hauch eines Skrupels, darf ich betonen, und mir klammheimlich aus den Rippen geleiert, worum es dir in erster Linie ging.«

Heiße Röte schoss ihr in die Wangen ob seiner kränkenden Äußerung. Um Fassung bemüht, grub sie die Fingernägel in die Handflächen. Einer von ihnen musste schließlich einen klaren Kopf behalten, zumal Lyon zunehmend ausrastete. »Und was war das, Lyon? Wofür habe ich deiner Meinung nach meinen Körper verkauft? Antworte mir.«

»Für deine gottverdammte Sensationsstory«, presste er zwischen zusammengekniffenen Lippen hervor. »Ich hab mir eben die Morgennachrichten im Fernsehen angeschaut. Der New Yorker Moderator machte die Zuschauer darauf heiß, was im heutigen Abendprogramm gesendet wird: sensationelle Enthüllungen im Leben und Wirken von General Michael Ratliff. Interviews von ungeahnter Brisanz, brandaktuell, noch an seinem Todestag aufgezeichnet. Und wer bringt diese weltbewegende Reportage? Niemand anders als meine Bettgespielin oder wie immer man sie nennen mag: Andy Malone.«

Wutschäumend kam er auf sie zu. »Und jetzt hast du ihnen richtig was zu berichten. Also acker dich heute durch die Geschichtsbücher und vor allem die Schlacht an der Aisne. Wie ich dich kenne, willst du doch bestimmt sämtliche Fakten präsent haben, bevor du die Bombe platzen lässt.«

Wie ein Ballon, der schlagartig die Luft verliert, sank sie zurück auf das Bett. Starrte in das Gesicht, das drohend über ihr schwebte, und überlegte fieberhaft, ob es wirklich zu dem Mann gehörte, mit dem sie in der Nacht das Bett geteilt hatte. War der Mund, der solch hässliche Beschuldigungen formulierte, derselbe, der ihr nach dem Liebesspiel zärtliche Worte ins Ohr geflüstert hatte?

»Ich bin hergekommen, um dich dazu zu bewegen, deine Unterschrift unter den Revers zu setzen«, sagte sie gefasst. »Les hat über den Verkauf der Bänder mit dem Fernsehen verhandelt. Ich wollte, dass diese Interviews gesendet werden, Lyon. Nicht zuletzt, weil ich deinen Vater sehr geschätzt habe. Ich möchte, dass die Menschen erfahren, wie er wirklich war und wie er vor seinem Tod lebte. Mehr nicht. Ich hatte nie vor, preiszugeben, was du mir vertraulich erzählt hast.«

»Ach nein? Gracie meinte, du hättest sie gestern Abend angewiesen, Les in dem Motel anzurufen und die Nachricht zu hinterlassen, dass er heute Morgen bekommt, worauf er schon händeringend wartet.«

Worte, willkürlich aus dem Zusammenhang gerissen, schoss Lyon nun gleichsam Giftpfeile auf sie ab. »Das bezog sich auf den Revers. Der Verkauf hätte sonst nicht stattfinden können. Les war stinksauer, weil ich die Einverständniserklärung vergessen hatte. Er hat mir Druck gemacht, bis ich mich bereit erklärte, nach der Beerdigung wieder herzufahren.«

»Wie rücksichtsvoll von dir.«

»Du nimmst mir das nicht ab«, murmelte sie gefährlich ruhig. Sie wurde zunehmend wütend, dass er ihr nach der vergangenen Nacht immer noch misstraute, und hob die Stimme. »Glaubst du ernsthaft, ich hätte es darauf angelegt, dir geheime Wahrheiten über deinen Vater zu entlocken?«

»Nach meinem Zustand zu urteilen, war ich bestimmt ein leichtgläubiges, mitteilsames Opfer. Du konntest zwar nicht unbedingt beeinflussen, was und wie viel ich rauslassen würde, dennoch war es den Versuch wert. Meinen herzlichen Glückwunsch zu deinem Bombenerfolg! Deine Interviews sind jetzt mindestens doppelt so viel wert. Ein echter Karriereschub für dich. Also verschwinde und lauf mit der Story zu deinem Les.«

»Worauf du Gift nehmen kannst, aber nicht so, wie du denkst. Ich möchte nämlich keinen Augenblick länger als nötig mit einem Mann zusammensein, der so abstoßend ist wie du. Diesbezüglich hätte dein Vater dir einiges vermitteln können. Er hatte Herzenswärme, Verständnis, Menschenfreundlich-

ihr klar war, dass Les hektisch ihrer Rückkehr entgegenfieberte – *mit* den Tapes und dem unterzeichneten Revers.

»Bist du jetzt völlig übergeschnappt?«, brüllte er. »Überleg doch mal, was du da gemacht hast, Andy! Auf eine solche Chance haben wir jahrelang gewartet. Mühsam darauf hingearbeitet. Was zum Henker ist bloß in dich gefahren?« Er lachte abfällig. »Oder weiß ich womöglich schon, wer da die Fingerchen in meiner Andy hat? Ich tippe auf Lyon Ratliff.«

»Behalt deine Unverschämtheiten für dich, Les, oder erzähl sie deinem Friseur.«

»Warte, bis ich erst richtig loslege. Ich will diese Bänder, verdammt. Meinetwegen kannst du deine Chance wegwerfen, aber ich sehe das anders.«

»Dann hol sie dir von Lyon zurück.«

»Du erledigst das für mich oder du bist auf der Stelle gefeuert.«

»Dass du's weißt: Ich pfeif auf unsere weitere Zusammenarbeit.« Der verblüffte Ausdruck auf seinen Zügen war Andy eine tiefe innere Befriedigung. Soso, überlegte sie, viel heiße Luft und nichts dahinter. Ihr Bluff hatte funktioniert. »Ich kündige bei Telex.«

»Mensch, red keinen Scheiß. Ohne die Arbeit beim Sender gehst du ein wie eine Primel.«

»Meinst du? Das glaube ich kaum.«

»Ich weiß es. Der Journalismus steckt in deinen Genen, Andy. Du bist super. Die Beste überhaupt. Und du liebst deine Arbeit. Sie ist dein Leben.«

»Nein, Les«, gab sie mit Bestimmtheit zurück. »Sie ist *dein* Leben. Ich verspreche mir mehr von meinem Leben.« Sie überlegte, ob sie zu ihm gehen sollte, immerhin waren sie seit Urzeiten gute Freunde. Am liebsten hätte sie ihn nämlich bei den Schultern gefasst und geschüttelt, um ihn zu Verstand zu bringen. Aber das war vergebliche Liebesmüh. Er würde sie nie verstehen. »Danke für das Kompliment. Klar habe ich Talent, aber mir fehlt der nötige Ehrgeiz.« Sie trommelte sich mit der Faust auf den Brustkorb. »Ich möchte nicht an die Spitze dieses Haufens, indem ich mein gesamtes Privatleben dafür opfere.

Mein Vater lag mir ständig in den Ohren – Robert im Übrigen auch –, und jetzt fängst du ebenfalls damit an, dass der Journalismus das einzig Wahre für mich sei. Mich hat nie einer gefragt. Okay, ich liebe meine Arbeit – sie bedeutet mir alles. Ich habe sonst nichts. Jetzt bin ich dreißig. In zehn Jahren bin ich vierzig und womöglich keinen Schritt weiter in meiner Karriere. Vielleicht bin ich aber auch die TV-Quotenkönigin, und was kann ich mir dafür kaufen? Nicht ausgeschlossen, dass eine jüngere, hübschere und talentiertere Kollegin mir irgendwann den Job wegschnappt, und was dann? Wo bleibe ich? Nimm es mir nicht krumm, Les, wenn ich dich hängen lasse, aber ich steige aus. Ich brauche eine Auszeit. Ich will endlich auch mal leben.«

»Das klingt mir verdächtig nach Friede, Freude,

Eierkuchen, dabei ist es gequirlter Mist. Das leuchtet dir doch wohl ein, oder? Du hast dich in einen Typen verknallt und willst ihn nicht vergrätzen. Meinst du, ich raff das nicht? Was ist da draußen auf der Ranch vorgefallen? Hat er dich von jetzt auf gleich vor die Tür gesetzt?«

»Ja, weil er zufällig die Ankündigung im Fernsehen mitbekommen hat, dass die Interviews heute Abend ausgestrahlt werden.«

»Na und? Wieso haut ihn das dermaßen aus den Latschen? Er wusste doch, dass die Interviews an eine Sendeanstalt verkauft werden würden. Irgendwann wären sie sowieso gesendet worden. Weswegen ...« Er legte den Kopf schief und beobachtete sie mit zusammengekniffenen Augen. Andy wippte nervös auf den Absätzen. »Warte, ich hab's. Du hast irgendetwas Spektakuläres herausgefunden, stimmt's?« Als sie nicht antwortete, umklammerte er schraubstockartig ihren Arm und brachte sein Gesicht unangenehm dicht an ihres. »Stimmt's? Los, antworte mir!«

Gefasst hielt sie seinem Blick stand. Einschüchtern, demütigen oder kränken war bei ihr nicht mehr drin. Ihre Emotionen waren bei Lyon, genau wie die Tapes. Les konnte sie nicht mehr verletzen. Sie würde ihm ihr Geheimnis nicht preisgeben, sondern schweigen wie ein Grab. Gleichwohl war ihr langjähriger Freund und Vorgesetzter stinkwütend, weil er ihre Reaktion als Verrat an der Sache betrachtete.

»Nein«, sagte sie ruhig und blickte vielsagend auf

die Hand, mit der er ihren Arm quetschte. Worauf er die Umklammerung löste und seinen Arm sinken ließ. Abermals heftete sie den Blick auf ihn. »Nein, Les. Es gibt kein dunkles Geheimnis. Mag sein, dass das der Grund ist, weshalb ich unserem Job inzwischen kritisch gegenüberstehe. Du suchst die Sensation. Ich nicht. Du witterst hinter jedem eine potenzielle Story, die deine Karriere forcieren kann. Ich hab genauso gedacht und fühlte mich nie wohl dabei. Mittlerweile sehe ich den Menschen hinter der öffentlichen Person, mit seinen Schwächen und dem Recht, seine Fehlbarkeiten für sich zu behalten.«

Sie stellte sich auf Zehenspitzen und küsste ihn auf die Wange. »Ich mag dich sehr, Les. Für mich warst du immer ein guter Freund. Ich hoffe, das bleibt auch so. Aber für eine Weile mag ich dich erst mal nicht mehr sehen. Auf Wiedersehen.«

Sie verließ das Motelzimmer und ging zu ihrem Mietwagen. Der Motor lief bereits, als er in die Tür trat. »Andy«, rief er, »wo willst du denn hin?« So niedergeschlagen hatte sie ihn noch nie erlebt. Es zerriss ihr fast das Herz, dennoch hatte sie ihre Entscheidung getroffen und würde dabei bleiben.

»Keine Ahnung«, rief sie schließlich zurück, mit unsicherer Stimme.

Zunächst fuhr sie nach San Antonio und checkte im Palacio del Rio ein, dem Hotel an der berühmten Riverwalk-Promenade. An der Rezeption steckte sie einige Ausflugsbroschüren ein. Eine Woche in völliger Anonymität zu verbringen, das ließ sich doch himmlisch an, oder? Sie würde Kurztrips machen, am Strand liegen, gut essen und sich blendend erholen. Irgendwann den Scherbenhaufen ihres Lebens kitten und wieder neu anfangen. Wo? In Mexiko? Irgendwo in der Karibik?

Spielte das eine Rolle?

So oder so – sie wäre ohnehin allein. Sie hatte Lyon verloren, ihren langjährigen Freund vergrätzt und ihren Job eingebüßt. Eine Katastrophe jagte mit schöner Regelmäßigkeit die nächste, sinnierte sie mit einem Hauch von Sarkasmus. Aber irgendwo hatte sie einmal gelesen, dass man mit den Herausforderungen wuchs. Wenn das zutraf, dann musste sie irgendwann vor Selbstvertrauen platzen.

Sie versagte sich den Wunsch, im Hotelzimmer zu bleiben und Trübsal zu blasen. Stattdessen wählte sie ein leichtes Sommerkleid, zog sich um und frischte ihr Make-up auf. Sie nahm den Hotelausgang an der Uferseite und schlenderte über den Riverwalk, entschied sich schließlich für eines der belebten Straßencafés, um dort allein zu Abend zu essen.

Nicht wenige Passanten, die an ihrem Tisch vorübergingen, musterten sie anerkennend. Es waren in der Hauptsache Männer, und sie wandte jedes Mal desinteressiert den Blick ab, ein stummes, unmissverständliches Nein auf jegliche Avance. Einige starrten sie nachdenklich an, als überlegten sie, woher sie sie kannten. Das war sie gewöhnt. Manche Leute erkannten sie auf Anhieb wieder. Andere musterten sie perplex, bis die Erleuchtung kam. Spätestens, wenn sie sie auf dem Bildschirm wiedersahen. Dann würden sie sich mit der Hand vor die Stirn schlagen und rufen: »Aber natürlich, das war doch Andy Malone!«

Sie stocherte lustlos in ihrem Salat und pickte sich die Melonenscheiben heraus. Der Cheeseburger, den sie sich bestellt hatte, war dick und saftig, erinnerte sie aber unwillkürlich an den Riesenburger, den Lyon im Gabe's verdrückt hatte. Prompt bekam sie kaum einen Bissen hinunter. Außerdem war das Hackfleisch für ihren Geschmack nicht genug durchgegart. Immerhin war es ein guter Vorwand, um den Burger kaum angerührt auf dem Teller liegen zu lassen.

Nachdem sie ein paar Happen gegessen hatte, schlenderte sie über den Riverwalk, auf dem sich Händler und Touristen tummelten. Was sollte sie bloß den lieben, langen Abend machen, grübelte sie insgeheim.

Unterwegs lauschte sie den Rhythmen einer Folklore-Band. Kaufte sich ein Eis und warf es kurz entschlossen in den nächsten Müllbehälter. Vor einer Kunstgalerie blieb sie unschlüssig stehen, konnte sich aber beim besten Willen nicht dazu aufraffen, hineinzugehen und sich die Ausstellung anzusehen.

Eines der Touristenschiffe, die jede halbe Stunde eine Flussrundfahrt machten, nahm am Kai die nächsten Passagiere auf. Sie kaufte sich schnell ein Ticket, woraufhin ihr ein Halbwüchsiger an Bord half. Um sein weites, ausgebleichtes Baumwollhemd hatte er in der Taille einen bunten mexikanischen Gürtel geknotet.

»Bitte gehen Sie bis ganz nach vorn durch«, wies er sie in seinem gelangweilten Singsang an.

Sie setzte sich auf die harte Holzbank und starrte auf den San Antonio River. Bunte Lichterketten, dezent drapiert in den üppigen Grünpflanzen längs der Uferpromenade, malten glitzernd gekräuselte Bänder auf die Wasseroberfläche. Sie kümmerte sich nicht um die zusteigenden Passagiere, bis ihr Blick auf ein kleines, etwa zweijähriges Mädchen mit blonden Affenschaukeln fiel, das sich mit seinen Eltern ihr gegenüber setzte.

Andy lächelte zu dem jungen Paar hinüber. Die Mutter des Kindes war eine hübsche, gepflegte Frau. Er hatte eine Kamera um den Hals hängen. Eine glückliche Familie, die einen kleinen Ausflug machte. Diese Vorstellung versetzte ihr einen schmerzhaften Stich.

Doch schon vernahm sie das Tuckern der Schiffsmotoren und drehte sich ins Halbprofil. In diesem Moment gewahrte sie den letzten Passagier, der an Bord ging. Es fehlte nicht viel, und sie wäre vor Schreck von der Bank gefallen.

Ihr Herz trommelte gegen ihren Rippenbogen, und sie riss den Kopf herum, starrte demonstrativ auf die

Wasseroberfläche. Sie hörte seine leise gemurmelten Entschuldigungen, derweil er sich an den Mitreisenden vorbeischob, um nach vorn zu gelangen.

»Sir, Sir, hier ist kein Platz mehr frei«, sagte der junge Reiseführer. »Ich muss Sie bitten, sich in eine der hinteren Reihen zu setzen.«

»Ich kann Bootsfahrten nicht besonders gut vertragen. Daher möchte ich lieber vorn im Bug sitzen. Für den Fall, dass mir schlecht wird«, versetzte die Stimme mit dem kehlig rauen Timbre. Unvermittelt kam Bewegung in die Touristen. Alle machten dem arroganten Passagier Platz, der partout vorn sitzen wollte.

Der junge Typ klang genervt, als er mit seinem einstudierten Monolog begann. Inzwischen hatte das Schiff vom Dock abgelegt und Fahrt aufgenommen. Worauf eine himmlisch kühle Brise Andys heiße Wangen streifte. Zu beiden Ufern des Flusses zogen gewaltige Eichen- und Pekannussbäume vorüber.

»Links sehen Sie das Amphitheater, wo ...«

»Hi«, sagte Lyon leise. Bis auf die paar Leute, die in seiner unmittelbaren Nähe saßen, ließ sich niemand von dem Vortrag des Touristenführers ablenken. »Hi«, wiederholte er, da Andy ihm resolut die kalte Schulter zeigte.

Nach einer Weile sah sie sich vorsichtig um. Er saß neben dem Mittelgang, eingezwängt zwischen drei Damen aus einer Seniorengruppe und zwei Offizieren von der Luftwaffe. »Hallo«, sagte sie frostig und drehte abermals den Kopf.

»Man vermutet, dass die Bäume älter sind als ...«

»Entschuldigen Sie, sind Sie allein hier?« Bei so viel Frechheit blieb ihr der Mund offen stehen. Ungläubig blitzte sie ihn an. Er wandte sich zu einer der platinsilber getönten Damen um, die ihn argwöhnisch beäugten. Kurz entschlossen überlegte er es sich anders. »Kennst du diese Dame?«, wollte er von dem kleinen Mädchen wissen. Die Kleine schüttelte verlegen den Kopf, worauf ihre Mutter ihr begütigend einen Arm um die Schultern legte. Nach einem Blick zu den beiden Offizieren, die ihn voller Bewunderung anfeixten, fragte er: »Gehört die Dame zu Ihnen?«

»Nein, Sir«, erwiderten sie im Chor.

»Schön zu wissen.« Lyon grinste die beiden an. »Ich möchte auch nur ungern auf fremdem Terrain wildern.«

Andy, die sich verstohlen umschaute, stellte ärgerlich fest, dass etliche Mitreisende ihr Interesse von dem malerischen Flusspanorama abgewandt hatten, um sich Lyons unterhaltsamer Anbaggernummer zu widmen. Sie funkelte ihn an. Was ihn nicht im Mindesten beeindruckte.

»Sieht klasse aus, die Braut, nicht?«, fragte er einen der beiden Offiziere.

Nachdem sie Andy kritisch in Augenschein genommen hatten, sahen sie wieder zu Lyon hin und nickten bekräftigend.

»Du Miststück«, knirschte sie. Die drei platingewellten Damen starrten von Lyon zu ihr und verzogen missfällig die faltigen Lippen.

»Was macht eine Frau mit *der* Figur so ganz allein?«, fragte Lyon die beiden Offiziere. »Findet ihr etwa nicht, dass sie einen Wahnsinnsbody hat?«

Die beiden torpedierten sie mit begehrlichen Blicken. Unwillkürlich verschränkte die Journalistin die Arme vor der Brust. »Ist mir gleich aufgefallen«, bekräftigte einer. Zwischen Lyons kohlschwarzen Brauen bildete sich eine steile Falte, gleichwohl verkniff er sich einen ärgerlichen Kommentar.

Er wandte sich erneut Andy zu. »Mir auch.« Für einen Augenblick lang gab es nur sie und ihn, eine Vertraulichkeit, die völlig ungewöhnlich war für Lyon. Seine grauen Augen schweiften über ihr Gesicht. »Ich finde, sie ist wunderschön. Aber vermutlich weiß sie gar nicht, wie ich für sie empfinde.«

»Wunda-tsön«, krähte die Kleine und patschte mit ihren klebrigen Fingerchen auf Andys Knie.

»Möchtest du die Nacht mit mir verbringen, meine Schöne?«, fragte Lyon weich. Er sah ihr beschwörend in die gold schimmernden, geheimnisvollen Tiefen.

»Harry ...?«, meinte die Mutter zunehmend beunruhigt.

»Ignorier ihn einfach«, riet der Vater.

»Der geht aber ran«, konstatierte einer der Offiziere.

»Junge, Junge, das kannst du laut sagen«, bekräftigte der andere.

Den drei älteren Damen hatte es glatt die Sprache verschlagen.

Der Touristenführer hatte es längst aufgegeben, die Passagiere für die landschaftlichen Reize San Antonios zu begeistern. Das dramatische Schauspiel der beiden fand erkennbar mehr Interesse. Alle Mitreisenden starrten nämlich wie gebannt in Richtung Schiffsbug.

Andy sprang eben auf und unternahm einen vergeblichen Versuch, vor ihm zu fliehen. Lyon stand ebenfalls auf. Sie waren vielleicht ein, zwei Meter voneinander entfernt. »Warum machst du das?« Ihre Stimme überschlug sich fast.

»Ich will mit dir zusammenleben, Andy. Wenn du möchtest, kaufe ich dir einen eigenen Sender oder richte einen auf der Ranch ein. Ich mache alles, was du willst. Aber bleib bei mir.«

»Wieso? Wieso willst du ausgerechnet jetzt, nach allem, was gewesen ist, dass ich bei dir bleibe?«

»Weil ich dich liebe.«

»Das hast du letzte Nacht auch gesagt, und heute Morgen hättest du mich glatt umbringen können. Nur weil du glaubtest, ich könnte das mit deinem Vater an die Öffentlichkeit tragen.«

»Harry …?«, wiederholte die Mutter zunehmend nervös.

»Schau mal, die Entchen«, sagte der Vater zu seiner Tochter. Die Kleine verfolgte den Dialog der beiden mit wachsender Begeisterung. Das war aufregender als alles, was sie bislang im Fernsehen gesehen hatte.

»Ich bin in eine alte Gewohnheit zurückgefallen, Andy, tut mir aufrichtig leid. Aber nach dem ganzen Zirkus, den Jerri veranstaltet hat, habe ich keiner mehr über den Weg getraut. Ich bin mit Frauen aus- und ins Bett gegangen, okay, aber im Grunde genommen waren sie mir völlig schnuppe. Als mir klargeworden war, dass ich dich liebe, hat es mir im wahrsten Sinne des Wortes den Boden unter den Füßen weggezogen. Gracie hat mir mein idiotisches Verhalten schwer angekreidet.«

»Ich wüsste zu gern, wer Jerry und Gracie sind«, sinnierte einer der beiden Offiziere laut.

»Pssst«, zischte eine der weißhaarigen Damen.

»Ist Jerry nun ein Typ oder irgend so eine Tussi?«, flüsterte der andere.

»Bin mir nicht sicher, ob ich das so genau wissen will. Er meinte doch, er kann Frauen nicht mehr ab.«

»Was hast du da eben gesagt?«, fragte Andy zögernd.

»Dass du mir die Videobänder niemals überlassen hättest, wenn du meinen Vater in Misskredit hättest bringen wollen. Dass du wirklich nur eine Geschichte über seine letzten Lebensjahre hattest machen wollen. Dass ich sauer auf Les sein sollte und nicht auf dich.«

»Les?«, fragte die Mutter der Kleinen. »Ich dachte, er hieße Jerry.«

»Pssst«, zischte ihr Mann.

»Ich habe heute gekündigt, Lyon.«

Er fasste ihre Hand. Massierte mit dem Daumen ihren Handteller. »Warum?«

»Nachdem ich dich kennen gelernt hatte, fehlte mir die nötige Objektivität für die Interviews. Ich war nicht engagiert genug, und Les hat das unweigerlich gemerkt. Als er mich daraufhin zur Rede stellte, versuchte ich es abzustreiten, aber er hatte natürlich Recht.« Sie seufzte schwer. »Du und dein Vater bedeuteten mir irgendwann mehr als irgendeine Story.«

»Und was hast du jetzt vor, nachdem du gekündigt hast?«

Sie zuckte mit den Schultern. »Ich hab mir überlegt, ich fahre nach Mexiko und faulenze dort am Strand, bis ich mit mir im Reinen bin.«

»Ich mag die Strände von Mexiko«, sagte er leise. Er küsste ihre Handfläche, presste sie an seine Wange.

»Im Ernst?«, fragte sie.

»Ein traumhaftes Ziel für die Flitterwochen.«

»Flitterwochen?«, echote Andy.

»Willst du mich heiraten, Andy?«

»Ob ich dich heiraten will?«

»Haben Sie den Mann etwa nicht verstanden, junge Frau? Er hat Ihnen eben einen Heiratsantrag gemacht. Na los, antworten Sie ihm schon, damit wir endlich von Bord gehen können.«

Andy spähte zu der älteren Dame hinüber, die sich

unvermittelt in ihr Gespräch einmischte. Und stellte fest, dass die umstehenden Passagiere sie und Lyon gespannt anstarrten. Sie heftete den Blick auf sein erwartungsvolles Gesicht und strahlte. »Ja.«

»Du bist und bleibst ein Ekelpaket«, murmelte sie, an seine breite Schulter geschmiegt. »Ich habe ernsthaft Skrupel, mit dir zusammen auszugehen.«

»Warum?« Er streckte sich neben ihr aus, schlang seine langen Beine um ihre.

»Weil du mich dauernd vor allen Leuten bloßstellst. Erst im Gabe's, als du laut herumgetönt hast, ich solle einen gewissen Teil meiner Anatomie wieder nach Nashville packen und …«

»Einen umwerfenden Teil deiner Anatomie, möchte ich noch hinzufügen«, sagte er und tätschelte ihren Po.

»Dann, an dem Abend am Fluss, vor den …«

»Die hatten alle ordentlich einen im Tee.«

»Und heute Abend schon wieder. Welches Teufelchen hat dich denn geritten, dass du mir vor so großem Publikum einen Antrag machst?«

»Ich wollte auf der sicheren Seite sein. Zumal ich schwerste Bedenken hatte, du würdest mir einen Korb geben, wenn ich dir nicht die Pistole auf die Brust setze.«

»Ich hätte dir besser eine geknallt.«

»Hast du aber gottlob nicht. Tief in dir steckt vermutlich doch eine ganz und gar unmoralische Frau.«

Bevor sie zu einer Retourkutsche ansetzen konnte, nahm er ihr den Wind aus den Segeln, indem er sie heißblütig küsste.

Sie kuschelte sich an ihn, erregte sich an dem nackten Fleisch ihrer Leiber. Ein leises Kichern entrang sich ihrer Kehle. Schließlich prustete sie los. »Ich musste gerade daran denken, was Gabe Sanders über dich gesagt hat.«

»Und?«

»Er meinte, du machst immer, wozu du Lust hast.«

»Woher weiß er denn das schon wieder?«, meinte er gedehnt. Seine Lippen verschmolzen mit ihren zu einem langen, zärtlichen Kuss.

Nachdem sie sich durch die neugierige Menschenmenge von Bord des Ausflugsdampfers hindurchgeschoben hatten, waren sie umgehend in Andys Hotel zurückgekehrt. Kaum dass Lyon die Tür hinter ihnen geschlossen hatte, nahm er sie in die Arme und sagte mit Nachdruck: »Andy, ich liebe dich. Verlass mich nie mehr. Heirate mich.«

»Ich liebe dich auch, Lyon. Ja, ja, ich will dich heiraten.«

»Kinder?«

»Irgendwer hat mir mal erzählt, dass es echt schade wäre, dass ich noch keine Kinder in die Welt gesetzt habe.«

Er grinste. Sein Blick hing verliebt an ihrem Gesicht. Er umschloss es zärtlich mit seinen Handflächen. »Ich liebe dich so, wie du bist.«

»Noch vor einer Woche konntest du mich nicht ausstehen.«

»Irrtum, ich habe mich vom Fleck weg in dich verliebt. Ich wollte nur nicht, dass du es merkst. Ich hatte wahnsinnige Skrupel.«

»Skrupel, du? Wieso?«

»Weil ich davon überzeugt war, ich hätte mein Leben voll im Griff. Ich war mir sicher, ich bräuchte keinen Menschen. Ich wollte nichts Verpflichtendes und für niemanden Verantwortung übernehmen. Die Liebe einer Frau war mir dermaßen gleichgültig, weil ich auf gar keinen Fall das Risiko einer Beziehung eingehen mochte.«

Mit seinem Finger glättete er behutsam die nachdenklichen Falten auf ihrer Stirn. »Doch dann kamst du – und hast mich glatt umgehauen. Ich begehrte dich vom ersten Augenblick an. Pure körperliche Lust. Als ich sah, wie gut du mit Dad zurechtkamst und wie verletzlich du an dem Tag wirktest, als uns das Unwetter überraschte, habe ich mich in dich verliebt. Ich wollte dich hassen wegen der Emotionen, die du in mir wachgerufen hast, aber das klappte nicht. Als ich dich endlich vergrault hatte, kam ich endlich zu Verstand. Ich bin dir nachgefahren und hab mir die ganze Zeit sehnsüchtig gewünscht, dass du mich noch willst.«

»Ich will dich. Jetzt und für immer«, antwortete sie mit bebenden Lippen. »Ehrlich gesagt hatte ich die Hoffnung schon fast aufgegeben, dass ich noch die große Liebe finde. Meine erste Ehe war eine Riesenenttäuschung. Das hat mich zu der Überzeugung gebracht, dass ich zur Karrierefrau geboren wäre und nicht für ein trautes Heim und Familie. Ich möchte mein Leben mit dir teilen, Lyon, deine Partnerin in guten wie in schlechten Tagen sein.«

»Das mit dem Fernsehsender vorhin war kein Scherz. Wenn du weiter arbeiten möchtest, ist das okay für mich.«

»Vielleicht auf Teilzeitbasis. Irgendwann später, falls mir der Job fehlen sollte.«

»Du bist viel zu kompetent, um deinen Beruf komplett an den Nagel zu hängen. Auch wenn ich Gegenteiliges beteuert habe: Ich sehe deine Professionalität und dein Talent sehr wohl.«

»Danke, dass du das zugibst. Trotzdem hoffe ich doch sehr, dass du so ganz nebenbei auch noch das Sexobjekt in mir siehst.«

»Worauf du dich verlassen kannst.«

Sie warfen sich auf das breite Bett, wälzten sich in den kühlen Laken und erholten sich eine Stunde später erschöpft von ihrem Liebesspiel.

»Wie hast du mich gefunden?«, fragte sie lasziv.

»Ich hab bei der Auskunft nachgefragt und dort die Telefonnummer deiner Mutter bekommen. Ich rief an, stellte mich charmant als ihr zukünftiger Schwiegersohn vor und setzte hinzu, dass mir die Braut blöderweise abhanden gekommen sei. Zum Glück hattest du sie hier aus dem Hotel angerufen und ihr erzählt, dass du eine Reise nach Mexiko plantest. Sie gab mir den guten Tipp, mich zu beeilen, wenn ich dich noch hier erwischen wollte. Ms. Andrea Malone, ich kann mich des Eindrucks nicht erwehren, dass deine Mama dich gern unter die Haube bringen möchte.«

»Schätze, das teure Ferngespräch mit meiner Mutter heute Nachmittag war sein Geld wert ... O Lyon ... Du hast ein Wahnsinnstalent, das ... das Thema zu wechseln.«

Seine Hand streichelte zärtlich ihre Brust, der Daumen strich über die olivfarbene Rispe. Mit einer Mischung aus Verwunderung und Erregung beobachtete er ihre knospende Spitze. Eine Versuchung, der er nicht widerstehen konnte. Behutsam berührte er sie mit seiner Zunge.

»Du schmeckst so gut«, hauchte er glutvoll entflammt. Der Klang seiner Stimme sagte Andy mehr als tausend Worte. Bevor sie etwas erwidern konnte, wurde sie von der feuchten Süße seines Mundes bezwungen.

Sie bog sich ihm lustvoll entgegen. »Lyon ...«

Plötzlich schrillte das Telefon. Lyon fluchte wie ein Kesselflicker. Sie tastete nach dem Hörer.

»Geh nicht ran.«

»Ich muss, Lyon. Ich kann es doch nicht einfach klingeln lassen.«

Er stöhnte missmutig, hielt sie jedoch nicht auf, als sie den Hörer ans Ohr nahm. »Hallo.«

»Hi, Andy-Maus, was treibst du 'n so?«

»Les!«, entfuhr es ihr. Dermaßen schockiert von der Stimme am anderen Ende der Leitung, merkte sie gar nicht, dass Lyon kein bisschen überrascht schien über den Anrufer. Sein Mund hauchte weiterhin federnde Küsse auf ihren Bauch. »Was ... Wie ... Wieso rufst du an?«

»Wie oft hab ich dir eigentlich schon vorgebetet, dass man eine Frage nicht mit einer Gegenfrage beantwortet, häh? Verdammt und zugenäht, du hast in all den Jahren unserer Zusammenarbeit nicht die Spur dazugelernt. Ist ja jetzt auch egal« – er seufzte resigniert –, »ich konnte Lyon nicht erreichen, deshalb wollte ich dich bitten, ihm eine Nachricht zu übermitteln. Irgendwie hab ich nämlich das komische Gefühl, dass er auf dem Sprung zu dir ist.« Er gackerte schlüpfig.

Sie spähte auf Lyons dunklen Schopf, der zusehends höher kam, während sein Mund sie mit kleinen Liebesbissen verwöhnte. »Was denn für eine Nach...« Sie räusperte sich. Lyon knabberte an einer Rippe. »Was für eine Nachricht?«

»Sag ihm, es war verdammt großmütig von ihm, dass er die Tapes an den Sender geschickt hat. Er hat meinen Namen in dem Anschreiben zwar falsch geschrieben, aber das verzeihe ich ihm. Durch die Videobänder hab ich nämlich meinen Traumjob bekommen! In zwei Wochen sitze ich in meinem neuen Büro mit Blick über das gute, alte New York, Baby!«

»Das hat er wirklich getan?« Ihre Stimme überschlug sich fast. Sie grub die Finger in Lyons Haare und versuchte, seinen Kopf von ihrem Bauch zu schieben, aber er rückte keinen Zentimeter von der Stelle, obwohl die Prozedur sicher nicht ganz schmerzfrei war. »Was stand in diesem ... ahhh Ly... Beibrief?«

»Was war das eben, Andy? Sag mal, alles okay bei dir? Du klingst so komisch.«

»Nein, alles in Ordnung«, japste sie. Feurige Lippen erkundeten ihre Brustknospen. »Der Beibrief ...?«

»Oh, darin stand, dass du derzeit leider nicht erreichbar bist. Dass du eine Auszeit nimmst, um zu heiraten oder so. Mensch, stell dir vor, ich habe einen neuen Job als Assistant Producer im Abendprogramm. Grundgütiger, sie haben mich eingestellt!«

»Das ist fantastisch, Les. O L... Lyon ... Das ist fantastisch.« Der Hörer war ihr aus der Hand geglitten. Lyon hob ihn auf.

»Gratuliere zum neuen Job, Les. Andy kann im Moment nicht weiter telefonieren. Meine zukünftige Frau ist so was von euphorisch und aufgekratzt, das glauben Sie gar nicht. Aber sie meldet sich bestimmt irgendwann wieder bei Ihnen – schätze mal, so in frühestens ein, zwei Jahren.«

Intrigen, Skandale und jede Menge Leidenschaft – niemand schreibt verführerischer als Sandra Brown.

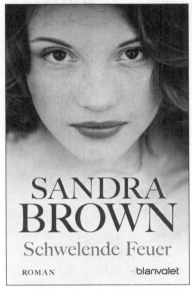

608 Seiten. ISBN 978-3-7341-0082-6

Als junges Mädchen verließ Schyler Crandall, die Adoptivtochter des mächtigsten Mannes in Heaven, die Stadt mit gebrochenem Herzen. Als attraktive, erfolgreiche Frau, die genau weiß, was sie will, kehrt sie zurück. Schon nach kurzer Zeit hat sie das Gefühl, sie sticht in ein Wespennest: dunkle Affären und hinterhältige Intrigen, bei denen offenbar ihre durchtriebene kleine Schwester Tricia die Finger im Spiel hat. Das Imperium ihres Vaters steht kurz vor dem Ruin. Auch Cash, ebenso verführerisch wie undurchschaubar, ist in die Sache verwickelt. Doch kein Mann hat Schyler bisher so um den Verstand gebracht und konnte ihr so gefährlich werden wie er …

Lesen Sie mehr unter: **www.blanvalet.de**

Nichts ist unvergesslicher als ungezügelte Leidenschaft ...

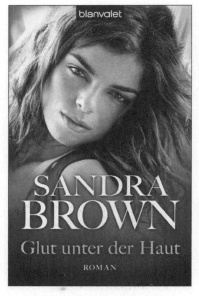

384 Seiten. ISBN 978-3-442-38184-5

Kathleen Haley ist fest davon überzeugt, dass Erik Gudjonsen – der Mann, den sie leidenschaftliche liebt – sie auf schamlose Weise benutzt und betrogen hat. Ohne ein Wort verschwindet sie aus seinem Leben und findet in San Francisco einen neuen Job und die ersehnte Geborgenheit in den Armen eines wohlhabenden Unternehmers. Doch Erik und die Leidenschaft, die sie von Anfang an mit ihm verband, gehen ihr einfach nicht aus dem Kopf. Und bald gerät sie in einen verzehrenden Kampf gegen ihr eigenes Herz und die Liebe, die immer noch in ihr brennt ...

Lesen Sie mehr unter: **www.blanvalet.de**

Heimliche Leidenschaften, eine verbotene Liebe und atemlose Spannung.

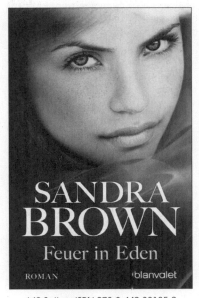

640 Seiten. ISBN 978-3-442-38185-2

Als die junge Ärztin Lara Mallory in Eden Pass auftaucht, gerät die verschlafene texanische Kleinstadt aus den Fugen: Denn dort herrscht der korrupte Tackett-Clan, mit dem Lara noch eine Rechnung offen hat. Angeblich soll sie in einen Sexskandal um Clark Tackett, den jüngsten Sohn der Familie, verwickelt und auch an seinem Tod nicht ganz unschuldig gewesen sein. Als Lara mit Key, dem schwarzen Schaf der Familie, eine heiße Affäre anfängt, wird aus Liebe, Hass und Rachsucht eine explosive Mischung …

Lesen Sie mehr unter: **www.blanvalet.de**

Eine Nacht, eine Liebe und die ewige Versuchung des Herzens …

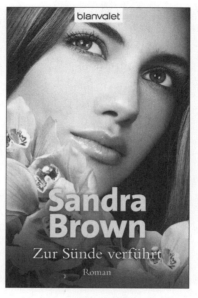

256 Seiten. ISBN 978-3-442-37863-0

Laney McLeods Leben gerät aus den Fugen, als sie in Manhattan in einem Aufzug stecken bleibt. Doch der umwerfende Mann, der ihr Los teilt, hilft ihr, ihre Raumangst zu überwinden. Außerdem lernt sie, dass es seine Vorzüge hat, mit dem attraktiven Deke Sargent allein in einem Raum eingesperrt zu sein … Deke Sargent ist von der prickelnden Situation ebenfalls sehr angetan, und nachdem sie befreit wurden, lädt er seine schöne Begleiterin zu sich auf einen Drink ein. Es ist der Beginn einer leidenschaftlichen aber auch folgenschweren Nacht …

Lesen Sie mehr unter: **www.blanvalet.de**